اورحان کمال

(ترکی کے معروف ادیب)

جمیلہ

(ناول)

مترجم: خالد فتح محمد

جمہوری پبلیکیشنز

Independent & Progressive Books

جمہوری
JUMHOORI

•نام کتاب۔جمیلہ •مصنف۔ اورحان کمال
•مترجم۔خالد فتح محمد
•اشاعت۔اکتوبر 2011ء •ناشر۔جمہوری پبلیکیشنز لاہور۔پاکستان

ISBN:978-969-8455-82-8

قیمت-/250روپے

"Gemilé " by Orhan Kemal
was Published by Anatolia Publishing, Istanbul Turkey

Urdu Translation "Jamila"
Published in Pakistan by Jumhoori Publications, October 2011.

Publisher: Farrukh Sohail Goindi

Title's illustration: www.doganart.com

www.jumhoori.webs.com
Jumhoori Publications Fan Page

JUMHOORI PUBLICATIONS
2-Aiwan-e-Tijarat Road Lahore, Pakistan
Tel # 042-36314140 Fax # 042-36306939
E-mail:jumhoori@yahoo.com

اورحان کمال (15 ستمبر 1914ء-2 جون 1970ء)

اُن کا نام محمد رشید اوغتچو تھا۔ وہ 1914ء میں ادانہ ترکی میں پیدا ہوئے۔ اُن کے والد ترکی کی قومی اسمبلی کے پہلے اجلاس کے رکن منتخب ہوئے۔ اس کے بعد اُنھوں نے 1930ء میں پاپولر پارٹی کی بنیاد رکھی۔ اُن کی سیاسی سرگرمیوں کے نتیجے میں اُن کے خاندان کو ہجرت کر کے شام جانا پڑا جس کی وجہ سے اُن کے بڑے بیٹے (اورحان کمال) سیکنڈری سکول کی تعلیم مکمل نہ کر سکے۔ کسی حد تک یہ واقعات اورحان کمال کے خودسوانحی ناول ''باپ کا گھر'' 1949ء میں درج ہیں۔ اپنے پیش لفظ میں اُنھوں نے اِسے ''غیر اہم شخص'' کا روزنامچہ کہا ہے۔

بعد میں وہ اپنے پیدائش والے قصبے میں واپس چلے گئے جہاں اُنھوں نے کپاس کے کارخانوں میں مختلف نوعیت کی ملازمتیں کیں اور ''فائٹ اگینسٹ ٹیوبرکلاسس فاؤنڈیشن'' میں بطور کلرک کام کیا۔ زندگی کا یہ دور اُن کی شخصیت سازی میں انمٹ اثرات چھوڑ گیا۔ اُنھوں نے 1937ء میں ایک یوگوسلاو تارکِ وطن کی بیٹی سے شادی کی۔ اُن کے چار ناول (باپ کا گھر، بیکار کے مہ و سال، جمیلہ، سیل نمبر 72 کے قیدی) اسی تلخ دور میں تخلیق ہوئے۔

فوجی ملازمت کے دوران 1939ء میں اُنھیں اپنے سیاسی نظریات کی وجہ سے پانچ سال قید کی سزا ہوئی۔ بُرصہ کی جیل میں ناظم حکمت کے ساتھ تعلق کے دوران اُن کے سوشلسٹ نظریات ،اورحان کمال کی شخصیت پر اثر انداز ہوئے۔ اسیری پر مبنی اُن کی یادداشتیں کتابی شکل میں بھی چھپ چکی ہیں۔ 1951ء میں وہ استنبول منتقل ہو گئے جہاں اُنھوں نے قلم کو زندگی کا وسیلہ بنالیا۔

اُن کی تحریریں عموماً اُن لوگوں کی زندگیوں کا احاطہ کرتی ہیں جو زندہ رہنے کے لیے جدوجہد کررہے ہوں۔ بیسویں صدی کی تیسری دہائی کے دوران اپنے تجربات کو موضوع بنا کر اُنھوں نے مختلف موضوعات کو قلم زد کیا: کھیت اور کارخانہ مزدور کے مسائل، بڑے شہروں میں تارکینِ وطن مزدوروں کی بیگانگی، جیل کے قیدیوں کی زندگی، فرض کی اندھی وفاداری، بالک غربت اور عورتوں پر تشدد اور اُن کا استحصال اُن کے موضوعات تھے۔ اُنھوں نے 38 کتابیں تحریر کیں (28 ناول اور 10 افسانے) اور اِن میں کچھ پر فلمیں اور ڈرامے بن چکے ہیں۔

اپنی اِس کوشش میں کہ وہ لوگوں کو اپنی زندگیوں میں زیادہ سے زیادہ حاصل کرنے کی حوصلہ افزائی کریں اپنی تحریروں میں وہ کبھی الگ ناظر نہیں بنے۔ اِس کاوش میں وہ ایساریلزم استعمال کرتے ہیں جو محتاط ہونے کے ساتھ ساتھ نصیحت انگیز بھی ہے۔

1970ء میں صوفیہ (بلغاریہ) میں اُن کا انتقال ہوا، وہ استنبول میں دفن ہیں۔

(I)

یہ 1934ء کے ستمبر کے آخری دِنوں کی رات تھی، مطلع صاف تھا اور آسمان کو بھرپور چاندنی نے منور کیا ہوا تھا۔ کپاس کے برف ایسے سفید کھیت تاحدِ نظر پھیلے ہوئے تھے۔ اردگرد کے دیہات کو شہر سے ملانے والے گرد سے اٹے راستوں پر چُنی ہوئی کپاس کے ریشوں میں سے بیج کو الگ کرنے کے لیے ڈوج، شیورلیٹ اور فورڈ ٹرک کپاس ڈھونے میں مصروف تھے۔ رات کی فضا شہر میں داخل ہوتے اونٹوں کی قطاروں کے ساتھ ساتھ بھینسوں، بیلوں اور گھوڑوں کی جوڑی والے چھکڑوں کی بغیر گرِیس کے پہیوں کی چرچراہٹ سے بھری ہوتی تھی۔

چیچک کے داغوں والے خلیل نے، جو اونٹ مالک تھا، اپنے نو اُونٹوں کے آگے چلتے گدھے پر سے نیچے کود کر اپنی کالے رنگ کی پتلون کی پچھلی جیب میں سے سگریٹوں کی ڈبیا نکالی۔ اُس نے ایک سگریٹ سلگایا اور شہادت کی انگلی اور انگوٹھے کی رگڑ سے جلتی ہوئی تیلی دُور پھینکی۔

چاند سر کے عین اوپر تھا۔

سڑک کے دونوں اطراف شاہ بلوط کے درخت لگے ہوئے تھے۔ اُن کے پیچھے تھوڑے فاصلے پر، ایک گیدڑ نے پیٹ بھر کے کھانے کے بعد، اطمینان بھری مسرت کے ساتھ کمر سیدھی کی اور نرم زمین کے اندر پنجے دھنسا دیے۔ پھر اُس نے سر اُٹھا کر چاند کو دیکھتے ہوئے اپنے دانت نکالے اور ایک لمبی بھرپور چیخ لگائی۔

جب اُس نے سر اُٹھا کر دوبارہ چیخ لگائی تو دُور ایک کتے نے گہری اور گرج دار آواز میں بھونکنا شروع کر دیا۔ بندوق کا گھوڑا دبائے جانے کی آواز نے علاقے میں کتوں کو چوکس کر دیا

اور وہ کئی آوازوں میں بھونکنے لگے۔ گیدڑ نے اچانک چوکس ہو کر اپنے دفاع کے لیے چاروں طرف نظر دوڑائی۔ پریشانی کے عالم میں شور مچاتے کیڑے اُن اونچی اور خوف ناک آوازوں پر نظر رکھے ہوئے تھے۔

اُسی وقت نم آلود ہوا نے چیچک کے داغوں والے خلیل کے بدن میں ٹھنڈی کپکپی دوڑا دی۔ شاہ بلوط کے درختوں کے نیچے، موڑ کے رخ پر، اُسے پہاڑی پر چار خاکے اُس وقت نظر آئے جب وہ اُٹھ کر کھڑے ہوئے۔ اُن میں سے تین تو کسی طرف چلے گئے جب کہ چوتھا سگریٹ سلگاتے ہوئے سڑک پر آ گیا۔

شہر ابھی دُور تھا اور اُفق پر ایک روشن لکیر کے سوا کچھ بھی نہیں تھا!

یہ کپاس کی کلیولینڈ قسم کے چنائی کے دن تھے اور کھیتوں میں کپاس چننے والوں کی ایک بڑی تعداد تھی۔ اِس لیے چیچک کے داغوں والے خلیل نے اُس طرف کوئی توجہ نہ دی۔ پھر بھی اُس نے اُس کار کے متعلق سن رکھا تھا جسے شہر میں داخل ہونے سے پہلے روک کر لوٹ لیا گیا تھا۔ چناں چہ اُس نے اپنی پتلون کی جیب میں دایاں ہاتھ ڈال کر چمکتے ہوئے کمانی والے چاقو کو اپنی گرفت میں لے لیا۔

''السلام علیکم!'' پہاڑی سے نیچے اُتر کر سڑک کے پاس کھڑے اپنی جانب دیکھتے آدمی کو دیکھ کر اُس نے کہا۔

آدمی نے اپنی ٹوپی کو چہرے پر آگے کھینچا ہوا تھا، اِس لیے خلیل کو اُس کا چہرہ نظر نہیں آیا۔ اُس نے دیکھا کہ وہ دبلا اور طویل قامت تھا اور مکینک کی وردی پہنے ہوئے تھا۔

''کیوں؟ السلام علیکم خلیل!''

اپنا نام سُن کر خلیل وہیں رک گیا۔ اُس نے جھک کر اجنبی کا چہرہ دیکھنے کی کوشش کی۔ چہرہ کافی لمبا تھا جس کا اختتام نوک دار ٹھوڑی پر ہوتا تھا لیکن پہچانے جانے کی وجہ اُس کی آواز بنی۔

''خدا کی پناہ! آپ تو جنابِ عزت ہیں! اور میں سوچ رہا تھا......'' دوسرے آدمی کا قہقہہ بلند ہوا۔

''تم نے مجھے کیا سمجھا؟ ایک ڈاکو؟''

''آپ ہیں بھی......''

''اور تم کیا کرتے؟''

خلیل نے ٹک کی تیز آواز کے ساتھ کمانی والے چاقو کو کھولا۔

''میں آپ کو پچھتانے پر مجبور کر دیتا۔''

دونوں ہنس پڑے۔

''آپ اس وقت یہاں کر کیا رہے ہیں؟'' خلیل نے پوچھا۔

''کچھ خاص نہیں...... مجھے راستے کے اُس طرف والے فارم میں ''ہینونگ'' ٹریکٹر کی مرمت کرنی تھی۔ میں نے پسٹن......''

''کیوں؟ آپ فیکٹری میں اب کام نہیں کر رہے؟''

''نہیں۔ تقریباً بیس دِن ہونے کو آئے کہ میں نے کام چھوڑ دیا ہے۔''

''آپ نے واقعی وہاں کام کرنا چھوڑ دیا ہے؟''

''چھوڑ دیا ہے......''

''اب آپ کیا کر رہے ہیں؟''

''مستقل کچھ بھی نہیں، کچھ یہاں اور کچھ وہاں......''

''آپ گزارا تو چلا رہے ہیں؟''

''ہاں، کہہ سکتے ہو۔''

''پریشان ہونے کی ضرورت نہیں، یقیناً آپ زیادہ عرصہ بے کار نہیں رہیں گے۔ آپ جیسا آدمی......''

''کچھ کہا نہیں جا سکتا......''

''کیا مطلب؟ کچھ ہی دن ہوئے کہ ایک ملاقات میں آپ کا ذکر بھی ہوا۔ ہر کسی کی رائے تھی کہ پوری شکروا (Cukurova) وادی میں آپ جیسا آدمی ملنا مشکل ہے۔''

''......''

''آپ کی بیگم اب بھی کام کر رہی ہیں؟''

''ہاں۔''

''اُن کی بیماری......''

''اُس طرح ہی......''

''دیکھیں ......آپ ایک ذہین آدمی ہیں۔ جو اُس کی حالت ہے، اُس میں آپ کو اُسے کام کرنے کی اجازت نہیں دینا چاہیے۔''

''میں سمجھتا ہوں لیکن وہ ماننے کو تیار ہی نہیں۔ اُس کا کہنا ہے کہ وہ سارا دِن گھر میں بے کار نہیں بیٹھ سکتی۔ وہ کہتی ہے کہ اگر مرنا ہے تو پھر مر ہی جانا ہے اور وہ کچھ کرتے ہوئے مرنا پسند کرے گی۔''

''کمال کی عورت ہیں! ٹھیک......اپنا اپنا راستہ لیں......؟''

''یقیناً کسی بھی وقت کوئی ٹرک آ جائے گا......''

خلیل نے ٹرکوں کو کوسنا اور لعنت بھیجنا شروع کر دیا۔

''مشین کے پرزوں کو گالیاں دینے سے کچھ حاصل نہیں۔'' جناب عزت نے رائے دی۔

خلیل نے ٹرکوں کو گالیاں دیں، اُس نے اُن لوگوں کو گالی دی جنھوں نے اُنھیں ایجاد کیا، اُن لوگوں کو گالی دی جنھوں نے اُنھیں ملک کے اندر آنے دیا، اُن لوگوں کو گالی دی جنھوں نے اُنھیں اپنے کاروبار میں استعمال کیا اور اُنھیں جو وہ کاروبار کرتے تھے۔ وہ کافی دیر تک بولتا رہا۔

''پرانے وقتوں میں، سال کے اِن دنوں میں،'' اُس نے وضاحت کی، ''میرے پاس پیسے کی ریل پیل ہوتی تھی پھر یہ لعنتی چیزیں آ گئیں اور میرا روزگار ختم ہو گیا۔''

جناب عزت نے ہمدردانہ مسکراہٹ کے ساتھ اُسے دیکھا۔

''اونٹ بیچ کر تم بھی ایک ٹرک خرید سکتے ہو۔''

''آپ نے ایسے سوچا کیوں؟ یہ جانور ہمیں اپنے باپوں سے ملے ہیں اور اُنھیں اُن کے باپوں سے ملے تھے۔ یہ پیغمبرِ اسلام ﷺ کے دَور سے ہمارے پاس ہیں۔ اُن سے چھٹکارا؟

میں آپ کو بتا رہا ہوں کہ یہ ایک گناہ ہوگا۔ بہر حال، اِس بات کو یہیں ختم کرتے ہیں...... آپ مجھے اُس بوسنیائی لڑکی کے متعلق بتائیں۔ کیا آپ ابھی تک اُسی علاقے میں رہ رہے ہیں جہاں وہ رہتی ہے؟''

''ہاں۔''

''آپ ابھی تک پڑوسی ہیں؟''

''ہاں۔''

''خدا جانے کتنا عرصہ ہوگیا ہے کہ میں نے آپ سے ایک درخواست کی تھی لیکن آپ نے کچھ نہیں کیا جب کہ آپ کے اُس کے باپ کے ساتھ اچھے مراسم ہیں۔''

''او خدایا! خلیل! تم یہ معاملہ کب تک اُٹھاتے رہو گے؟ ہماری جب بھی ملاقات ہو، کیا ہم اِسی بحث میں اُلجھے رہیں گے؟''

''کس بحث میں؟''

''لڑکی کی......''

''میں مجبور ہوں، قسم کھا کر کہتا ہوں کہ میں دن رات اُس کے متعلق سوچتا رہتا ہوں۔ میں اُسے اپنی بیوی بنا کر زندگی کو اچھی راہ پر ڈالنا چاہتا ہوں۔''

''لڑکی یہ شادی نہیں چاہتی۔''

''چھوڑیں جناب عزت! اگر آپ اُس کے باپ کو راضی کر لیں تو لڑکی کی خواہش بے معنی سی ہو کر رہ جائے گی۔''

''یہاں تم غلط ہو۔''

''کیوں؟''

''وہ عام قسم کے احمق سے باپوں کی طرح نہیں۔ اُسے اپنی بیٹی دنیا کی ہر چیز سے زیادہ پیاری ہے...... اِس کے علاوہ اُس کی اپنی سوچ بھی ہے۔ وہ اپنی بیٹی کا ہاتھ کسی مقامی آدمی کے ہاتھ میں نہیں دے گا۔ وہ اپنے خاندان کو لے کر شکروا سے نکل جانا چاہتا ہے۔''

''وہ یہاں سے کیوں نکل جانا چاہتا ہے؟''

''اُس کے نام دو ایکڑ زرعی زمین ہے۔ یہ ایک دفعہ اُسے حکومت نے دی تھی۔ وہ وہاں جا کر اُس پر کام کرنا چاہتا ہے۔''

''دو ایکڑ زمین پر کام کرنا چاہتا ہے؟ اتنی زمین ہمیشہ ایک خاندان کے لیے ناکافی ہوتی ہے۔''

''سنو! ہم اس کے متعلق کافی بات کر چکے ہیں۔ تم بھی جانتے ہو کہ لڑکی کسی اور کو پسند کرتی ہے......''

''وہ کلرک تو نہیں؟ میں آپ سے پوچھتا ہوں کہ تیس لیرا ماہانہ کمانے والے کے ساتھ کس طرح محبت ہو سکتی ہے؟ اُسے میرے ساتھ شادی کر کے پرسکون زندگی گزارنی چاہیے...... وہ جو بھی مانگے گی میں اُسے خرید کر دوں گا۔''

''اُسے مادی چیزوں میں کوئی دلچسپی نہیں۔ اگر اُسے دلچسپی ہو بھی تو ایسے بھی لوگ ہیں جو تم سے دس گُنا زیادہ خرید دیں گے۔ اُسے اِس سب میں کوئی دلچسپی نہیں......''

''میں اپنے اونٹ بیچ کر اُس پر خرچ کر دوں گا۔ مجھے کسی قسم کا پچھتاوا نہیں ہوگا۔''

''......''

''میں اُسے سونے کے کنگن، خوب صورت جھمکے اور سنہری گلو بند لے دوں گا۔''

''......''

''خدا نے چاہا تو میں اُس کے ساتھ شادی کروں گا۔ وہ ابھی تک کسی کی بیوی نہیں ہے!''

''خلیل! یہ صرف باتیں ہیں۔ تم اپنا وقت برباد کر رہے ہو، یہ نہیں ہو سکتا۔ اُس لڑکی کو کلرک کے ساتھ محبت ہے۔ تم ابھی تک......''

''تیس لیرا ماہانہ کے ساتھ کوئی محبت اور شادی کی باتیں کیسے کر سکتا ہے؟''

''تم جانتے ہو کہ یہ کافی ہیں۔''

خلیل ایک دم غصے میں آ گیا۔

''کافی ہیں سے آپ کی کیا مراد ہے؟ آپ انتظار کریں۔ میں ایک دِن کار حاصل کر

کے......''

''کیا کرو گے......؟''

''اُسے پکڑ کر پیچھے پھینک کر کہیں لے جاؤں گا۔''

ماسٹر عزت نے جواب نہ دیا۔

خلیل اونٹوں کی قطار کی طرف گیا اور چھلانگ لگا کر اپنے گدھے پر سوار ہو گیا۔

''چلو......''

جناب عزت نے سگریٹ سلگا لیا۔

....

چاند نے اپنا چکر مکمل کر لیا تھا اور اب غروب ہو چکا تھا۔ نزدیک کی کسی مسجد سے صبح کی نماز کا بلاوا سنائی دیا۔

قصبے کی خاموش، تنگ اور سال خوردہ گلیاں اجنبیوں کو قرونِ وسطیٰ کی آبادیوں میں لے جاتی تھیں۔ خاموشی کے ساتھ ایک دروازہ کھلتا، پھر بند ہو جاتا۔ پھر ایک اور دروازہ، پھر ایک اور...... دیواروں پر پھڑ پھڑاتے ہوئے سائے اُن مسلمانوں کے تھے جو خدا کے حضور سجدے کے لیے تیز تیز جا رہے تھے۔

''الحمد اللہ۔'' ایک بوڑھے مسلمان نے تکلیف دہ کھانسی میں بلغم تھوکتے ہوئے کہا۔ اِسی اثنا میں خلیل کے اونٹوں کی قطار مسجد کے پیچھے والی گلی میں داخل ہوئی۔

(II)

کارخانے کے دھاتی رنگ میں رنگے ہوئے لوہے کے پھاٹکوں کے سامنے تین سڑکیں اردگرد کے مختلف علاقوں کو جاتی تھیں۔ اُن سڑکوں پر بھینسوں، بیلوں، دوگھوڑوں والے ریڑھوں، مختلف قسم کے ٹرکوں اور سامان سے لدے ہوئے اونٹوں کی قطاروں کی بھیڑ تھی۔ تینوں سڑکیں مل کر ایک چوڑی شریان کی شکل میں کارخانے میں داخل ہوتی تھیں۔ پھر یہ دائیں طرف مڑ کر ''فالتو پرزوں اور ساز و سامان'' کے ڈپو سے ہوتے ہوئے بائیں طرف لوہے کے سامان اور بیج اور ریشہ کو الگ کرنے والی مشین کے پاس سے گزرتے ہوئے کارخانے کی عمارتوں کے جمگھٹے کے پیچھے وزن کرنے والے کنڈے تک چلی جاتی۔ تین کلرک کنڈوں پر بیٹھے فیکٹری کے لیے خریدی گئی کپاس کا وزن کر کے اُسے کاغذوں پر وصول کر رہے تھے۔

فضا میں گوبر کی تیز بو رچی ہوئی تھی۔ مویشیوں کو رجھانے کی آوازیں، دوسرے جانوروں کی آوازیں، گٹھڑیاں اُٹھانے والوں کا شور، تھکا دینے والی کارروائی کا احساس، گرد، پسینہ...... کلرکوں میں سے ایک نے اپنی گھڑی کو دیکھا۔

''چھے بجنے والے ہیں!'' اُس نے اونچی آواز میں ایک نعرہ لگانے سے پہلے کہا۔

''ہر کوئی غور سے سنے۔ چھے بجنے والے ہیں!''

کارخانے کا مالک عموماً چھے بجے آتا تھا یا زیادہ سے زیادہ سوا چھے بجے۔

کنڈوں پر باتوں کی آواز تیز ہو گئی اور ساتھ ہی پسینے سے شرابور مزدوروں کی بھی!

(III)

وہ کسی کام کے آغاز کا وقت نہیں تھا یعنی اُس وقت مزدوروں کے کام کرنے کی تبدیلی کا وقت نہیں تھا، اِس لیے محنت کشوں کا گردونواح کا علاقہ نیند میں تھا۔ گردونواح، گلی ہوئی لکڑی کے گھروں کا جمگھٹا تھا جنھیں زنگ آلود دھات اور کچی اینٹوں سے کھڑا کیا گیا تھا۔ لگتا تھا کہ گھروں کا جمگھٹا کسی بڑے سیلاب میں بہ گیا ہے، ایسا سیلاب جو کہیں دور سے شروع ہوا تھا، اور راستے میں جو بھی آیا اُسے بہاتے، جھاگ اُڑاتے اور بھنور بناتے ہوئے ہر شے کو کارخانے کے دروازے تک لے آیا ہو، ان گردونواح کے لوگوں کے دلوں کی دھڑکنوں تک، سفید پتھروں کی مضبوط غیر منقولہ رکاوٹ جو اُسے چاروں طرف سے گھیرے میں لیے ہوئے تھی، کے ساتھ ٹکرانے تک، چھوٹے چھوٹے ٹکڑوں میں ہر سمت میں پھیلنے تک۔

وہ گھر ...... کچھ ایک طرف کو جھکے ہوئے، کچھ نیچے دبے ہوئے، کچھ اُس طرف کو جھکے ہوئے، کچھ گرتے ہوئے یا گرنے کے قریب مگر اپنا توازن برقرار رکھے ہوئے ...... یہ محنت کشوں کے گھر تھے۔

اُن کے گلتے ہوئے دروازے وقتاً فوقتاً کھلتے، اُن میں سے ایک لچکدار جواں لڑکی، بھاری عورت یا نیم خوابی کی حالت میں چھوٹا بچہ، اپنے ناپ سے بڑی کھڑاویں پہنے لڑکھڑاتے ہوئے باہر نکلتا اور فیکٹری کے ملازمین اور مزدوروں کی کوآپریٹو دکان کی طرف چل پڑتا۔

چیف مشین کار کا سرخ رنگ والا، گل پھولا باپ دکان چلاتا تھا۔ وہ اُس وقت کاؤنٹر پر جھکا ہوا اپنے چاندی کے بیضوی چشمے کے اوپر سے دیکھتے ہوئے خلیل کے ساتھ باتیں کر رہا تھا۔

''وہ رہی۔'' بوڑھے نے اعلان کیا،'' وہ تمھارے دوست کی بیوی ہے۔''خلیل نے مڑ کر پیچھے دیکھا۔ ایک دراز قد، سفید رنگت والی، دبلی پتلی عورت۔ وہ کالے رنگ کی زیتون کے تیل کی بوتل اُٹھائے ہوئے تھی۔

''آپ جناب عزت کی بیوی ہیں، محترمہ؟''خلیل نے پوچھا۔

اُس نے خلیل کی طرف تھکی ہوئی نظروں سے دیکھا اور سر اثبات میں ہلایا۔

''میں نے سنا ہے کہ آپ بیمار ہیں۔'' اُس نے بات جاری رکھی،''میری دعا ہے کہ آپ جلد صحت یاب ہو جائیں۔''

''سمجھ نہیں آتی کہ کیا ہو رہا ہے؟ کبھی تو بہتر محسوس کرتی ہوں اور کبھی بہت خراب......''

''مجھے یقین ہے کہ آپ صحت یاب ہو جائیں گی۔ آپ کو خدا پر یقین رکھنا چاہیے۔ آپ کا یقین ہے کہ نہیں؟''

''اِس عمر میں صحت کی کیا ضرورت ہے؟ اِس طرح نہیں ہے کہ میں اُٹھ کر کوئی کام شروع کر دوں......''

اُس نے اپنی بوتل کاؤنٹر پر رکھی۔

''مجھے ساڑھے بارہ لیرا کا زیتون کا تیل چاہیے۔''

''آپ کے شوہر کے ساتھ سڑک پر ملاقات ہوئی تھی۔''خلیل نے اپنی بات جاری رکھی۔''وہ ایک ٹریکٹر کی مرمت کر رہے تھے۔ اُس کی وجہ سے کچھ پیسہ آئے گا۔''

''معلوم نہیں کہ کتنے پیسے ہوں گے؟'' عورت نے جانے کے لیے تیار ہوتے کہا۔

''وہ ایک کاریگر مستری ہے۔ یقیناً کافی پیسے ہوں گے۔''

''یہی امید رکھنی چاہیے۔''

دکان دار کے نائب نے اُس کی بوتل بھر دی تھی جسے وہ اُس کی طرف بڑھائے ہوئے کھڑا تھا۔

''ادھار والے کھاتے میں ڈال لو۔'' اُس نے جاتے ہوئے آواز لگائی۔

بوڑھے نے کھاتا کھولا اور اُدھار لکھ دیا۔

''اُس آدمی کی کاریگری میں کوئی شک نہیں۔'' اُس نے خلیل کو بتایا، ''لیکن وہ ایک جگہ ٹِک نہیں سکتا۔ وادی میں اُس کے مقابلے کا کوئی کاریگر نہیں لیکن وہ دو دن یہاں گزارتا ہے اور دو دِن وہاں۔''

''آپ ٹھیک کہتے ہیں۔ آدمی کو ایک جگہ کچھ عرصہ کے لیے ٹکنا چاہیے میں نے اُس کے ساتھ بوسنیائی لڑکی کے بارے میں بات کی تھی۔ میں نے اُسے بتایا چوں کہ وہ ایک ہی احاطے میں رہتے ہیں اور نزدیکی ہمسائے ہیں، اُسے اُس کے باپ سے بات کر کے معاملات طے کر لینے چاہییں۔''

''اس نے کیا کہا؟''

''اُس نے کہا کہ وہ اُس کلرک کو پسند کرتی ہے۔ وہ صرف تیس لیرا میں کیسے محبت کر سکتے ہیں؟ میں نے یقین دلایا کہ اُسے سونے سے لاد دوں گا، جو چاہے گی اُسے دوں گا۔ اور پھر میں نے کہا کہ شہر میں اُس کے لیے حویلی کرائے پر لے لوں گا۔ میں تمام اونٹ بیچ کر حاصل ہونے والی رقم اُس پر خرچ کر دوں گا۔ میں نے سنا ہے کہ لڑکی کا باپ ایک خبطی سا آدمی ہے۔ کیا ایسے ہی ہے؟''

''کون سی لڑکی؟''

''بوسنیائی لڑکی!''

''کون؟ جمیلہ؟''

''ہاں!''

''ہاں، میرے خیال میں وہ ایک خبطی سا آدمی ہے لیکن یہ بات اتنی اہم نہیں۔ پیسہ بولتا ہے۔ مسئلہ اُس لڑکی کا ہے۔ وہ ایک ضدی قسم کی لڑکی ہے۔ بہت سے آدمیوں کو اُس میں دلچسپی ہے لیکن وہ کسی کو گھاس نہیں ڈالتی۔''

''کلرک کیسا آدمی ہے؟''

''اچھا لڑکا ہے۔ عزت کرنے والا۔ کافی شراب پیتا ہے۔ ...... وہ میرے شراب خانے میں جاتا ہے اور اُس کھڑکی کے پاس بیٹھ کر اپنے آپ کو سنوارتا رہتا ہے۔''

''تیس لیرا کمانے والا ایک عورت کی خواہش کیسے کر سکتا ہے؟''

''کیوں نہیں کر سکتا؟ اگر دِل ملے ہوئے ہیں تو جیسے کہا جاتا ہے کہ وہ کوئی راستہ نکال ہی لیں گے۔''

''عورتوں کو سمجھنا آسان نہیں، ایسے ہے کہ نہیں؟ اگر صرف وہ مجھے ہاں کہہ دے تو اُسے کسی چیز کی ضرورت نہیں رہے گی۔''

''تمھارا کوئی اندر جاننے والا نہیں؟''

''کہاں؟''

''فیکٹری میں۔تم وہاں کسی کو کچھ سکے دے سکتے ہو......''

''بالکل ہے۔تمھارا ''شیشہ چشم'' صادق، وہ لڑکی قرہ کز......!''

''یہ بات ہوئی نا......لیکن کیا وہ مدد کر سکے گی؟''

''وہ اُس کے ساتھ تبادلہ خیال کر چکی ہے اور مسئلے کے بارے میں اُس سے دو بار بات بھی ہوئی ہے۔اگر وہ کلرک نہ ہو تو......''

''تو وہ اُس سے واقعی محبت کرتی ہے؟''

''بات میری سمجھ میں نہیں آ رہی۔ وہ ایک عورت کے بارے میں سنجیدگی کے ساتھ کیسے سوچ سکتا ہے جب کہ وہ صرف تیس لیرا پر ہے۔اگر اُنھوں نے کل شادی کرنی ہے تو کیا وہ جانتے ہیں کہ اگلے وقت کا کھانا کہاں سے آئے گا؟ اگر اُن کے بچے پیدا ہو گئے تو کیا کریں گے؟ یہ سمجھداری نہیں۔لیکن اگر وہ مجھ سے محبت کرے......اب......''

''کیا تم نے لڑکی کی معرفت یہ سب کچھ کہلوایا ہے؟''

''ہاں، لیکن......''

''لیکن کیا؟''

''وہ ضدی ہے۔اُس نے لڑکی کو بتایا کہ وہ یہ بات نہ کرے ورنہ وہ انتظامیہ کو شکایت کر دے گی۔''

''اِس حالت میں تمھیں سبکدوش ہو جانا چاہیے۔''

''وہ ایک عورت کے ساتھ کیسے محبت کرسکتا ہے جب کہ وہ صرف تیس لیرا پر ملازم ہے؟ جس طرح بھی دیکھا جائے، وہ ایک ادنیٰ سا کلرک ہے۔ اگر وہ میرے پاس آجائے تو......''

''احمد!'' بوڑھے نے اپنے نائب کو آواز دی۔ ''یہ شٹر تو ذرا اُوپر کردو۔''

نائب نے ابھی آدھے بند شٹر ہی کھولے تھے جب کو آپریٹو حجام کی دکان کے پیچھے سے کارخانے کا مالک نمودار ہوا۔ وہ بطخ کی طرح مٹکتے ہوئے چلا آرہا تھا۔ اُس کا بڑا سا پیٹ چھاتی سے ہی شروع ہوجاتا تھا، جس کے نیچے اُس کی پتلی پتلی ٹانگیں چلتے ہوئے کسی بطخ کی طرح باہر کی طرف حرکت میں تھیں۔ اُس کے لٹکتے ہوئے گال اور باہر کو نکلا ہوا نچلا ہونٹ اُس کے تنکوں کے ہیٹ کے چوڑے چھجے کے نیچے بمشکل نظر آرہے تھے۔

ہر کوئی جانتا تھا کہ وہ شکروا (Çukurova) وادی میں مزدوری کی تلاش میں رسی سے بنے ہوئے جوتے اور تیل لگی تُرکی ٹوپی پہنے ہوئے آیا تھا۔ سب نے سنا تھا کہ وہ کس طرح تمام دِن محمود پاشا بلڈنگ کے سامنے کھڑا رہتا تھا، دیہاتیوں کی پہاڑوں سے لائی ہوئی خرگوشوں کی اُن کھالوں کے انتظار میں جنھیں ابھی تک صحیح نہیں کیا گیا تھا۔ وہ اُن کھالوں کو صحیح کرتا، اور کیسے وہ اُن چند سکوں کو جو اُس حاصل ہوتے دوبارہ اُسی کاروبار میں لگا دیتا، کس طرح کئی برس وہ اُس سوکھی روٹی اور اچار یا زیتون کے کچھ ٹکڑوں اور کبھی کبھار اُبلے ہوئے مٹروں کے چھلکوں پر گزارا کرتا رہا تھا، جو اُسے حاصل ہوتے، وہ اُس وقت تک یونہی گزر بسر کرتا رہا جب تک کہ وہ اپنے مقاصد میں کامیاب نہ ہوگیا۔

بوسنیائی گیٹ کیپر نے مالک کو آتے دیکھا تو اُس نے اپنی چوکیدار کی طرز کی وردی کو کھینچ کر سیدھا کیا اور ننگے پیروں والے بچوں کو جو جانوروں کا گوبر برتنوں میں اکٹھا کررہے تھے، مار بھگایا۔ پھر وہ فیکٹری پھاٹک کے ساتھ اپنے چھوٹے سے کمرے کے سامنے اکڑ کر سیدھا کھڑا ہوگیا۔

مالک نے اِن تمام باتوں پر غور نہیں کیا۔ اُس نے جب چھکڑوں، ٹرکوں اور اونٹوں سے بھری سڑکوں کا جائزہ لیا تو ماتھے پر بل ڈال لیے، سب پر بڑی بڑی بوریاں لدی ہوئی تھیں۔

''یہ سب چل کیوں نہیں رہا؟'' اُس نے پوچھا۔ ''اُنھوں نے تمام سڑکیں روک دی

ہیں۔کیا کلرک اِنہیں تول نہیں رہے؟''

وہ جانتا تھا کہ تینوں کلرک رات بھر ایک دوسرے سے مقابلے میں لگے رہتے ہوں گے، اِس کے باوجود اُس نے یہ بات کہی۔

اُس نے گیٹ کیپر کے جواب کا انتظار نہیں کیا۔ وہ کارخانے میں داخل ہو کر سیدھا اپنے دفتر میں چلا گیا۔ اُس نے اپنا ہیٹ اور کوٹ اُتار کر خدمت گار کے سپرد کیا اور وہ سفید، لمبا فیکٹری کوٹ پہنا جو وہ ہمیشہ کام کے معائنے کے وقت پہنا کرتا تھا۔ اُس نے نیوی والی ٹوپی اپنے گنجے مگر مضبوط سر پر رکھی اور جیسے اُس کا روزانہ کا معمول تھا، معائنے کے لیے چل دیا۔

(IV)

جسے جنری (Ginnery) کہا جاتا ہے، اُس تک پہنچنے کے لیے ٹوٹی ہوئی سیڑھیاں چڑھنا پڑتیں۔ یہ وہ جگہ ہے جہاں کپاس کے ریشے اور بیج کو اُس مشین کے ذریعے، جسے بیلنا کہا جاتا ہے، جدا کیا جاتا ہے۔

وہاں ایک کلرک موجود تھا جو کپاس کے ریشے کی گانٹھوں کو تول رہا تھا۔ اونٹوں کا مالک خلیل بھی وہاں موجود تھا۔ وہ کلرک کے دفتر میں چلا گیا تھا اور آلتی پالتی مارے سگریٹ سے لطف اندوز ہو رہا تھا۔

کارخانے کا مالک اُسی طرف آ رہا تھا۔ کلرک اپنا کام چھوڑ کر اُس کے پیچھے پیچھے سیڑھیاں چڑھنے لگا۔ مالک اچانک رُک گیا اور کلرک کے ساتھ درشتی سے بولا:

''تمھارے خیال میں تم کیا کر رہے ہو؟ میں تم دونوں کا بندوبست کرتا ہوں۔ تم چاہتے ہو کہ وہ آگ لگا کر ہمیں کاروبار سے فارغ کر دے؟ کیا تم جانتے نہیں کہ اندر کہیں بھی سگریٹ پینے کی اجازت نہیں؟''

''میں نے اُسے بتایا تھا، جناب۔'' ساٹھ سالہ Thessalonian کلرک نے، جو بظاہر خاصا پریشان تھا، جواب دیا، ''میں خدا کی قسم کھا کر کہتا ہوں جناب، میں نے اُسے بتایا تھا۔''

''اگر تم نے بتایا تھا تو وہ ابھی تک سگریٹ کیوں پی رہا ہے؟''

''......؟''

''کیا تمھاری پریشانی یہ تھی کہ میں نہیں چاہوں گا کہ تم مال پہنچانے والوں کو تنگ کرو؟

اِس بات کی فکر مت کرو۔ وہ کیا سوچتا ہے؟ مجھے اُس کی قطعاً پروا نہیں...... ابھی وہاں جاؤ، شاباش، ایک اچھے آدمی کی طرح، اور اُسے سگریٹ بجھانے کا کہو۔"

کلرک تیزی کے ساتھ اپنے دفتر میں گیا۔

"سگریٹ بجھا دو، دوست۔"

"تمھیں ایک ہی بات آتی ہے۔" خلیل نے کہا، "بجھا دو، بجھا دو، ہر دو منٹ کے بعد یہی کہتے ہو۔ دیکھو، صرف دو کش رہ گئے ہیں اور......"

"مجھے بچے ہوئے کشوں میں کوئی دلچسپی نہیں ہے۔ مالک نے مجھے کھری کھری سنائی ہیں۔ جس بات میں میرا قصور نہیں اُس کے لیے میں جلی کٹی کیوں سنوں؟"

"تمھارا مالک مجھے کچھ نہیں کہے گا۔ میں خاص آدمی ہوں۔"

"دیکھو! یہ ایک کارخانہ ہے۔ یہاں کوئی بھی خاص آدمی نہیں۔ بجھا دو اِسے، میری بات مان لو، دیکھو ہر طرف کپاس ہی کپاس ہے۔ ایک شعلہ اور سب کچھ جل جائے گا۔ میری بات مان لو، بجھا دو!"

خلیل نے کلرک کو نفرت سے دیکھتے ہوئے سگریٹ کو فرش پر پھینکا اور جوتے کے نیچے مسل دیا۔ اُس نے اِسے ایک طرح کی شکست سمجھا۔ اُس نے اپنی بڑی ساری عنبریں تسبیح نکالی اور تیزی کے ساتھ اُسے اپنے ہاتھ میں گھمانے لگا۔ اُس کا غصہ ہر لحہ بڑھتا جا رہا تھا۔ اُس نے کلرک کو کن اکھیوں سے دیکھا۔

"اگر یہ مناسب جگہ ہوتی......" وہ بُڑبُڑایا۔

نزدیک ہی کنڈوں پر مزدور کپاس کی گانٹھیں رکھ رہے تھے اور کلرک رجسٹر میں اُن کا وزن لکھنے میں مصروف تھا۔ اُس نے اپنے چشموں کے اوپر سے خلیل کو دیکھا اور بڑبڑاتے ہوئے دعا مانگی۔

"اب کیا بڑبڑا رہے ہو، او آدمی؟" خلیل ناراضی کے ساتھ بولا۔

"اپنا لب ولہجہ مہذب رکھو۔" کلرک نے اُسی طرح جواب دیا، "میں آدمی نہیں، جناب ہوں۔"

''ٹھیک، درست!''

''ایسے ہی ہے۔''

''بکواس بند کرو۔ میں تمھیں جناب کہوں! میرا منہ مت کھلواؤ......''

کلرک غصے کے ساتھ چشمہ اُتار کر اُسے میز پر رکھتے ہوئے اُٹھ کھڑا ہوا۔

''ٹھیک ہے۔ چلو دیکھتے ہیں کہ تم کیا کرتے ہو!''

خلیل بھی کھڑا ہو گیا۔ اُس نے تسبیح واپس جیب میں رکھ لی۔

''اب بتاؤ۔ تمھاری بکواس کیسے بند کی جائے؟'' اُس نے کلرک کو چھاتی پر دھموکا مارتے ہوئے کہا۔ کلرک چند قدم پیچھے کی طرف لڑکھڑایا۔

''تمھیں زیادہ ضرورت ہے۔ چلو، دیکھا جائے کہ تم کس چیز کے بنے ہوئے ہو؟''

وہ خلیل کو دھکا دینے لگا تو اُس نے اُس کے ہاتھ جھٹک دیے۔

''آرام سے بیٹھ جاؤ۔ ایسا نہ ہو کہ تمھیں زخم آ جائے۔''

اُنھوں نے ایک دوسرے کو دھکیلنا شروع کر دیا۔ ایک نے دوسرے کو دھکیلا اور دوسرے نے جواباً دھکیلا۔ یکدم وہ کشتی لڑنے لگے۔ پیشتر اِس کے کہ آس پاس کے مزدور اُنھیں الگ کرتے، خلیل نے تیزی کے ساتھ ایک داؤ لگا کر عمر میں خود سے بڑے کلرک کو اُس کی میز پر پھینک دیا۔ مزدوروں نے خلیل کو پکڑ لیا اور اُسے مینڈک چال چلاتے ہوئے دفتر سے باہر لے گئے۔

کلرک غصے میں کانپ رہا تھا اور شور کر رہا تھا۔ اُس نے اپنے دفتر کا دروازہ زور سے بند کر کے کنڈی لگا لی۔

خلیل کو مزدوروں نے گھیرا ہوا تھا۔

''کوئی مسئلہ نہیں ہے۔'' وہ کہہ رہا تھا، ''میں اس معاملے سے نمٹ لوں گا۔ وہ ایک سیکنڈ میں نکال دیا جائے گا......''

کلرک نے پانی کا گھونٹ لیا اور اپنے ڈیسک پر بیٹھ گیا۔ اُس نے اپنا چشمہ پہنا اور کانپتے ہوئے ہاتھ کے ساتھ پنسل پکڑی۔

خلیل لعنتیں بھیجے جا رہا تھا۔

کلرک نے تجربے سے پیدا ہونے والی تیز رفتار کے ساتھ گانٹھ کو کنڈے پر تولا اور اُس کے وزن کا اعلان کیا۔

''ایک سو اور دس۔ اِسے لے جاؤ!'' وہ چیخا۔

خلیل اب آپے سے باہر ہو رہا تھا۔

''میں تمھارے عیسیٰ، تمھارے موسیٰ.... تمھاری اولاد کی سات نسلوں کو پکڑ کر اُنھیں جھکاؤں گا اور سکندرِ اعظم کی پوری فوج کے ساتھ پیچھے سے حملہ آور ہوں گا......'' یہ کہتے ہوئے اُس نے مزدوروں کو ایک دم پرے جھٹک دیا۔ اُس نے کلرک کے دفتر کے دروازے پر زوردار لات ماری۔

''ذلیل جانور!'' کلرک نے حیرت کے ساتھ کہا۔

خلیل غصے کے ساتھ فیکٹری مالک کے دفتر کی طرف چلا گیا۔

مالک چند سیکنڈ بعد جنری کی سیڑھیوں سے نیچے آیا تو کلرک نے اُسے حالت سے آگاہ کیا۔

''اب وہ آپ کے پاس میری شکایت لے کر گیا ہے!''

''مطمئن رہو۔'' مالک نے کہا، ''وہ ایک احمق دہقان ہے جو کارخانے کو ایسے بڑے خطرے سے دوچار کرنا چاہتا ہے۔''

یہ کہتے ہوئے مالک سوت کاتنے والی مشینوں کا معائنہ کرنے کے لیے چلا گیا۔

(V)

سوت کاتنے والی مشین کے جھولتے ہوئے دروازے مردانہ بیت الخلا کے پاس تھے۔ سوت کاتنے والی مشین چمکتی ہوئی صاف ورکشاپ تھی جسے دھات کے مضبوط ہیل پائے اُٹھائے ہوئے تھے۔ یہ مشینیں چار نمبر سے لے کر چوبیس تک، ''ایکسٹرا'' اور ہر ممکنہ رنگ اور موٹائی کا دھاگا بناتی تھیں۔

دروازے میں سے داخل ہوتے ہی ''ریٹر'' کی کاتنے والی مشینوں پر نظر پڑتی۔ کپاس کو مشین میں دیا جاتا، پھر اُسے مشین پر ہی مروڑ اور کھینچ کر مطلوبہ موٹائی دی جاتی اور پھر اسے ڈوریوں میں بل دیے جاتے۔ ہر کاتنے والی مشین پر ایک پیچھے اور ایک آگے کام کرنے والے مقرر ہوتے جو کپاس کو مشین میں ڈالے جاتے۔ لڑکیاں، لڑکے، آدمی، عورتیں، جوان اور بوڑھے گیلے فرش پر یا ننگے پاؤں چلتے یا اُنھوں نے کھڑاویں پہنی ہوتیں۔ چھوٹے بچے خاص طور پر ایک افسردہ سا نظارہ پیش کرتے...... اُن کی عمریں نو یا دس برس سے زیادہ نہیں ہوتی تھیں۔ اُنھیں نیند کی ضرورت ہوتی، وہ تھکے ہوئے کمزور بچے، اپنی ماؤں، خالاؤں یا چچوں کی شناخت استعمال کرتے یا شاید مکمل طور پر اجنبیوں سے خرید کر، تاکہ وہ ملازمت کے قوانین کی خلاف ورزی نہ کر رہے ہوں۔

دھاگے اکٹھے ہونے سے پہلے پانی کی طرح مشین کے رولروں میں سے گزرتے اور پھر چمکتی ہوئی کیبلوں کے اوپر سے اُنھیں ڈوریوں میں بل دیے جاتے۔ یہ سب کام بے انتہا تیز رفتاری سے ہو رہا ہوتا جب کہ مشین کی دھیمی اور سریلی آواز آتی رہتی۔

مختلف حلیوں اور سائزوں کے اِن کاریگروں کا کام بارہ گھنٹے کھڑے ہو کر دھاگوں کو

دیکھتے رہنا اور جب کوئی ٹوٹ جائے اُسے جوڑنا تھا۔ وہ اپنے کام میں مستعد تھے۔

مالک دائیں ہاتھ کی پہلی مشین پر کھڑا ہوا۔ اُسے اپنی مشینری بہت پسند تھی۔ وہ سبز سیلنڈروں کو تعریفی نظروں سے دیکھتا رہا۔

ہمیشہ کی طرح مالک کی آمد کی خبر تیزی کے ساتھ پھیل گئی۔ تمام کاریگر اور اُن کے نائب جو کسی کونے میں کھڑے گپ لگا رہے تھے یا جلدی جلدی چائے یا بوتل پینے کے لیے کھسک جاتے تھے یا لڑکیوں کے ساتھ باتوں میں مشغول تھے، اُنھیں فوراً متنبہ کر دیا گیا۔

کاتنے والی مشینوں کا بھاری بھرکم سپروائزر جو ایک طرح سے عورت باز تھا، ورکشاپ کے پچھلے دروازے سے چپکے سے داخل ہو کر ایک مشین پر ایسے مشغول ہو گیا کہ یوں ظاہر ہو جیسے وہ مرمت کرنے میں مشغول ہے۔

مالک مشینوں پر کام کرنے والوں کے ساتھ باتیں کر رہا تھا۔

اُس نے تقریباً بارہ سال عمر کے ایک لڑکے کو علیحدہ کر لیا۔ لڑکا اُس کے سامنے، شاید اپنے باپ کے پھٹے ہوئے پیلے جوتے پہنے، جو اُس کے پتلے پتلے پیروں کے لیے بہت کھلے تھے، کھڑا ہوا تھا۔

''تو پھر.... '' مالک نے کہا، ''تم ہمارے نئے اطالوی انجینئر کی کارکردگی سے مطمئن ہو؟''

لڑکے نے اپنے بڑے کانوں والے چپٹے سر کو دائیں بائیں ہلایا۔

''نہیں مالک۔'' اُس نے جواب دیا، ''میری سمجھ سے باہر ہے کہ ہم نے اُس کافر کو ذمے دار کیوں بنایا ہے؟''

''لڑکے! ایسا کیوں کہتے ہو؟''

''مالک! دیکھیں...... یہ دھاگا صحیح نہیں، جگہ جگہ سے ٹوٹ رہا ہے!''

''دیکھو بیٹا۔ وہ ایک غیر ملکی انجینئر ہے۔ وہ یقیناً سے یا مجھ سے زیادہ جانتا ہے۔''

لڑکا تیزی کے ساتھ ٹوٹے ہوئے دھاگے کو جوڑنے کے لیے بڑھا۔

''اگر غیر ملکی انجینئر یہی کچھ کرے گا..... '' اُس نے انجینئر پر پھٹکار ڈالی۔

بھاری بھرکم سپروائزر مالک کے پاس کھڑا ہوگیا۔

''تمام کام کرنے والے شکایت کر رہے ہیں۔ یہ اُنھیں مارے جارہا ہے۔ آپ کبھی کپڑا بننے والی مشینوں پر اُن کی باتیں سنیں۔ اگر یہ اِسی طرح رہا تو پتا نہیں کہ وہ لوگ کیا کریں......''

''مجھے کیا پرواہے؟'' مالک ہنسا، ''میں واحد مالک تو نہیں۔ میں نے اُسے ملازمت پر نہیں رکھا۔''

''آپ کی مرضی......اگر معاملات ایسے ہی رہے تو مزدور جلد ہی بغاوت کر دیں گے!''

''یہ مسٹر نعمان کی پریشانی ہے۔ اُسے وہی پانچ سال کے معاہدے پر لائے ہیں۔ میں جب کچھ کہنے کی کوشش کرتا ہوں تو وہ بُرا مناتے ہیں۔''

مالک کو چند کاریگروں اور زیرِ تربیت کارندوں نے گھیرے میں لیا ہوا تھا۔

''لوگ ٹولیوں کی شکل میں کام چھوڑ کر سمر بینک کارخانے پر کام کرنے جا رہے ہیں۔ اگر ایسے ہی رہا تو یہاں کام کرنے والا کوئی بھی نہیں بچے گا۔''

''اِس مسئلے کو مسٹر نعمان اور اطالوی انجینئر کے ساتھ طے کرو۔ مجھے بتانے کا کچھ فائدہ نہیں۔''

وہ آگے چل پڑا۔ وہ اپنے آپ سے بہت خوش تھا۔ وہ اپنے ساتھ چلتے ہوئے سپروائزر کی طرف مڑا۔

''اگر اُن میں تھوڑی سی بھی عقل ہو!'' اُس نے نرمی کے ساتھ کہا، ''تو وہ اُس کافر کو کسی ویران جگہ میں الگ لے جائیں......''

''یقیناً یہی انجام ہونا ہے۔'' سپروائزر نے جواب دیا، ''تھوڑے دن اور......''

''ٹھیک! اُمید بھی یہی رکھنی چاہیے۔''

''آپ پریشان نہ ہوں۔ بُننے والے ہی اُسے پکڑیں گے۔ وہ سخت طیش میں ہیں۔''

جیسے ہی مالک تکلوں کی طرف چلنے کو تیار ہوا تو اُس نے کاتنے والی مشینوں کے دوسرے طرف اشارہ کیا جہاں اطالوی کا دفتر تھا۔

''وہ ابھی تک آیا نہیں؟''

''وہ نو بجے سے پہلے کبھی نہیں آتا۔'' سپروائزر نے کہا،''ایک یورپی انجینئر؟ وہ ہمارے جیسا نہیں ہے۔ پتا نہیں اُسے رکھا کیوں گیا۔ ہر ایک کا خیال ہوگا کہ کارخانہ اُس کے بغیر چل نہیں سکتا ہوگا......''

کنکریٹ کی ایک تنگ پٹڑی تکلوں اور کاتنے والی مشینوں کو جدا کرتی تھی۔ سوت کی ڈوریوں کو تکلوں تک بڑے ریہڑوں میں لے جایا جاتا اور اُنھیں کھول کر وہاں انٹیوں میں تہ کیا جاتا اور گٹھڑیوں میں بازار بھیج دیا جاتا۔

کام کرنے والی لڑکیاں، سیاہ بالاپوش اور سفید سرپوش میں آگے کو جھکے ہوئے مسلسل ٹوٹتے دھاگوں کو جوڑنے میں ہمہ تن مصروف......

کاتنے والی مشینوں پر کام کرنے والے کاریگروں کی طرح وہ بھی دھاگے کے ٹوٹنے کی شکایت کر رہی تھیں۔

''دھاگوں میں کوئی خرابی در آئی ہے۔'' انھوں نے مالک کو بتایا،''ہم نے اُنھیں اِس حالت میں کبھی نہیں دیکھا، اِن تمام برسوں میں جب سے ہم یہاں ہیں۔''

''تمھارے خیال میں تم یورپین انجینئر سے زیادہ جانتی ہو؟'' مالک کا فوری جواب تھا۔ ''تم سب خود کو اُس سے زیادہ عقل مند سمجھتی ہو؟''

''ذلیل غیر ملکی،'' لڑکیاں بُڑبُڑائیں۔''بہر حال اُسے یہاں کون لے کر آیا ہے؟''

''یقیناً، میں نہیں،'' مالک نے کہا۔''اگر میں بلاشرکت غیرے مالک ہوتا تو اِسی وقت اُسے دُم سے پکڑ کر باہر پھینک دیتا!''

بھاری بھرکم سپروائزر نے، جس کے ساتھ اُس کا نائب بھی تھا، بات چیت میں حصہ لیا۔

''وہ جن لوگوں کی روزی کے ساتھ کھیل رہا ہے، وہی اُسے سبق سکھائیں گے۔ اِن معصوم لوگوں پر ایک نظر تو ڈالیں؟ یہ بارہ گھنٹے کھڑے رہتے ہیں۔''

''اُنھیں عقل کا مظاہرہ کرنا چاہیے،'' مالک نے مکاری کے ساتھ کہا،''بچہ اگر روئے نا

تو اُسے دودھ نہیں پلایا جاتا۔ کیا تم نے مسٹر نعمان سے بات کی؟''

''کاتنے والوں نے مجھے بتایا کہ اُنھوں نے ملاقات کر کے شکایت کی تھی ...... اُنھوں نے تقریباً دو کاریگروں کی بات سنی اور پھر غصے میں آ گئے۔ اُنھوں نے کہا کہ وہ اُن جیسے لوگوں سے ایک یورپی سائنسدان کے خلاف کوئی شکایت نہیں سنیں گے۔ اُنھوں نے اُنھیں واپس کام پر جانے کو کہا۔''

''تم مسٹر نعمان کو تو جانتے ہی ہو۔'' مالک نے بوسنیائی جمیلہ کے پاس کھڑے ہوتے ہوئے کہا، ''اُن کا ایک پاؤں امریکہ میں ہے اور دوسرا یورپ میں ...... ہم اُن سے سوال کرنے والے کون ہوتے ہیں؟''

جب کام کرنے والوں نے مالک کو جمیلہ کے پاس ایک بار پھر کھڑے دیکھا تو اطالوی فوراً اُن کے ذہن سے محو ہو گیا۔ اُنھوں نے آپس میں سرگوشیاں کرنا شروع کر دیں۔

سیاہ رنگت کی قرہ کز اُسی قطار میں تیسری مشین پر کام کرتی تھی، وہ البانیہ کی مریم کی طرف مڑی اور پھر اُسی مشین پر کام کرنے والی کریٹ کی خدیجہ کی طرف۔

''دیکھا؟'' اُس نے سرگوشی کی، ''دیکھو، وہ لڑکی کو کیسے گھور رہا ہے!''

''دیکھ رہی ہوں۔'' کریٹ کی خدیجہ نے کہا، جس کی ناک اوپر کو اُٹھی ہوئی تھی، ''بوڑھا لوطی ......''

البانیہ کی مریم، ایک دبلی سی سیاہ رنگت والی مرجھائی ہوئی عورت تھی۔

''لیکن اُس کے کیا کہنے!'' اُس نے کہا، ''دیکھو غصے سے کیسے اُس کی طرف دیکھ رہی ہے؟ لگ رہا ہے جیسے وہ اپنے بھائی یا باپ یا ......''

''یا خاوند!'' خدیجہ نے بات مکمل کی۔

''یہ درست نہیں! گویا اُس کی خوب صورتی ہر مرحلے میں سے اُسے پار لگا دے گی۔''

''ایسے نہیں ہو سکتا ...... میرا مطلب ہے کہ کارخانے کا مالک ہے۔ وہ اپنے آپ کو کیا سمجھتی ہے؟ اس طریقے سے گھورتے ہوئے؟''

''اُسے اپنے آپ پر اعتماد ہے، میری مانو۔'' قرہ کز نے کہا، ''وہ سمجھتی ہے کہ وہ خدا کا

کوئی تحفہ ہے۔ میں اُس کے ساتھ اُونٹوں والے کے لیے بات کر رہی تھی۔ میں نے بتایا کہ وہ اُس پر دیوانہ وار فدا ہے کہ وہ اُسے سونے سے لاد دے گا، وہ کہتا پھر رہا ہے کہ وہ اُس کے لیے سب کچھ کرنے کو تیار ہے اور اِس لڑکی نے اپنی ناک چڑھا دی۔"

"یہ تو اُس کلرک پر فریفتہ ہے۔"

"ہاں۔ اونٹوں والا کہہ رہا تھا کہ تیس لیرا ماہانہ پر شادی کیسے کی جا سکتی ہے۔"

"تم نے اُسے یہ بتایا؟"

"جمیلہ کو؟ ہاں، بتایا تھا۔"

"اُس نے کیا جواب دیا؟"

"کچھ بھی نہیں۔ اُس نے کہا کہ وہ انتظامیہ سے میری شکایت کرے گی...... مجھے پروا نہیں اگر وہ شکایت کر بھی دے...... مجھے فکر کرنے کی ضرورت نہیں۔ وہ جو بھی کرے مجھے ڈرنے کی ضرورت نہیں۔ مجھے اپنی حفاظت کرنا آتی ہے۔ لیکن میں یہ نہیں سوچ رہی تھی......"

مریم نے جمیلہ کی طرف نفرت سے دیکھا۔

"احمق گائے۔" اُس نے کہا، "سب کچھ ٹھکرا دینا۔ کیا وہ تمہارا اونٹوں والا مجھے نہیں اپنا لے گا؟"

"وہ تمہارا کیا کرے گا؟ مرجھائی ہوئی بوڑھی عورت؟"

"بالکل درست۔" مریم نے آہ بھری، "وہ میرے ساتھ کیسے رہ سکتا ہے؟ کالی اور مرجھائی ہوئی۔"

اُسی وقت جمیلہ کا کلرک کچھ کاغذات اُٹھائے ہوئے ورکشاپ میں داخل ہوا۔

"وہ رہا۔" قرہ گز نے کہا، "رومیو، ہماری جولیٹ کے لیے۔ میرا خیال تھا کہ وہ ضرور آئے گا۔ سپروائزر اُس کی یہاں آمد کو نفرت کی نگاہ سے دیکھتا ہے۔"

بھاری بھرکم سپروائزر نے بھی کلرک کو دیکھ لیا تھا۔ وہ فوراً غصے کے ساتھ مالک کی طرف مڑا۔

"وہ مسٹر نعمان کے لڑکوں میں سے ایک ہے۔ وہ ہر ایک گھنٹے بعد اِدھر آ نکلتا ہے۔

اُس کا یہاں کوئی کام نہیں۔ وہ چند کاغذات اُٹھاتے اِدھر اُدھر گھومتا رہتا ہے۔ وہ یہاں لڑکیوں کے ساتھ باتیں کرنے آتا ہے۔''

کلرک مالک کو ورک شاپ میں دیکھ کر حیران ہوا۔ اُس نے کچھ دیر سوچا کہ واپس چلا جائے لیکن پھر فیصلہ کیا کہ ایسا کرنے سے وہ توجہ کا مرکز بن جائے گا۔

جب وہ مالک کے قریب سے گزرا تو اُس نے اُسے روک لیا۔

''تم یہاں کیا کر رہے ہو؟''

ڈاڑھی مونچھ منڈھے کلرک کی رنگت سرخ پڑ گئی۔ اُس کے تیل لگے بال چمک رہے تھے۔

''میں مسٹر اورلینڈو کی رپورٹیں اُن کے پاس لے جا رہا تھا۔''

سپروائزر نے بات کاٹی، ''میں نے اِسے کل ہی بتایا تھا کہ اطالوی نو بجے سے پہلے کبھی نہیں آتا۔''

کلرک سکتے میں آ گیا۔

''یہ کہتا ہے کہ اِس نے تمھیں کل ہی بتایا تھا۔'' مالک نے ناراضگی کے ساتھ کہا۔ کلرک کی نگاہیں جمیلہ کی طرف اُٹھ گئیں...... اُنھوں نے آپس میں رابطہ کیا۔ کلرک کے پاس کوئی واضح جواب نہیں تھا۔ پھر بھی اُس نے کچھ جواب تو دینا ہی تھا۔ اُس نے پھر لڑکی کی طرف دیکھا۔

''چلتے بنو۔'' مالک نے کہا، ''اپنا کام کرو۔ یہ کوئی ملاقات کی جگہ نہیں ہے۔''

کلرک اپنی لڑکھڑاتی ہوئی ٹانگوں پر واپس مڑ گیا، یہ سوچتے ہوئے کہ اسے یہ چھوٹا سا واقعہ مہنگا پڑے گا۔

''وہ زیرِ تربیت کاریگر کدھر ہے جو ہمیشہ یہاں ہوتا ہے؟'' سپروائزر نے پوچھا، ''میں جب بھی یہاں سے گزرتا ہوں تو وہ اپنے کام میں غرق ہوتا ہے......''

اُس نے ایک ناخوشگوار سی مسکراہٹ کے ساتھ جمیلہ کی طرف دیکھا۔

''حیرت کی بات ہے۔'' اُس نے بات ختم کی۔

مالک نے اِس بات کو نظر انداز کر دیا اور دوبارہ جمیلہ کی طرف متوجہ ہوا۔ جمیلہ غصے سے

کانپ رہی تھی اور اُس نے اپنے آنسو چھپانے کے لیے سر جھکایا ہوا تھا۔

''تو!'' مالک نے کہا، ''اطالوی کی کارکردگی کے متعلق تمھاری کیا رائے ہے؟''

جمیلہ نے کوئی جواب نہ دیا۔ اُس نے سر مزید جھکا لیا۔ اُس کے کانپتے ہوئے ہاتھ دھاگوں کی لمبائی پر تیزی کے ساتھ گھوم رہے تھے۔

''میں تمھارے ساتھ بات کر رہا ہوں۔''

جمیلہ نے غصے کے ساتھ مالک کی طرف کسی تاثر سے عاری اور آنسوؤں سے بھری آنکھوں سے دیکھا۔

''میں نہیں جانتی۔''

مالک کو ایسے ردِعمل کی توقع نہیں تھی۔ اُس نے سپروائزر کی طرف دیکھا۔ سپروائزر کے چہرے پر نفرت تھی۔

مالک نے مڑتے ہوئے پوچھا، ''کیا تمھیں تمیز سے بات کرنی نہیں آتی؟''

''نہیں۔'' جمیلہ نے جواب دیا۔

مالک کچھ دیر لڑکی کو گھورتا رہا اور بے یقینی کے ساتھ سر ہلاتا رہا۔ پھر وہ غصے سے پیر پٹختا باہر چلا گیا۔ ورکشاپ کا سپروائزر بھی اُس کے پیچھے پیچھے چلا گیا۔

''یہ لڑکی کون ہے؟'' مالک نے پوچھا، ''اور اُس کا رویہ ایسا کیوں تھا؟''

''آپ نے اُس کے عاشق کو بھگا دیا۔'' سپروائزر نے نفرت کے ساتھ وضاحت کی۔

''اوہ!'' مالک کو زبردست قسم کا جھٹکا لگا، ''اگر تمھیں حالات کا علم تھا تو تم نے مجھ سے لڑکا باہر کیوں نکلوایا؟''

''چلو چھوڑو! یہ کلرکوں اور اُن جیسے لوگوں کے ملنے کی جگہ نہیں ہے۔ تم نے اچھا کیا یا تمھارے اپنے کوئی ارادے تھے؟''

''نہیں مالک۔ میں قسم کھاتا ہوں، اِس عمر کی تو میری بیٹیاں ہیں۔''

''مجھے اِس طرح ٹرخاؤ نہیں۔''

''مالک، کوئی بھی ایسی ویسی بات نہیں۔''

''مجھے ٹالو نہیں!''

''مالک، قسم کھاتا ہوں۔''

''مان لیتا ہوں بہر حال، یہ لڑکی کون ہے؟''

''وہ ایک مہاجر ہے، بوسنیائی حسب نسب کی۔ اُس کا باپ ایک مشہور آدمی ہے۔ سنا ہے کہ وہ اپنے ملک میں کسی مشہور خاندان کا فرد تھا۔ کہا جاتا ہے کہ وہ اپنے قبیلے کا سربراہ تھا۔ وہ کافروں کی پلٹنوں پر حملہ آور ہوتے تھے۔ امیر بھی تھا، کافی جائیداد تھی۔ وہ سربوں کے ساتھ جنگ کرنے جایا کرتا تھا، صرف اپنے خدا اور مذہب کے لیے۔ اِس کے علاوہ، وہ دانت نکالنے میں بھی ہنر مند ہے۔'' اُس نے منہ کھول کر دو دانتوں کے درمیان میں خالی جگہ کی طرف اشارہ کیا، ''یہ اُس نے نکالا۔ اُس نے یہ بڑی خوش اسلوبی سے کیا۔ وہ ہر قسم کے زخموں اور ہڈیوں کے ٹوٹنے کو جوڑ سکتا ہے۔ بہت قابل آدمی ہے۔ جہاں تک لڑکی کی ماں کی بات ہے، وہ کچھ اور طرح کی تھی۔ آپ سوچیں گے کہ خدا جو بھی کر رہا تھا اُس نے خود کو روک دیا تا کہ اِسے تخلیق کرنے میں زیادہ وقت صرف کر سکے۔ وہ حواس گم کر دیتی تھی۔ خوب صورت سفید نرم جلد، گھٹنوں تک لمبے بال......اور اُس کی آنکھیں، چہرہ......''

''ٹھیک ہے، ٹھیک ہے۔ بھکنے کی ضرورت نہیں۔''

''میں سچ کہہ رہا ہوں۔ اُس کی بیٹی کو دیکھیں......اُس کا ایک بھائی بھی ہے۔ ویوری (Weavery) میں کام کرتا ہے۔''

کیا؟ ہماری ویوری میں؟''

''بالکل، یہیں۔''

''اگر باپ کا خاندان اتنا مضبوط ہے تو بچے کارخانے میں کیوں کام کر رہے ہیں؟''

''اِس بارے میں کچھ نہیں کہہ سکتا۔ میں تو صرف اتنا جانتا ہوں کہ آدمی بہت کچھ جانتا ہے اور اُس کا تعلق ایک طاقت ور خاندان سے ہے۔ وہ دانت نکالتا ہے۔ درد سے چھٹکارا دلاتا ہے، ٹوٹی ہڈیوں کو جوڑتا ہے، بال تراشتا ہے اور وہ کسی کام کے پیسے نہیں لے گا۔ اگر وہ اِن سب کاموں کے پیسے لے تو جو کچھ اُس کے بچے کماتے ہیں، وہ دونوں سے کہیں زیادہ بنا سکتا ہے۔ ہم

کچھ کہہ نہیں سکتے۔ وہ اِن چیزوں سے بالا ہے۔"

مالک نے اپنے شراکت دار کے متعلق سوچا اور ہنسنے لگا۔

"کیا میرے خوش پوش شراکت دار کی طرح ؟ یاد رکھو، تمہیں لڑکی کی تعریف کرنا پڑے گی۔ مالک اور کارخانے میں کام کرنے والے تمام لوگوں کے سامنے اُسے اِسی طرح بڑھا چڑھا کر رکھنا۔"

یہ کہہ کر وہ ویوری کی طرف چلا گیا۔

(VI)

جیسے ہی مالک ویوری کے دروازے پر پہنچا، اطالوی انجینئر اور لینڈو کارخانے کے ملازموں کے اندر آنے والے پھاٹک پر دکھائی دیا۔ وہ سفید کولونیل ہیٹ پہنے ہوئے تھا اور اُس کی نیکر سرخ رنگ کی ٹانگوں اور اُڑی ہوئی رنگت والے بالوں کو نمایاں کر رہی تھی۔ اُس کے ایک ہاتھ میں پائپ تھا اور دوسرے سے وہ بھیڑیے نسل کے کتے کو قابو میں کیے ہوئے تھا۔ حقارت سے مالک کا چہرہ پھول گیا۔ اُس نے گالی دی، زمین پر تھوکا اور اندر چلا گیا۔

اندر ویوری گرد کے بادل میں گم تھی۔ تین سو خود کار کھڈیوں سے آتی ہوئی آوازیں کانوں کو بہرہ کیے دے رہی تھیں۔ نیچی چھت میں چھوٹی کھڑکیوں سے آتی سورج کی کرنیں ہوا میں تیرتے کپاس کے ذرّات کو پکے فرش پر گرنے سے پہلے روشن کر رہی تھیں۔ فضا میں نشاستہ کی خوشبو بسی ہوئی تھی۔

ویوری کا سپروائزر، مالک کو دروازے پر ملا۔ اُس کا رنگ کالا، قد لمبا اور جسم پتلا تھا۔ اُس کی آنکھیں اندر دھنسی ہوئی اور بے چین سی تھیں۔ مالک کے اِس دورے میں جب وہ اُس کے پیچھے پیچھے چل رہا تھا، اُس نے بری خبر سنائی۔

''مزدور تقریباً ہتھیار اُٹھائے ہوئے ہیں۔ جو بھی سمر بینک فیکٹری میں جا سکتا ہے، وہاں جا رہا ہے۔ وہ تو اچھا ہوا کہ اُن کے پاس مزید جگہ نہیں...... آپ جانے والوں کو قصور وار بھی نہیں ٹھہرا سکتے۔ وہ دھاگے کو بار بار اتنی مرتبہ باندھ رہے ہیں کہ اُنھیں کپڑا مکمل کرنے کا وقت نہیں ملتا۔ میں سوچ رہا ہوں کہ کسی بھی روز ناخوشگوار واقعات ہو جائیں گے۔''

''کیسے واقعات؟''

''کام کرنے والے نہیں چاہتے کہ اطالوی یہاں رہے۔ میں اُنھیں خاموش کرنے کی کوشش میں لگا ہوا ہوں لیکن میں کچھ کہہ نہیں سکتا کہ انھیں کتنی دیر روک سکتا ہوں۔''

''اُنھیں خاموش رکھنے کی کیا ضرورت ہے؟'' مالک نے پوچھا، ''اُنھیں اپنا فیصلہ خود کرنے دو۔''

''لیکن مالک، وہ اُس آدمی کو مار دیں گے۔''

''تمھیں اس کی فکر کیوں ہو؟''

ویوری کا سپروائزر اِس اشارے پر واضح طور پر کھل اُٹھا۔

''مالک! میرا ضمیر؟''

مالک نے اُسے یقین نہ کرنے والی نگاہ سے لمحے بھر کو دیکھا اور آگے چل پڑا۔

مالک نے ویوری میں مشینوں کے معائنے کے دوران محسوس کیا کہ مزدور لاتعلق، بے چین اور غصے میں ہیں اور اطالوی کو گالیاں دے رہے ہیں۔ اُن کے خیالات اُس کے پہلے سے سُنے ہوئے محسوسات کی بازگشت تھے۔

''تم یہ کہنا چاہتے ہو کہ تم مسٹر نعمان سے زیادہ باخبر ہو؟'' وہ مزدوروں سے کہتا رہا، ''وہ اِن چیزوں کا مطالعہ کرنے کے لیے تمام یورپ اور امریکہ گھومے ہوئے ہیں۔''

''ہمیں اِس سے کیا غرض ہے کہ وہ کہاں کہاں گھومے پھرے ہیں۔'' مزدوروں کا کہنا تھا، ''ہمیں جو کام کرنا ہے ہم صرف اُس سے واقف ہیں۔''

''کم از کم تم لوگ کام کر رہے ہو...... اِس مسئلے کو جیسے بھی دیکھو، انھوں نے ایک قابل انجینئر کا انتخاب کیا اور وہ بھی ایک اطالوی کا۔ اُس کے آنے سے فیکٹری کی کارکردگی بہتر ہوئی ہے۔ تم لوگوں کو تو کپڑے کا ایک تھان بھی نکالنا نہیں آتا تھا۔ اطالوی انجینئر آیا اور کام بہتر طریقے سے ہونے لگا۔''

وہ خوشی سے آہستہ آہستہ ہنستے ہوئے آگے بڑھتا رہا جب کہ مزدور قسمیں کھاتے رہے۔

سپروائزر مالک کو اُس مشین پر لے گیا جہاں صادق کام کر رہا تھا۔ صادق جس کی آنکھیں شیشے کی چمکتی ہوئی گولیوں جیسی تھیں۔ وہ سپروائزر کا بھتیجا تھا، وہ توجہ کے ساتھ مالک کے احکام کا انتظار کرنے لگا۔

''یہ مشین چلا کر دکھاؤ۔'' مالک نے کہا۔

شیشہ چشم صادق نے تجربے سے سیکھی گئی تیز رفتاری کے ساتھ ڈوریوں کو شٹل میں ڈالا، مشین کو حرکت دے کر اپنی کھڈی کو چلا دیا۔ خود کار کھڈی ایک کھڑ کھڑاہٹ کے ساتھ جھٹکے کھاتے ہوئے چل پڑی۔ شٹل نے انتہائی تیز رفتار کے ساتھ آگے پیچھے چلنا شروع کر دیا اور ایک لمحے کے بعد ساکت ہو گیا۔ پانچ دھاگے ٹوٹ گئے تھے۔ صادق نے دھاگوں کو فوراً جوڑا اور مشین کو پھر حرکت دی۔ مشین کچھ منٹ اور چلی، پھر رُک گئی۔ اِس دفعہ چار دھاگے ٹوٹے تھے۔

مالک کے وجہ پوچھنے سے پہلے ہی شیشہ چشم صادق نے ایک جذباتی تقریر شروع کر دی:

''مالک! اِس اطالوی کا کام کرنے کا طریقہ بالکل فضول ہے۔ میں کئی سالوں سے کپڑا بُن رہا ہوں لیکن پہلے ایسا کبھی نہیں ہوا۔ ہمیں دھاگوں کی اتنی مرمت کرنا پڑتی ہے کہ ہم کپڑا بُن ہی نہیں پا رہے۔ بارہ گھنٹے کھڑے رہنا، کیوں؟ بے کار! اِن حالات میں ہم زندہ رہنے کے لیے بھیک مانگنا شروع کر دیں گے۔ سب کچھ بالکل ٹھیک ٹھاک چلا کرتا تھا، لیکن اب؟''

اُس نے اپنے چچا کی طرف دیکھا، جس نے مالک کے کندھے کے اوپر سے سر ہلا کر اُس کی حوصلہ افزائی کی۔

''ہم روزانہ ایک گز بھی نہیں نکال پا رہے۔ مالک ہم انسان ہیں اور ہمارے خاندان ہیں، جنھیں ہم نے خوراک مہیا کرنی ہے۔''

''سب یہی بات کر رہے ہیں۔'' سپروائزر نے شیشہ چشم صادق کی تائید کی، ''میں اُنھیں الزام نہیں دیتا۔ بارہ گھنٹوں کی غلامی اور کارکردگی صفر......''

''ہمیں کیا کرنا چاہیے؟'' مالک نے پوچھا۔

''اُس سے چھٹکارا حاصل کریں۔''

''کہنا آسان ہے۔ مسٹر نعمان نے اُس کے ساتھ پانچ سال کا معاہدہ کیا ہوا ہے۔ اگر چاہیں بھی تو چھٹکارا حاصل نہیں کر سکتے۔''

''مالک! مزدوروں کو معاہدے کی کوئی پروا نہیں ہے۔ وہ تنگ آ چکے ہیں۔ میں آپ کو حلفیہ کہہ رہا ہوں کہ کچھ مزدور اُسے چاقو گھونپ دیں گے۔''

''یہ کیا بکواس کر رہے ہو۔'' سپروائزر نے مصنوعی غصے کے ساتھ کہا۔ ''تم غیر قانونی اقدام نہیں اُٹھا سکتے۔'' اُس نے آنکھ مارتے ہوئے وضاحت کی۔

''دھاگوں والے حصے میں کام کرنے والی بوسنیائی لڑکی کا بھائی کون ہے؟'' مالک نے پوچھا۔

''کون سی بوسنیائی لڑکی؟ آپ کی مراد جمیلہ سے ہے؟''

''ہاں! وہی......''

ویوری سپروائزر ورکشاپ کے درمیانی حصے کی طرف اشارہ کرتے ہوئے اُس طرف چل پڑا۔

صدری نے دیکھا کہ مالک اور سپروائزر سیدھے اُس کی طرف آ رہے ہیں۔ خوف کے مارے اُس کا چہرہ سرخ ہو گیا اور اپنی بہن کی طرح اُس نے اپنا سر جھکا لیا۔

''دھاگوں والے حصے میں تمھاری بہن کام کرتی ہے؟'' مالک نے پوچھا۔

سولہ سالہ صدری کے پھولے ہوئے رخسار سرخ ہو رہے تھے۔

''جی ہاں، جناب۔''

''اور تمھارا باپ بھی ہے؟''

''جی ہاں، جناب۔''

''تمھارے باپ نے تمھاری بہن کو بات کرنے کی تمیز نہیں سکھائی؟''

صدری نے ماتھے پر بل ڈال لیے۔ وہ تذبذب کا شکار ہو گیا۔ اُس نے مالک کی طرف دیکھا، اپنے سپروائزر کی طرف دیکھا اور پھر اپنے ساتھی کاریگر موسیٰ کی طرف۔

''لڑکی کو تہذیب اور شائستگی سیکھنے کی ضرورت ہے۔'' مالک نے بات جاری رکھی، ''اگر

اُس نے کمپنی میں کام کرنا ہے تو وہ اِس وجہ سے مشکل میں پڑ سکتی ہے۔"

"بہر حال، کام کیسے چل رہا ہے؟"

صدری نے کندھے اُچکائے، "مالک! حد درجہ خراب۔"

"وہ کیسے؟"

"دھاگا ٹوٹتا رہتا ہے۔ دھاگا جوڑنے میں ہمارا اتنا وقت ضائع ہو جاتا ہے کہ ہم کپڑا نہیں نکال سکتے......"

"یہ تب ہوا جب اطالوی نے یہاں تبدیلیاں کیں؟"

"نہیں۔" صدری نے نفی میں سر ہلایا۔ اُس کے اِس جواب پر سپروائزر نے مالک کے کندھے پر سے اُسے ناپسندیدگی کے ساتھ دیکھا۔

"نہیں؟" سپروائزر نے غصے کے ساتھ پوچھا۔

صدری خوف زدہ ہو گیا۔ اُس نے تھوک نگلا۔

"بات جاری رکھو۔" مالک نے کہا، "تو تمھیں اطالوی کا طریقۂ کار پسند ہے؟"

صدری کے پاس بات جاری رکھنے کے علاوہ کوئی اور چارہ نہ تھا۔

"اطالوی نے آغاز میں جو کچھ کیا وہ بالکل ٹھیک تھا۔" اُس نے بات جاری رکھی، "ہم خوب صورت کپڑے کے ڈھیروں کے ڈھیر نکال رہے تھے۔ میں حلفیہ کہہ سکتا ہوں کہ تب دھاگا ٹوٹ نہیں رہا تھا۔ چار یا پانچ دِن سب کچھ ٹھیک تھا۔ لیکن پھر اچانک......"

اتنا ہی کافی ہے۔" سپروائزر نے اُسے ٹوکا، "یہ سب کچھ تم نے اِزمیر سے سنا ہوگا۔ تم ہمیں سچ کیوں نہیں بتاتے؟"

"میں سچ ہی بتا رہا ہوں۔"

"نہیں، تم سچ نہیں بتا رہے!"

"نہیں، جو بات ہے میں وہی بتا رہا ہوں!"

"صرف تم صحیح ہو اور باقی سب غلط ہیں؟"

صدری نے بات جاری رکھنا فضول جانا۔ وہ اُن کی طرف پیٹھ کر کے اپنے کام میں

مشغول ہوگیا۔

''اِزمیر کون ہے؟'' مالک نے آہستگی سے پوچھا۔

سپروائزر نے ویوری کے پچھلے حصے میں ایک کھڈی پر کام کرتے ہوئے پستہ قد، موٹے اور تقریباً گول سے آدمی کی طرف اشارہ کیا، ''اُس طرف، وہ......!''

جیسے ہی مالک اُس طرف بڑھا، سپروائزر نے کسی مشین کے نقص کو دُور کرنے کا بہانہ بنا کر ساتھ جانے سے معذرت کر لی۔

اِزمیر نصرت حیران کن حد تک ذہین آدمی تھا اور سیکنڈری سکول تک تعلیم حاصل کر چکنے کی وجہ سے اُسے بیوقوف نہیں بنایا جا سکتا تھا۔ اُس نے فوراً ہی تفصیل بتا دی کہ کپڑے اور دھاگے کی مجموعی پیداوار واضح طور پر اتنی کم کیوں ہے۔

''اس کی وجہ سپروائزر اور اُس کے چمچے ہیں۔ وہ مائع میں ریگ مال کا پاؤڈر ڈالتے ہیں۔ آپ جانتے ہی ہیں کہ ریگ مال کا پاؤڈر کھرچتا ہے۔ تار سخت ہو جاتے ہیں اور سخت تار جب دھاگوں کے ساتھ رگڑ کھاتے ہیں تو انھیں توڑ دیتے ہیں۔''

''تمھارا سپروائزر ایسا کیوں کرنا چاہے گا؟''

''وہ اطالوی انجینئر سے جان چھڑوانا چاہتا ہے تا کہ پرانے دنوں کی طرح ویوری کو اپنی مرضی کے ساتھ چلائے۔''

مالک نے خاموشی سے سر ہلایا۔ اُس نے ظاہر نہیں ہونے دیا کہ وہ پہلے ہی کتنا جانتا ہے۔

جیسے ہی وہ ویوری کے دروازے کی طرف چلنے لگا تو سپروائزر اُسے پریشان سا دیکھے جا رہا تھا۔ مالک نے اُسے پیچھے آنے کا اشارہ کیا اور وہ دھاگے کے ڈپو میں چلے گئے۔

وہ ایک چھوٹے دروازے میں سے دھاگے کے چھت تک لگے ہوئے ڈھیروں کے بیچ چھوڑے گئے تنگ راستے پر ہو لیے۔

مالک رُک گیا۔ اُس نے آنکھیں جھپکے بغیر سپروائزر کی طرف دیکھا۔

''اطالوی سے جان چھڑانے کا یہ کوئی طریقہ نہیں!''

ویوری سپروائزر نے احتجاج کرنا چاہا مگر مالک نے اُس کی بات کاٹ دی۔

''ہنہنانا بند کرو۔ سنو، یہاں صرف ہم دونوں ہیں، صرف تم اور میں۔ درست؟''

''......؟''

''میں تم سے مخاطب ہوں! میری بات سن رہے ہو؟''

''جی مالک!''

''غور سے سنو۔ اطالوی سے جان چھڑانے کا یہ طریقہ نہیں۔''

''......؟''

''اگر میرے اختیار میں ہوتا تو میں اُس حرامزادے کا گلا دبا دیتا۔ اصل مسئلہ تو وہ آدمی ہے جو اُسے یہاں لے کر آیا۔ میری بات سمجھ رہے ہو؟''

''سمجھ رہا ہوں......''

''یہ ہمیشہ مسٹر نعمان یہاں اور مسٹر نعمان وہاں۔ یورپ میں یہ، امریکہ میں وہ۔ اُس کے متعلق سوچو تو......وہ کافر سے زیادہ کچھ بھی نہیں۔ وہ کسی تعلیم یافتہ احمق کو لے آیا اور کارخانہ اُس کے حوالے کر دیا۔ ایک ہزار ماہانہ تنخواہ، پھر بونس، پھر انعامات......اور تمھیں کیا ملتا ہے...... میں تمھیں کچھ بتانے لگا ہوں اور اسے اپنے تک ہی رکھنا، ٹھیک؟''

سپروائزر کی آنکھیں چمک اُٹھیں۔

''آپ میرے سامنے بے شک اُس کا گلا دبا دیں، میں کسی کو نہیں بتاؤں گا۔''

''دیکھو، میں اُس احمق نعمان کو سیدھا کر دوں گا...... اِس طرح سب کچھ ٹھیک ہو جائے گا۔''

''ایسا کرنے کا یہ سب سے کارآمد طریقہ ہے......میرا مطلب ہے، ذرا غور کریں...... ہمارے پاس اب ایک موثر اکاؤنٹ ڈیپارٹمنٹ ہے جو تعلیم یافتہ لوگوں سے بھرا ہوا ہے۔ پرانے وقتوں میں صرف دو کلرک ہوا کرتے تھے اور ہر چیز ہو رہی تھی......''

''بالکل......کارخانہ اب ایسے مفت خوروں سے بھرا ہوا ہے۔''

''آپ کا کہنا بالکل بجا ہے، مالک۔''

''میں دوبارہ بات کروں گا اور جو میں کہنے لگا ہوں غور سے سنو: اطالوی سے چھٹکارا حاصل کرنے کا یہ طریقہ نہیں ہے!''

وہ خاموشی سے ایک دوسرے کو دیکھنے لگے۔

''جہاں تک اُس اطالوی سے چھٹکارا حاصل کرنے کی بات ہے تو جب ہم دونوں کے پاس وقت ہو، ہمیں ملنا چاہیے۔ مجھے گھر آ کر ملو۔ کسی شام آ جانا۔ ٹھیک؟''

''سمجھتا ہوں مالک! جیسے بھی آپ کہیں، میں آپ کے ساتھ ہوں۔''

''اپنے کام پر جاؤ۔''

مالک دوسری طرف کے دروازے سے ڈپو سے نکل کر اکاؤنٹ ڈیپارٹمنٹ میں چلا گیا۔

ویوری سپروائزر بہت خوش تھا۔ یہ معاملہ اُس کی توقعات سے کہیں بڑھ کر تھا۔ ''مالک میری طرف داری کرے تو مجھے کسی کی پروا کیوں ہو!'' وہ یہ سوچتے ہوئے واپس ویوری چلا گیا۔ وہ خوف زدہ صدری کے پاس سے خوش خوش گزرا اور اُس نے شیشہ چشم صادق کے کندھے کو تھپتھپایا۔ وہ اپنے بھتیجے کو ساتھ لے کر اپنے دفتر میں چلا گیا۔

(VII)

مالک پورے ساڑھے نو بجے اکاؤنٹ ڈیپارٹمنٹ میں داخل ہوا۔ اُس کی آمد کو معمول کے احترام کے ساتھ دیکھا گیا۔ تمام کلرکوں نے اپنے کھاتوں سے سر اُٹھا کر اوپر دیکھا اور پھر اپنی چمکتی ہوئی میزوں کے پیچھے جلدی سے کھڑے ہو گئے۔

مالک کو پڑھے لکھے لوگوں پر رعب ڈالنے میں مزہ آتا تھا اور تنخواہ دار سٹاف سے عزت کروانے کا بھی۔ ڈاکٹروں، انجینئروں اور اِس طرح کے دوسرے ملازموں کے ساتھ اُس کا رویہ غیر مہذبانہ تھا۔ اِس کی وجہ حسد اور اُن کی تعلیم کا دبدبہ تھا۔ گفتگو کے دوران میں جب کبھی تعلیم کا معاملہ زیرِ بحث آتا، وہ اُنھیں ڈانٹ کر چپ کرا دیتا۔

وہ کہتا، ''اچھا تو وہ ڈاکٹر یا انجینئر یا وکیل بن گئے ہیں، تو پھر؟ جب میں موجود ہوں تو اُنھیں میری جی حضوری کرنا پڑتی ہے، ہے ناں؟''

معمول کے مطابق اُس کے اکاؤنٹ ڈیپارٹمنٹ میں داخل ہوتے ہی تمام کلرک اُٹھ کر کھڑے ہو گئے۔ پہلا مرحلہ۔ وہ کلرک جسے اُس نے سپنزی سے بھگایا تھا۔ کلرک کو مسٹر نعمان نے ملازمت پر رکھا تھا۔ مالک اگرچہ کلرک کے باپ کو جانتا تھا، اُسے باپ اُتنا ہی ناپسند تھا جتنا کہ مسٹر نعمان۔ اُسے ان لوگوں سے نفرت تھی جو اُس کے ماضی سے واقف تھے اور گفتگو کے دوران میں اس کا ذکر لے آتے اور اُس کی تعلیم کی کمی کی وجہ سے اسے زیادہ اہمیت نہ دیتے۔ اُسے اُن لوگوں سے خصوصی طور پر نفرت تھی جو خاندان، خون اور پرکھوں کو بیچ میں لے آتے۔

اُس نے کلرک کو دیکھا جو ایک بڑے سارے رجسٹر پر جھکا لکھنے میں مصروف تھا۔ ''وہ

ناراضگی کا اظہار کر رہا ہے کیوں کہ میں نے اُسے چلتا کیا تھا۔ ظاہر ہے، میں جب چاہوں اُسے چلتا کر دوں گا کیوں کہ میں اُسے تنخواہ دیتا ہوں۔'' یہ سوچتے ہوئے اُس کے غصے میں اضافہ ہو رہا تھا۔

سچ تو یہ ہے کہ کلرک نے اُسے دیکھا نہیں تھا۔ وہ اپنے خیالات میں گم تھا کہ کیسے سب لوگوں کے سامنے اُسے بے عزت کر کے بھگا دیا گیا تھا۔ وہ خاص طور پر اِس بات پر پریشان تھا کہ اُسے جمیلہ کے سامنے یہ ہزیمت اُٹھانی پڑی۔ اُسے برسوں پہلے کہی ہوئی اپنی ماں کی بات یاد آ گئی۔

اُس کی ماں نے اپنے خاوند کی ہر بات کو بلا چوں و چراں قبول کر لیا تھا، اُس کے غصے، الزامات اور مار تک کو آواز اُٹھائے بغیر سہا۔ اُس موقع پر اُس نے، شاید زندگی میں پہلی اور آخری مرتبہ، اُس کے باپ کے خلاف بغاوت کی تھی۔

اُس کا دراز قد، چوڑے کندھوں والا باپ حویلی کے بیٹھنے والے کمرے میں چکر کاٹ رہا تھا۔ اُس کے پیٹنٹ چمڑے کے بوٹ ہر قدم کے ساتھ چر چرا رہے تھے۔

''اُنھیں تعلیم دلوانے کی کوئی ضرورت نہیں۔'' وہ بلند آواز میں بول رہا تھا، ''اگر میرے بچوں نے اعلیٰ تعلیم حاصل نہیں کی تو کیا ہوا؟ دنیا اس پر ختم تو نہیں ہو جائے گی؟ اور تعلیم کا فائدہ بھی کیا ہے؟ بہتر ہے کہ وہ تعلیم حاصل کرنے کے بجائے، کسی کاروبار میں شامل ہو جائیں اور اپنے خاندان کو سنبھالنے کے علاوہ کچھ اور نہ سوچیں۔ اگر اُن کی آنکھیں کھل جائیں اور حسیات جاگ جائیں تو اِس بدصورت دنیا کو دیکھتے ہوئے انھیں ہر قدم پر خواری کا احساس ہوگا۔''

اُس کے باپ نے ابھی یہ بات ختم ہی کی تھی کہ اُس کی ماں باورچی خانے سے شیرنی کی طرح باہر لپکی۔ اُس کے ایک ہاتھ میں پیاز تھا اور دوسرے میں چھری اور وہ اپنے خاوند کے سامنے کھڑی ہوگئی۔

''وہ تعلیم حاصل کریں گے۔'' اُس نے چیخ کر کہا تھا، ''میں اپنے بچوں کو دوسرے کے سامنے سر جھکانے اور اُن کی تابعداری کرنے کی عمر قید کاٹتے دیکھنے کے بجائے مر جانے کو ترجیح دوں گی۔ میرے بچے تعلیم یافتہ ہوں گے، اپنے باپ کی طرح۔''

کلرک نے محسوس کیا کہ سپنری سے ایک جھلک دیکھے بغیر بھگا دیے جانے کی وجہ سے وہ اپنی ماں کے ڈراؤنے خوابوں کے آدمی جیسا بن گیا ہے۔ وہ سوچ رہا تھا کہ اپنے اِس احساس کو زائل کرنے کے لیے کیا کرے کہ اُسے اپنے کندھے پر ٹھوکا محسوس ہوا۔ اُس نے اوپر دیکھا تو سامنے مالک کھڑا تھا۔ وہ فوراً اُٹھ کھڑا ہوا لیکن وقت گزر چکا تھا۔ مالک پہلے کی طرح اُسے غصے سے دیکھ رہا تھا۔

''تمھارا نام کیا ہے؟'' مالک نے آخرکار پوچھا۔

کلرک نے اپنا نام بتایا۔ اُسے کچھ عجیب سا لگا کہ مالک ظاہر کر رہا ہے کہ وہ اُس کا نام نہیں جانتا۔ مالک نے اُسی لہجے میں بات جاری رکھی:

''تمھاری ماں یا باپ نہیں؟ کوئی بڑا نہیں گھر میں جو تمھاری رہنمائی کر سکے؟''

کلرک کے لیے یہ صدمہ تھا کہ مالک اِس طرح ذاتیات پر اُتر رہا ہے جب کہ اُسے اُس کے خاندان کے حالات سے مکمل آگاہی تھی۔

''ہے، جناب......!''

''انھوں نے تمھیں عزت کرنا نہیں سکھایا؟ کیا اُنھوں نے یہ نہیں بتایا کہ جب کوئی بزرگ کمرے میں داخل ہو تو اُچھل کر کھڑے ہو جانا چاہیے؟''

کلرک جواب دیتے ہوئے ہکلایا، ''جناب میں شرمندہ ہوں۔ میں کام میں مصروف تھا اور میں نے آپ کو آتے ہوئے نہیں دیکھا، جناب......!''

''یہ کام کر رہا تھا اور اس نے مجھے اندر آتے ہوئے نہیں دیکھا.... میں یہ بہت واضح طور پر جانتا ہوں کہ تم لوگ کام کیا کرتے ہو؟ تم لوگوں کے آنے سے پہلے ہمیں اگر حساب کتاب کرنے کی ضرورت پڑتی تو ہم دیواروں پر کچھ ہندسے لکھ کر کام چلا لیتے اور تمام کاروبار نہایت خوش اسلوبی سے چل رہا تھا۔ مجھے معلوم نہیں کہ یہ کھاتوں، رجسٹروں، قلموں اور اِس طرح کی دوسری چیزوں کا اتنا شور کیوں ہے؟ تم سب لوگ پیسے کا زیاں ہو۔ تم سب مہینے کے ختم ہونے کا انتظار کرتے ہو اور پھر اپنے پیسے دبوچنے کے لیے جھپٹ پڑتے ہو۔ تم کوئی کام بھی کرتے ہو؟ یہی سوچتے ہو گے کہ میں احمق ہوں......''

اگر نگاہیں مار سکتیں تو کلرک وہیں مر گیا ہوتا۔

کلرک خاموش رہا۔ اُس نے سر جھکانے والا، رینگنے والا، تابعداری کرنے والا، بے بس، بے عزت ہونے پر خاموش رہنے والا...... اور یہ سب صرف چوبیس لیرا اور پچانوے کوروس ماہانہ کے لیے...... کی وجہ سے اپنے آپ کو شدید دباؤ میں اور مایوس محسوس کیا۔

اُس کے اندر کوئی شے چاہتی تھی کہ وہ مختلف ہو۔ اگر جمیلہ کی بات نہ ہوتی تو وہ چوبیس لیرا اور پچانوے کوروس پر لعنت بھیج دیتا۔ وہ رجسٹر، قلم، دوات، جمع کرنے والی مشین اور اِس کے علاوہ جو کچھ بھی ہاتھ میں آتا، اُٹھا کر سامنے کھڑے ہوئے آدمی کے منہ پر دے مارتا، تمام نتائج کی پروا کیے بغیر۔

لیکن وہ اس قدر تنہا تھا......

''گستاخ لڑکا!''

مالک آہستہ آہستہ چلتے ہوئے اپنا ہی پیدا کیا ہوا بوجھل ماحول اپنے ساتھ لیے اکاؤنٹ ڈیپارٹمنٹ سے باہر چلا گیا۔

کلرک اپنا سر ہاتھوں میں تھامے کرسی پر گر گیا۔

اُسی لمبے ڈیسک پر اُس کے دائیں طرف دو جمع خرچ نویس بیٹھتے تھے۔ دونوں دوست تھے...... ایک خریداری اور دوسرا بکری کا حساب رکھتا۔ ایک قدرے فربہ، سفید رنگت والا اور خوش شکل تھا جب کہ دوسرا کالا، دبلا، بدشکل اور بے کار۔

دبلے نے گل پھولے کی ٹانگ پر اپنی ٹانگ ماری۔

''جناب ہمہ دان کو دیکھو۔'' ٹانگ مارنے اور اُچٹتی نظر میں یہ واضح اشارہ تھا۔

''میں نے دیکھا ہے۔'' دوسرے نے اُسی لہجے میں جواب دیا، ''ہم جس عزت، شہرت اور غرور کی باتیں کرتے ہیں، وہ کدھر گئے؟''

''یہ صرف لفظ ہی تھے۔'' پہلے نے ٹھوکوں، نظروں اور اشاروں سے بات جاری رکھی، ''اگر اُس کے اندر غرور ہوتا تو وہ یہ سب برداشت نہ کرتا۔ یہ سب خاموشی کے ساتھ کیسے برداشت کیا جا سکتا ہے؟ اُس نے اِسے گستاخ لڑکا بھی کہا!''

''وہ کہہ سکتا ہے، تنخواہ جو دیتا ہے......''

''چھوڑو جی......صرف اِس لیے کہ تنخواہ دیتا ہے......؟''

''تم کچھ اور کہتے؟''

''ہونہہ؟''

''اگر اُس نے یہ سب تمھیں کہا ہوتا تو تم جواب میں کچھ کہتے؟''

''یقیناً!''

''مثلاً؟''

''تمھاری تو......تم جانتے ہو کہ میں نے کہا ہوتا؟!!''

''......!''

''......''

(VIII)

یہودی جنرل منیجر سلیمان بہت بڑے ہاتھوں والا ایک چوڑا چکلا آدمی تھا۔ وہ سینور اورلاندو (اور لینڈو) کی اطالوی لہجے کی فرانسیسی سنتے ہوئے بڑی سی ناک کے ساتھ اپنے ڈیسک پر کاغذات پر جھکے ہوئے ایک سیل لگ رہا تھا۔ اورلاندو زوردار لہجے میں شکایات کررہا تھا۔

''میں جانتا ہوں کہ مجھے سبوتاژ کیا جارہا ہے۔ وہ ایسا پیداواری اعداد وشمار کو نیچے کرنے کے لیے کررہے ہیں۔ ایک تیر کے ساتھ دو شکار...... وہ یہ حاصل کرنا چاہتے ہیں۔ اِس طریقے سے انتظامیہ اور مزدور میرے خلاف ہوجائیں گے...... وہ نئی اختراعات کے بھی خلاف ہیں۔ میں مسٹر نعمان کو بتاچکا ہوں۔ وہ شریف آدمی ہیں۔ مسٹر نعمان نرم گفتار، مہذب اور کسی یورپی کی طرح دُور بیں ہیں!''

''یہ سچ ہے۔''

''اور وہ دوسرا احمق؟ دورِ جہالت کا دہقان! وہ کارخانے میں دخل اندازی کیوں کرتا پھر رہا ہے؟ یہ کام وہ ہمیں کرنے دے...... جو اُس کا کرنے والا کام ہے، وہ صرف پیداواری ہندسوں کو دیکھنا ہے۔''

سلیمان ایک یہودی تھا، وہ جب شکرواوادی میں آیا تو وہ صرف ایک میلی قمیص پہنے ہوئے تھا، اُس کے سر پر تنکوں کا میلا ہیٹ تھا اور جوتوں میں سوراخ تھے۔ وہ یہاں بہتر مستقبل کی تلاش میں آیا تھا اور آغاز میں گودام کے سامان کی فہرست تیار کیا کرتا اور کنڈے پر وزن کیا کرتا تھا۔ پھر وہ علاقے کے کئی قصبوں میں آوارہ گردی کرتا رہا۔ بتدریج وہ ایک شہدہ اور کایاں شخص بن

کر کسی طرح اپنی موجودہ ملازمت حاصل کرنے میں کامیاب ہوگیا۔ اب اُس کی اپنے کام پر مکمل گرفت تھی۔

فرانسیسی اور جرمن زبان کا سرسری سا علم اُس کے مغربی خیالات کی نشاندہی کرتا تھا جس کی وجہ سے مسٹر نعمان اُسے عزت کی نظر سے دیکھتے جب کہ اُس کے پیسے مارنے والے کنجوسانہ رویے اور دوسروں کے لیے غیر ہمدردانہ جذبات رکھنے کی وجہ سے مالک یعنی مسٹر اُسے پسند کرتے تھے۔

اُسے کارخانے میں موجودہ مفادات کے اختلاف کے بارے میں علم تھا۔ دونوں فریقوں کے درمیان اختلاف بہت گہرا ہوگیا تھا، اِس لیے اُس نے اپنے آپ کو تنازعات سے دُور رکھنے کا فیصلہ کر کے معصومیت کا سہارا لیا۔

اُس نے سرخ چہرے والے اطالوی کو مشین گن کی طرح الزامات کی بوچھاڑ کرتے سنا۔ دریں اثنا، اُس نے دِن کی ڈاک کو سرسری سی نظر سے دیکھا اور دھاگے یا کپڑے کے آرڈروں کو سیلز والوں کے لیے الگ کیا۔

''مہربانی کر کے مالک سے بات کریں۔'' اورلاندو نے بات جاری رکھی، ''اُسے کارخانے کے اندرونی معاملات کی فکر نہیں کرنی چاہیے...... میں یہاں ایک ذمے دار انجینئر ہوں۔ اگر اُسے کوئی سوالات تنگ کر رہے ہیں تو وہ میرے ساتھ بات کرے۔ اُسے جن معلومات کی بھی ضرورت ہوگی، میں وہ مہیا کروں گا۔''

''آپ اپنا وقت برباد کر رہے ہیں۔'' سلیمان نے اچانک اپنا سر اُٹھاتے ہوئے کہا، ''مسٹر قادر سے یہ بات کرنے کی ضرورت نہیں کہ اِس بات کا کوئی اثر نہیں ہوگا۔ مسٹر قادر کے سوچنے کا انداز ایک روایتی بقال کا ہے۔ آپ جانتے ہیں کہ روایتی بقال اپنی دکان ایک دعا کے ساتھ کھولتا ہے، اپنے مرتبانوں کو جھاڑتا ہے اور اپنے سامان کو پیار کے ساتھ دیکھتا ہے، مسٹر قادر بھی ایسے ہی کرتے ہیں۔ جہاں تک ریگ مال کے پاؤڈر کی مائع میں والی بات ہے تو یہ سنجیدہ مسئلہ ہے۔ آپ کو جو کچھ معلوم ہے، مجھے تفصیلاً بتائیں کیوں کہ مسٹر قادر کے رویے کی شکایت کرنا سود مند نہیں ہوگا۔ سوال یہ ہے کہ اِس تمام کارروائی کے پیچھے کس کا ہاتھ ہے۔ کیا آپ سبوتاژ کرنے

والوں کو جانتے ہیں؟''

''میرے خیال میں یہ بہت واضح ہے۔''

''کون ہیں یہ لوگ؟''

''یہ ویوری کا سپروائزر ہے!''

''یقیناً وہ اِس کام کی حوصلہ افزائی کرتا ہے۔لیکن آپ کے خیال میں اِس چیز کو مال میں ڈالتا کون ہے؟''

''وہ اِسے راز داری سے ڈالتے ہیں۔میں وثوق کے ساتھ تو نہیں کہہ سکتا کہ وہ کون ہے...... میں نے اپنا جال بچھا دیا ہے اور میں ذمے دار فرد کو رنگے ہاتھوں پکڑوں گا۔یہ ذہن نشیں رہے کہ اِس گفتگو کے بارے میں سب کو معلوم نہ ہو۔ویوری اور سپننگ سپروائزر سے آغاز کرتے ہیں۔تمام پرانے لوگ میرے مخالف ہیں، اُن کی گفتگو اور مسٹر قادر کے رویے کی وجہ سے میں کہوں گا کہ اٹھانوے فیصد سٹاف کو مجھ سے نفرت ہے۔وہ مجھے نفرت سے دیکھتے ہیں اور جب اُن کے پاس سے گزرتا ہوں تو وہ دھمکی آمیز فقرے کستے ہیں۔وہ مجھے کسی بھی صورت میں یہاں دیکھنا نہیں چاہتے۔''

''قادر بھی......؟''جنرل مینجر ہنسا۔

''تو اور کیا؟ ورنہ وہ تمام فیکٹری کا چکر کیوں لگائے؟''

''ہم کیا کر سکتے ہیں؟ آپ وہ ہستی ہیں جس نے تمام اطالیہ میں کارخانوں میں چوٹی کے عہدوں پر کام کیا ہے۔یقیناً آپ یہاں کوئی حل نکال لیں گے۔''

''اطالیہ، فرانس، ہندوستان......''

''درست!''

مسٹر قادر نے دروازے سے آندھی کی طرح اندر آنے کا اُسی لمحے کا انتخاب کیا کہ اطالوی انجینئر نے فوراً اجازت چاہی اور تیزی کے ساتھ دوسرے دروازے سے باہر نکل گیا۔

مالک نفرت کے ساتھ اُسے جاتے ہوئے دیکھتا رہا۔''اب وہ کیا کہہ رہا تھا؟''

جنرل مینجر بات ختم کرنے والے انداز میں ہنسا۔

''وہ میرے متعلق بات کر رہا تھا۔ کر رہا تھا کہ نہیں؟'' مسٹر قادر نے پوچھا۔

''معمول کی شکایات جناب......'' جنرل منیجر نے اپنے کاغذوں کی طرف متوجہ ہوتے ہوئے کہا۔ مالک اُس کی میز کے سامنے آ گیا۔

''آج وہ کیا کہہ رہا تھا؟''

''جیسے میں نے بتایا تھا، اُس کی معمول کی شکایتیں۔ اُسے آپ کا ورکشاپ کا دورہ کرنا پسند نہیں۔ اُس کا خیال ہے کہ آپ اگر کسی چیز کے متعلق جاننا چاہتے ہوں تو اُس سے رابطہ کریں۔''

مالک غصے کی حالت میں سیدھا ہو گیا۔

''تم بغیر ختنوں والے اُس چغد کو بتاؤ کہ وہ اِس کارخانے میں ہمارا تیسرا شراکت دار نہیں ہے۔ اُسے بتا دو کہ یہ سب میری ملکیت ہے اور اگر میرا دل چاہا تو میں اسے ماچس کی ایک تیلی سے مکمل طور پر جلا کر رکھ دوں گا۔ سمجھے؟''

''آپ درست کہتے ہیں، جناب......لیکن......''

''لیکن کیا؟''

''اُسے یہ سمجھانا آسان نہیں ہوگا...... یورپ میں......''

''یہ یورپ نہیں! یہ ترکی ہے۔ وہ ہوش میں آ جائے ورنہ لوگ اُسے سیدھا کر دیں گے۔ یہاں معاملات ایسے ہی طے ہوتے ہیں، اگر وہ سنبھال سکتا ہے تو ٹھیک اور اگر نہیں تو وہ جہاں سے آیا ہے، وہیں دفع ہو جائے......اگر اُسے ہمارا طریقۂ کار پسند نہیں تو وہ یہاں کیوں ہے؟''

یہودی ہونے کی وجہ سے سلیمان کو قوم پرستی کی یہ گفتگو پسند نہ آئی۔

مالک کچھ دیر اُسے غور سے دیکھتا رہا۔

''یا تم اُس کے طرف دار ہو؟''

سلیمان یوں اُچھلا جیسے اُسے چٹکی کاٹی گئی ہو۔

''قطعاً نہیں جناب۔ میں تو صرف اُس کا کہا ہوا بتا رہا تھا۔''

''تم بھی غیر ملکی ہو۔ ہوناں؟ ایک کافر دوسرے کافر کا ساتھ دے رہا ہے......''

''میں کافر نہیں ہوں۔''

''پھر تمھارا ختنہ ہوا ہے؟''

''میرا......''

''واقعی؟ پھر تمھارا ختنہ ہوا ہے؟''

''آدھا۔''

''آدھا کافر۔''

دونوں نے ہلکا سا قہقہہ لگایا۔ پھر مالک سنجیدہ ہو گیا۔

''ٹھہرو...... میں یہاں اِس لیے آیا ہوں کہ تمھارے ساتھ ایک معاملہ طے کرلوں۔''

''فرمایئے؟''

''تم یہاں کیا کام کرتے ہو؟ تم جنرل مینجر ہو یا کچھ اور؟''

تجربہ کار سلیمان اپنا غصہ پی گیا۔

''آپ کہنا کیا چاہتے ہیں؟''

''کارخانے کے حالات کی تو تمھیں خبر نہیں ہے؟''

مثال کے طور پر؟''

''یہ سوال مجھ سے کیوں کر رہے ہو؟ تمام کاریگر اطالوی کی شکایت کر رہے ہیں۔ اُنھیں اُس کا کام کرنے کا طریقہ پسند نہیں، وہ خوش نہیں ہیں۔ تم نے کبھی کسی کو بلا کر پوچھا نہیں؟''

''اِس کے علاوہ؟''

''کلرک سپنری والی لڑکیوں کے ساتھ معاشقے کر رہے ہیں۔''

''اور؟''

''تم ثابت کیا کرنا چاہتے ہو؟ میری جرح ہو رہی ہے؟''

''قطعاً نہیں۔ آپ فکر نہ کیجیے۔ میں ابھی یہ سب دیکھ لوں گا۔''

(IX)

چیچک کے داغوں والا خلیل، مالک کا اُس کے دفتر میں انتظار کر رہا تھا۔ وہ آلتی پالتی مارے مراکشی چمڑے والے صوفے پر بیٹھا ہوا تھا۔

''ہیلو۔ کیا ہو رہا ہے؟'' اُس نے خلیل سے پوچھا۔

''میں آپ سے ناراض ہوں!''

''کس وجہ سے؟''

''کارخانے میں کیا میرا خصوصی مقام ہے کہ نہیں؟''

''یہ پوچھنے کی ضرورت نہیں۔ تمھیں جواب معلوم ہے۔''

''پھر آپ اپنے ماتحتوں کی رسی کھینچ کر کیوں نہیں رکھتے؟''

''کیوں؟ کیا ہوا؟''

''میرا تو یہی خیال تھا کہ میں کارخانے میں اہمیت رکھتا ہوں۔ میں سمجھتا تھا کہ میں آپ کے بیٹے کی طرح ہوں۔ اِس کے باوجود......''

''اصل مقصد کی طرف آؤ، خلیل! کیا بات ہے؟''

''آپ کے ہاں وہ کلرک ملازم ہے، جنزی میں...... یا جہاں بھی ہے۔ اُس نے مجھے اپنے دفتر سے نکال دیا۔''

''دفتر سے نکال دیا؟ وہ یہ کیسے کر سکتا ہے؟''

''اُس نے یہ کیا ہے۔ مجھے دفتر سے نکال دیا......''

''وہ یہ کیسے کر سکتا ہے؟''

''اُس نے کر دیا۔ مالک، میں آپ کی عزت کرتا ہوں اِس لیے چپ رہا۔ آپ کو معلوم ہے کہ میں آپ کا بہت احترام کرتا ہوں۔ میں حلفیہ کہتا ہوں کہ اگر یہ وجہ نہ ہوتی تو میں نے اُسے اُسی وقت سبق سکھا دینا تھا۔ وہ ایک مکروہ بوڑھا ہے، دو گھونسے اور اُس نے وہیں مر جانا تھا......''

''تم نے لڑائی کیوں کی؟''

''کوئی وجہ بھی نہیں تھی، واقعی ......احمقانہ...... میرا خیال تھا کہ وہ مناسب قسم کا آدمی ہے، چناں چہ میں ملاقات کرنے اور گپ لگانے چلا گیا۔ شروع میں تو وہ ٹھیک تھا پھر اُس نے مجھے سگریٹ بجھانے کو کہا۔ میں نے اُسے سمجھایا کہ میرا سگریٹ کچھ بھی نہیں جلائے گا اِس لیے فکر کی بات نہیں۔ لیکن وہ یہی کہتا رہا کہ بجھاؤ، بجھاؤ۔ اُسے حکم ملا ہے...... اِس طرح کی فضولیات۔ تمھارے مالک میرے سگریٹ پینے پر اعتراض نہیں کریں گے، میں نے اُسے بتایا۔ تمھارے مالک مجھے خاندان کا فرد سمجھتے ہیں، لیکن نہیں۔ اُسی وقت آپ وہاں سے گزرے اور وہ آپ کے پیچھے گیا اور پھر واپس ہوا۔ اُس نے کہا! ''بجھاؤ، مالک کا حکم ہے، وغیرہ، وغیرہ۔'' میں طیش میں آ گیا۔ میں نے کہا، ''کیا بکواس کر رہے ہو؟ اپنا کام کیے جاؤ۔'' لیکن نہیں...... بہر حال، مجھے اِس کی کوئی پروا نہیں کہ اُس کا کیا انجام ہوتا ہے۔ لیکن ظاہر ہے میرے دل میں آپ کا از حد احترام ہے۔ کیا آپ نے واقعی اُسے کہا تھا کہ میں سگریٹ بجھا دوں۔''

''خدایا، نہیں! میں یہ پہلی مرتبہ سن رہا ہوں۔''

''پھر اُسے یہ کرنے کی جرأت کیسے ہوئی؟''

''مجھے بالکل اندازہ نہیں، مثال کے طور پر تمھارا بھائی...... مجھے وہ اپنے خون سے بھی زیادہ عزیز ہے۔''

''اگر میں اُسے مارتا تو میں اپنا آدھا مکہ ضائع کر رہا ہوتا۔ لیکن میں اُس کے متعلق نہیں سوچ رہا، معلوم ہے کہ میں کیا کہہ رہا ہوں؟''

''یہ معاملہ اتنا اہم نہیں کہ اِس پر وقت ضائع کیا جائے۔ مجھے یاد ہے کہ میں نے کیا کہا

اور کیا نہیں کہا، خبیث لوطی۔ میرا مطلب ہے کہ کارخانے میں سگریٹ نوشی پر ممانعت ہے اور میں نے بھی ہمیشہ اِس پر زور دیا ہے۔ لیکن اِس کا تمھارے ساتھ کوئی واسطہ نہیں ......''

''مجھے کوئی اعتراض نہیں، سوائے اِس کہ وہ تمام مزدور میرے اوپر ٹوٹ پڑے...... معلوم ہے؟ ابھی جو کچھ آپ کہہ رہے تھے، اگر وہ درست ہے تو اُس آدمی کو ابھی یہاں بلائیں اور میرے سامنے اُسے ڈانٹیں۔''

''پریشان مت ہو...... وہ تمام تنخواہ دار چپڑاسی ہیں۔ وہ غیر اہم لوگ ہیں ...... اُس نے میرا نام صرف اپنی اہمیت بڑھانے کے لیے استعمال کیا۔''

''نہیں۔'' چیچک کے داغوں والے خلیل نے ضد کی، ''آپ اُس کو یہاں بلائیں، ابھی میرے سامنے۔''

''وہ محض ایک تنخواہ دار ملازم ہے، خلیل۔ تمھیں پریشان ہونے کی ضرورت نہیں، سچ!''

''نہیں! آپ کو اُسے یہاں بلانا ہوگا......''

مالک کے لیے اپنے ڈیسک کے پیچھے جا کر گھنٹی کا بٹن دبانے کے علاوہ کوئی چارہ نہیں تھا۔ گھنٹی کی آواز پر آنے والے خدمت گار کو اُس نے جزی کلرک کو بلانے کا کہا۔

''تمھارے بھائی کا کیا حال ہے؟ کیا وہ ٹھیک ٹھاک ہے؟''

''وہ بڑے بڑے کام کر رہا ہے۔ وہ کن کن چیزوں میں ہاتھ ڈالتا ہے۔ اُس نے شراب خانے والی دو لڑکیاں......؟''

''دو لڑکیاں؟ کیا وہ ان دونوں کے ساتھ پورا اُتر سکتا ہے؟''

''آپ کو یقین کرنا چاہیے۔ وہ عیاشی کر رہا ہے؟''

''دو لڑکیاں؟''

''دونوں کے لیے جان دی جا سکتی ہے۔ اُن میں ایک بھورے بالوں والی، پیلی اور خوب صورت، دوسری کالی اور گرم اور تپاں ......''

''کیا وہ فارم پر ہیں؟''

''ہاں جی...... اوپر والی منزل جہاں آپ نے اُس کے ساتھ رات کی پی تھی؟ اُس نے وہ

منزل خالی کروالی ہے۔ اُس نے اپنی بیوی کو چلتا کیا ہے اور بچے سکول بھیج دیے ہیں۔"

دروازے پر دستک ہوئی اور جنری کلرک داخل ہوا۔

مالک کے چہرے پر یک لخت کرختگی آ گئی۔

"میں ہمیشہ تمھیں یہی بتاتا ہوں کہ اگر کسی کو کچھ کہنا ہو تو اپنی طرف سے کہا کرو، میرا نام استعمال نہیں ہونا چاہیے؟"

"جی ہاں، جناب۔"

"تو پھر یہ کیا سن رہا ہوں کہ میں نے کیا کہا ہے؟"

"یہ سگریٹ پی رہا تھا اور میں نے نرمی سے منع کیا۔ یہ کچھ سننے کو تیار نہیں تھا۔ چناں چہ میں نے......"

"تو تم نے کہا کہ مالک نے کہا ہے۔ کہا تھا؟"

کلرک نے نظریں جھکا لیں۔

"دیکھا۔" مالک نے خلیل کی طرف مڑتے ہوئے کہا، "میں نے کہا تھا نا! اُس نے اپنی بات منوانے کے لیے میرا نام استعمال کیا۔ میں یہاں کچھ اور وہاں کچھ اور نہیں کہوں گا۔ اگر میں نے ایسا کہنا ہوا تو کہوں گا......"

"اب، میں اِس بارے میں کچھ نہیں سننا چاہتا۔" اُس نے کلرک سے مخاطب ہو کر بات جاری رکھی، "اگر کچھ کروانا چاہتے ہو تو اپنے طور پر کہہ کر کرواؤ۔ اب جاؤ اور اپنا کام کرو۔"

کلرک نے مؤدبانہ سر جھکا کر مالک کو سلام کیا اور خاموشی سے کمرے سے چلا گیا۔

"آپ انہیں ایسا نہ کرنے دیا کریں۔" چیچک کے داغوں والے خلیل نے کہا، "اپنی اہمیت ثابت کرنے کے لیے یہ کچھ بھی کر سکتے ہیں۔"

"ٹھیک کہتے ہو، ایسے لوگوں کو اُن کی جگہ پر ہی رکھنا چاہیے۔ مجھے ایسے ہی تربیت دی گئی تھی۔"

خلیل کے جانے کے بعد مالک نے خدمت گار کو بلا کر ڈانٹا کہ اُس نے اسے دفتر میں کیوں آنے دیا۔

''مالک، وہ کچھ سننے کو تیار ہی نہیں تھا۔'' خدمت گار نے کہا، ''کہہ رہا تھا کہ وہ آپ کے بیٹے کی طرح ہے۔''

''یاد رکھو کہ آئندہ اُسے دفتر میں نہیں آنے دینا۔''

''میرا خیال تھا کہ اگر میں نے اُسے اندر نہ آنے دیا تو آپ ناراض ہو جائیں گے!''

''اِس کی فکر نہ کرو۔ دوبارہ ایسے نہ ہو...... دفع ہو جاؤ۔''

خدمت گار چلا گیا۔ مالک نے کاغذ کا رِم نکالا اور حال ہی میں سیکھے ہوئے دستخطوں کی مشق کرنا شروع کر دی۔ اُس کے دستخط چار پانچ لائنوں کا سلسلہ تھا، جو ایک دوسرے کے متوازی تھیں۔

چمکتے ہوئے قلم کو پکڑنے کے بعد اپنے چشمے میں سے غور سے دیکھتے ہوئے وہ دستخطوں کے سلسلے میں اتنا محو ہو گیا کہ اُسے پتا ہی نہ چل سکا کہ اُس کے شراکت دار مسٹر نعمان دروازے سے اندر داخل ہو گئے۔

مسٹر نعمان اپنے اَن پڑھ شراکت دار کو کچھ کہنے سے پیشتر غور سے دیکھتے رہے۔

''خوب، خوب، مسٹر قادر۔ آپ اچھے لگ رہے ہیں۔ اگر میں زیادہ نہ جانتا ہوتا تو میں آپ کو ایک اصل ڈائریکٹر سمجھتا۔ شان، وقار، سب کچھ ہے......''

وہ اپنا ہیٹ اتار کر خدمت گار کو تھمانے کے بعد کونے میں پڑے چمڑے کے صوفے پر بیٹھ گئے۔

مسٹر نعمان کا تعلق قرہ کلک (Karakulak) خاندان سے تھا، جو منہ میں چاندی کا چمچ لے کر پیدا ہوئے تھے۔ وہ ایک بڑی حویلی میں پیدا ہوئے اور اُنھوں نے ایک آسودہ زندگی گزاری تھی۔ وہ پچاس کے پیٹے میں تھے لیکن اُنھیں خوب صورت لوگوں میں سے ایک کہا جا سکتا تھا۔ اُنھیں زندگی گزارنا، کھانا، پینا، لوگوں کی صحبت میں بیٹھنا آتا تھا اور وہ اپنا مدعا نہ صرف ترکی بلکہ اطالوی، فرانسیسی اور جرمن زبان میں بھی بیان کر سکتے تھے۔

اُن کے خاندان کی استنبول میں گرما اور سرما کی حویلیاں تھیں اور اُن کا وہاں اپنا ذاتی گھر بھی تھا۔ اِس جائیداد کو پیرس اور لندن سے خریدی گئی متعدد پینٹنگز سے سجایا گیا تھا۔ اُن کے گھر

کے سامنے بادامی رنگ کی موٹر بوٹ، جو امریکہ سے تیس ہزار لیرا میں خریدی گئی تھی، ہر وقت لنگر انداز رہتی۔ مسٹر نعمان کو مسائل محرمانہ کی صوفیانہ شاعری سے خاص دلچسپی تھی۔ وہ اُن ہم خیال دوستوں کے ساتھ شامیں گزارتے جو ہیٹ کی بجائے ترکی ٹوپی پہنتے اور عثمانی ترکی زبان میں گفتگو کرتے اور عموماً جدید دنیا کے شور شرابوں سے دُور کسی گزرے ہوئے دَور میں زندگی گزارتے۔

ہر سال خیراتی اداروں کو ہزاروں لیرے دینے کے باوجود اُنھوں نے اپنے دروازے سے کسی حاجت مند کو کبھی خالی ہاتھ نہیں بھیجا اور ہمیشہ کھانا، تھوڑے سے پیسے، کچھ پرانے کپڑے یا جو کچھ بھی اُس وقت موجود ہوتا تھا، دے دیتے تھے۔ حتیٰ کہ وہ عمر رسیدہ بھکاریوں کو بلا کر ڈرائنگ روم میں بٹھاتے۔ انھیں نازک سے خوب صورت پیالوں میں جن کے اوپر سونے کے پتے بنے ہوتے، کافی پیش کرتے، اُن کے ساتھ کچھ دیر گفتگو کرتے، تھوڑی رقم اُن کے ہاتھوں پر رکھتے اور پھر اُنھیں جانے کو کہتے۔

وہ ایسے انسان تھے جن کے ساتھ لوگ محبت کرتے اور ہمیشہ اُن کی تعریف ہوتی، مقامی لوگ اُنھیں غریبوں اور حاجت مندوں کا باپ کہتے۔ یہ کہنا بھی بالکل درست ہے کہ اُن کی زندگی کا بیشتر حصہ پیرس، لندن، برلن اور قاہرہ میں گھومتے گزرا۔ کارخانے کے ساتھ اُن کا رشتہ سال کے آخر میں حساب کتاب کی پڑتال اور منافع کا اپنا حصہ اپنے ذاتی اکاؤنٹ میں جمع کروانے تک محدود تھا۔

اُن کے جسم سے ہمیشہ عطر کی خوشبو آتی۔

مسٹر قادر کو اِس سے شدید الجھن محسوس ہوئی۔ وہ اپنی میز سے اُٹھا، چشمے کو ڈبیا میں رکھا اور قلم کو قلمدان میں۔

''آپ تشریف رکھیں۔'' مسٹر نعمان نے کہا، ''مت اُٹھیں۔ میرے خیال میں آپ کے چہرے کا یہ تاثر اچھا لگتا ہے!''

''میرے ساتھ مذاق نہ کریں۔ آپ جانتے ہیں کہ میں......''

''دوسرے لوگوں کو آپ کے ماضی کا علم نہیں اور کوئی بھی اعلیٰ اخلاق اور اچھی پرورش کے ساتھ پروان نہیں چڑھتا...... یہ وہ چیزیں ہیں جو سیکھی جاتی ہیں۔ مہربانی کر کے تشریف رکھیں

جناب۔ میں نے واقعتاً محسوس کیا تھا کہ آپ اچھے لگ رہے تھے۔"

"مہربانی کر کے یہ گفتگو ختم کریں، مجھے پسند نہیں اور میں پریشان بھی ہوں۔"

"آپ کی پریشانی کی وجہ کیا ہے؟"

"جو کچھ یہاں ہو رہا ہے، وہی میری پریشانی کی وجہ ہے۔"

"آپ نے ابھی تک صحیح زبان نہیں سیکھی؟"

"میں اپنی زبان بدل نہیں سکتا۔"

"خیر، یہاں کیا ہو رہا ہے؟"

"اگر آپ اطالوی سے بات کریں تو وہ آپ کو بتادے گا۔"

"اگر آپ اطالوی کے ساتھ بات کریں تو وہ آپ کو سب کچھ بتادے گا۔"

"جو بھی ہے......"

"میں نے اُس کے ساتھ بات کی ہے۔" مسٹر نعمان نے مسٹر قادر کی آنکھوں میں دیکھتے ہوئے سیدھے کھڑے ہو کر کہا، "میں نے اُس کے ساتھ اور دوسرے متعلقہ لوگوں کے ساتھ بات کی ہے، جنابِ مالک۔ میں ایک ہی نتیجہ نکال سکا ہوں کہ آپ ایک انتہائی بے ہودہ شخص ہیں۔"

وہ قادر سے کافی لمبے تھے، زیادہ چوڑے اور رعب دار بھی۔

"......؟"

"غور سے سنیں جناب قادر، آپ نہایت بے ہودہ شخص ہیں۔ اگر آپ میرے پاس آتے اور واضح الفاظ میں کہتے کہ آپ کو یہ شراکت نہیں چاہیے......"

"کون کہتا ہے؟ کون کہتا ہے کہ میں شراکت دار نہیں رہنا چاہتا؟"

"برائے مہربانی میری بات نہ کاٹیں۔ اگر آپ نے مہذب طریقے سے رابطہ کر کے بتایا ہوتا کہ آپ میرا حصہ خریدنا چاہتے ہیں تو ممکن ہے کہ میں مان جاتا۔ لیکن اب جب کہ آپ میری پیٹھ پیچھے چھوٹی چھوٹی سازشیں کرنے میں مصروف ہیں......"

"کون سی سازشیں؟ کون کہتا ہے؟"

مسٹر نعمان نے اُس کی بات کاٹی۔

''بہر حال، ہم اِس موضوع پر مزید گفتگو نہیں کریں گے۔ اطالوی یہاں کام کرنا جاری رکھے گا اور جب میں یہاں نہیں ہوں گا تو وہ میرے مفادات کا خیال رکھے گا۔''

مسٹر نعمان کی تحکمانہ موجودگی کے سامنے مسٹر قادر بے وجود سے ہو گئے۔

''آپ یہ مزدوروں کو بتائیں۔'' اُس نے بظاہر دلیری کے ساتھ کہا، ''مجھے کوئی اتنی دلچسپی نہیں ہے۔ میں نے اُس شخص کے ساتھ پانچ سالہ معاہدے کے دستخط تو نہیں کیے ہیں۔''

''وہ محض کوئی شخص نہیں، ایک مستند یورپی انجینئر ہے...... وہ ایک سائنس دان ہے۔''

''جو بھی ہے، مجھے پروا نہیں......''

''جو بھی......''

مسٹر نعمان اپنے شراکت دار کے ساتھ جواب جانے کے لیے اُٹھ چکا تھا، کافی ناراض تھے۔ وہ اُسے جاتے ہوئے دیکھتے رہے اور خدمت گار کو بلانے کے لیے گھنٹی بجائی۔

''جنرل منیجر کو بلاؤ!''

چند لمحوں کے بعد جنرل منیجر پریشانی کے عالم میں ہاتھ ملتے ہوئے آیا۔

''آپ نے مجھے بلایا؟''

مسٹر نعمان گرجے۔

''میں تمھیں ایک حکم دینے والا ہوں۔ غور سے سنو۔ میں جب بھی یہاں نہیں ہوں تو مسٹر اور لاندو میرا ذاتی نمائندہ ہوں گے۔ یہ پہلی بات ہے۔ دوسری بات، جو کوئی بھی اُن کے رتبے کے مطابق اُن کی عزت نہیں کرتا یا حکم عدولی کرتا ہے، قطع نظر اُس کے مقام کے، اسے ملازمت سے فوری طور پر برطرف کر دیا جائے گا۔ اب، اطالوی کے خلاف جاری سازش کے سلسلے میں، اگر یہ سازش اُنھیں کسی طرح بھی نقصان پہنچائے......''

جنرل منیجر نے بے چینی کے ساتھ پہلو بدلا۔

''یہاں جو ہو رہا ہے میں اُس کے بارے میں کیا کر سکتا ہوں؟''

''تم کیا کر سکتے ہو؟ کیوں...... تم فوری طور پر پولیس کو اطلاع کر سکتے ہو!''

''جناب! یہ تو......''

''اور......؟ میں آپ کو کچھ اور کرنے کے لیے نہیں کہہ رہا۔''

مسٹر نعمان نے کمرے کے چکر لگانے شروع کر دیے۔

''وہ بے ہودہ، احمق، جاہل آدمی...... وہ غلاظت کھانے والے کسی جانور سے بہتر نہیں۔ اُس کے اندر وقار کا احساس نہیں۔ میں نے اُسے شراکت دار بنایا اور کارخانے کی خرید کی تفصیل طے کرنے کے لیے انقرہ گیا...... اور اب وہ میرے خلاف ہو گیا ہے...... اُسے یہ بھولنے میں زیادہ دیر نہیں لگی کہ وہ محمود پاشا بلڈنگ کے دروازوں کے باہر خرگوشوں کی کھالیں آنے کا انتظار کیا کرتا تھا، اور یہ کہ وہ تعمیراتی جگہوں تک ریت اور سنگ ریزے ڈھویا کرتا تھا یا وہ کئی کئی دِن خشک روٹی، پنیر اور اچار پر، گلیوں میں گھومتے ہوئے، گزارا کیا کرتا تھا۔''

اُنھیں کھڑکی پر ایک سایہ نظر آیا۔ وہ جنرل مینجر کی طرف مڑے۔

''باہر کون ہے؟ دیکھیں کہ وہ کیا چاہتے ہیں؟''

جنرل مینجر باہر چلا گیا اور پھر واپس اندر آیا۔

''ہمارے کلرکوں میں سے ایک ہے۔''

''اُسے کیا چاہیے؟''

''وہ آپ سے ملنا چاہتا ہے۔''

''وہ مجھے کیوں ملنا چاہتا ہے؟''

''نہیں معلوم، جناب۔''

''اندر بلاؤ۔''

یہ وہی کلرک تھا جسے سپنزی سے باہر نکال دیا گیا تھا اور جس کی اُس کے رفقائے کار کے سامنے بے عزتی کی گئی تھی۔ مسٹر نعمان اُسے پہچان گئے کہ وہ جنگِ آزادی کے دنوں میں اُن کے ساتھی کا بیٹا تھا۔ اُنھوں نے چند سال پہلے اُسے یہاں ملازم رکھا تھا۔

''ہاں نوجوان، کیا کچھ مدد کر سکتا ہوں؟''

''جناب! میں آپ کو کچھ بتانا چاہتا تھا۔''

نوجوان نے جنرل منیجر پر نظر ڈالی۔

''بات کرو!'' مسٹر نعمان نے کہا۔

کلرک نے تسلی کے ساتھ واقعات بیان کرنا شروع کردیے، لیکن جیسے جیسے وہ واقعات بیان کرتا گیا وہ اُس کے سامنے دوبارہ زندہ ہونا شروع ہو گئے۔ وہ پریشان ہونا شروع ہو گیا اور مسٹر نعمان ہکا بکا رہ گئے۔

''وہ بے توقیر سا آدمی؟'' اُنھوں نے حیرت سے کہا، ''فضول آدمی...... تمھارے والد نے ملک کے لیے ہر شے قربان کردی...... سمجھ نہیں آرہی کہ میں کیا جواب دوں، نوجوان۔ یہ مکمل طور پر قابلِ نفرت ہے۔ اپنی حیثیت کا اتنا غلط استعمال...... میں بے حد پریشانی کا شکار ہوں۔''

جنرل منیجر کلرک کو غصے سے دیکھ رہا تھا، اُس کے نزدیک اُسے جان سے مار دینا ہی مناسب تھا۔ اُس نے اپنے سر کو ایسے جنبش دی جیسے کلرک کو دفع ہونے کے لیے کہہ رہا ہو۔ کلرک ہچکچایا۔ جنرل منیجر نے اپنا اشارہ دہرایا تو کلرک جانے کے لیے مڑا، لیکن مسٹر لقمان نے اُسے روک لیا۔

''لفنگا! یہ نا قابلِ معافی ہے۔'' انھوں نے جنرل منیجر کی طرف مڑتے ہوئے کہا۔

''سو، سلیمان، یہاں کیا ہو رہا ہے؟'' یہ کہہ کر وہ کلرک کی طرف دوبارہ مڑے۔

''شکریہ۔ تم اب اپنے کام پر جا سکتے ہو۔''

پھر انھوں نے اپنی توجہ جنرل منیجر پر مرکوز کی۔

''آج کے بعد اگر میں یہاں نہ ہوا تو تم نے یقین رکھنا ہے کہ یہ کلرک کسی مشکل میں نہ پھنسے۔ میری بات واضح ہے؟''

جنرل منیجر کسی طرح بھی خوش نظر نہیں آیا۔

''میں نے پوچھا تھا کہ میری بات واضح ہو گئی ہے؟''

''جی ہاں۔ جناب یہ میرا فرض ہے۔''

''مجھے کاغذ دو۔''

جنرل منیجر نے کاغذوں کے پلندے میں سے، جس پر مسٹر قادر اپنے دستخطوں کی مشق

کرر ہے تھے، ایک کاغذ نکال کر مسٹر نعمان کو دیا۔

مسٹر نعمان نے اپنے خوب صورت قلم کے ساتھ، غصے کی کیفیت میں کلرک کی تنخواہ میں دس لیرا کا اضافہ تحریر کر کے کاغذ جنرل مینجر کے حوالے کیا۔

جنرل مینجر نے اس مختصر تحریر پر نظر دوڑائی۔

''جناب، اِس کی وجہ سے مشکلات تو نہیں اُٹھ کھڑی ہوں گی؟ دوسرے ملازمین......''

جس دوران وہ اپنے اعتراض کو ترتیب دے رہا تھا، مسٹر نعمان دوبارہ برس پڑے۔

''میں نے تمھاری رائے نہیں مانگی۔ تم جا سکتے ہو۔''

(X)

جنرل مینجر کاغذ تھامے باہر چلا گیا۔ دوپہر ہو چکی تھی جب کہ مزدوروں کے داخلے والے دروازے کے اوپر گول گھڑی پر ابھی بارہ بجنے میں پچیس منٹ تھے۔ ساڑھے گیارہ بجے ویوری پر شفٹ ختم ہو گئی تھی۔ سپنری سے عورتیں باہر آ رہی تھیں۔ وہ تھکاوٹ زدہ مجمع تھا جو ایپرن اور سر پوش پہنے ہوئے تھا۔ کارخانے کے سامنے والا حصہ منڈی لگ رہا تھا۔ انگور، خشک میوے، مالٹے، مختلف قسم کی مٹھائیاں اور کھانے پینے کی اشیا بیچنے والے ریڑھی بانوں کی صدائیں بیک گراؤنڈ کے شور میں شامل ہو رہی تھیں۔ موٹی موٹی مکھیاں ان چیزوں پر بھنبھنا رہی تھیں۔

جوان پارچہ باف سپنری سے باہر آتی ہوئی لڑکیوں کو دیکھ رہے تھے۔ بعض اُنھیں باتوں میں الجھانے کی کوشش میں تھے، کچھ دھوپ میں ستا رہے تھے، کچھ مجمع کے اندر ایک دوسرے کے پیچھے بھاگ رہے تھے اور کچھ بارہ گھنٹے کی تھکا دینے والی شفٹ کے بعد کھڑے ہوئے آرام کی حالت میں تھے۔ علاقہ مزدوروں، ننگے پیروں والے بچوں، دیہات سے آئے دہقانوں سے جو منہ کھولے اِس بھیڑ کو حیرت سے تک رہے تھے، بھرا پڑا تھا۔

وہاں دہقان کافی تعداد میں تھے جو اپنے ڈھیلے ڈھالے، پھٹے پرانے لباس کی وجہ سے فوراً پہچانے جا سکتے تھے۔

پارچہ بافوں میں سے ایک، جس کا نام صدری تھا، کوآپریٹو شاپ کے اندر گیا۔ ہر شفٹ کے اختتام کی طرح دکان کھچا کھچ بھری ہوئی تھی۔ دکان دار نے اپنے چاندی کے فریم والے چشمے کو ماتھے پر رکھا ہوا تھا اور اپنے ماتحت کے ساتھ مل کر دس کوروس کا حلوہ، زیتون کا چھوٹا تھیلا،

ساڑھے بارہ کوروس کے چاول، مسور یا نمک تولنے کے لیے یا لالٹین کا شیشہ کاغذ میں لپیٹنے کے لیے، سفیدی کے ڈبے کی قیمت وصولنے کے لیے، یا روٹی یا سگریٹوں کی ڈبیا پکڑانے کے لیے تیزی کے ساتھ اِدھر اُدھر پھر رہا تھا۔

گاہک بے چین ہو رہے تھے۔

''مسٹر محمود!''

''اور کتنا انتظار کرنا پڑے گا، محمود؟''

''محمود، میں سب سے پہلے آیا تھا...... تم نے سب کو نمٹا دیا ہے......''

''مسٹر محمود!''

محمود کو پھر سے پرانا سر درد شروع ہو رہا تھا۔

''ابھی آپ کو سودا دیتا ہوں۔'' اُس نے کہا اور اپنے آپ کو گالیاں دینا شروع کر دیں۔

مجمع تعریفانہ انداز میں دھیرے سے ہنس دیا۔

بیرل کی طرح گول پارچہ باف موسیٰ مصنوعی ہمدردی میں چلایا:

''ہاہاہاہا!''

صادق شیشہ چشم نے سیٹی بجائی۔

''حملہ کر دو۔'' خلیل نے کہا، ''اِس طرح دکان خالی ہو جائے گی!''

محمود اِن باتوں پر ہنس پڑا، اور مجمع بھی۔ اِسے ایک وقفہ سمجھتے ہوئے محمود نے ترازو کے پیچھے رکھی ہوئی را کی کی بوتل اُٹھا کر ایک لمبا گھونٹ لیا۔ پھر اُس نے اچار کی ایک قاش منہ میں ڈالی اور کاروباری انداز میں ہاتھ ملے۔

''ٹھیک! اب میں چارج ہو گیا ہوں۔ اب میں آپ کی طرف آتا ہوں!''

دکان ایک دم اُس کی توجہ حاصل کرنے کے لیے شور سے بھر گئی۔

''ساڑھے بارہ کوروس کے چاول......''

''اگر مہربانی کر کے مجھے اُن ڈبوں میں دو دے دیں......''

''محمود، ہماری لالٹین کے لیے شیشہ......''

''ٹھہرو......میری روٹی کہاں ہے؟''

''......؟''

''......؟''

پارچہ باف صدری اپنے پیسے مٹھی میں لیے کاؤنٹر کے ایک طرف کھڑا سگریٹوں کے انتظار میں تھا۔ اُس نے غیر ارادی طور پر شیشہ چشم صادق کی طرف دیکھا جو خلیل کے ساتھ بات کر رہا تھا۔

اُس نے پھر دوسری طرف دیکھا۔

شیشہ چشم صادق نے، جو ہر وقت جھگڑا کرنے کے لیے تیار رہتا تھا، صدری کے پاس آ کر اُسے کندھے سے جھنجھوڑا۔

''اوئے، خوب صورت بہن والے! تم ہمیں نظر انداز کر رہے ہو؟''

صدری نے جواب نہیں دیا۔

''میں تمھارے ساتھ بات کر رہا ہوں، مسٹر! تم ہمیں نظر انداز کر رہے ہو؟''

صدری کاؤنٹر پر مزید آگے کو سرک گیا۔

''مسٹر محمود۔'' اُس نے پیسے بڑھاتے ہوئے کہا، ''ہمیں سگریٹوں کی ڈبیا دیں!''

شیشہ چشم صادق نے اُسے کندھے سے پھر جھنجوڑا۔

''میں تمھارے ساتھ بات کر رہا ہوں، سور! بولو؟''

''......!''

''تم ہمیں نظر انداز کر رہے ہو؟''

صدری غصے کے ساتھ مڑا۔

''احمق قسم کے سور تم خود ہو! دفع ہو جاؤ، سمجھے؟''

شیشہ چشم صادق نے مکہ تان لیا۔

''میں بتاتا ہوں کہ احمق سور کون ہے؟ لڑکے اپنی قسمت مت آزماؤ، میں تمھیں سبق

سکھا دوں گا۔ تمھارے خیال میں، میں اُس بکواس کو نہیں جانتا جس سے تم باس کے کان بھرتے رہے ہو۔ تم میرے چچا کے متعلق کوئی بات تو کرو، پھر دیکھنا کہ ہم تمھارے ساتھ کیا کرتے ہیں؟ تمھیں وادی کے اندر کہیں بھی ملازمت نہیں ملے گی۔''

خلیل وائن کی دو بوتلیں اُٹھائے اُن کے پاس آیا۔

''صادق تم چاہتے کیا ہو؟ تم میرے ہونے والے سالے کو تنگ تو نہیں کر رہے؟''

شیشہ چشم صادق کا قہقہہ پس منظر کے شور سے زیادہ بلند تھا۔

''تمھارا قہقہہ بہت گھٹیا ہے، بیٹا۔ کیا تم ہمیشہ سے ایسے قہقہے لگاتے ہو؟'' مجمع میں سے ایک بوڑھے آدمی نے پوچھا۔

صدری نے اپنے سگریٹ لیے اور اتنے غصے میں دکان سے نکلا کہ اُس کی آنکھوں میں آنسو تھے۔ دوسرے دونوں بھی اُس کے پیچھے نکلے اور سڑک کے پار کبابوں کی دکان کی طرف مڑ گئے۔

صدری نے غصے کے ساتھ اُن کی طرف دیکھا، سگریٹ سلگانے سے پہلے زمین پر تھوکا۔

''ہم بے چاری لڑکی کو کارخانے سے ہٹالیں۔'' اُس نے بار بار اپنے باپ کی منت کی تھی۔ ''ہم اُسے وہاں سے ہٹالیں...... پیسے کو بھول جائیں۔ یہ کسی اُلجھن کا سبب بن سکتا ہے۔'' لیکن نہیں۔ اُسے یہی جواب ملتا، ''میری بیٹی کی یہ بات، اور میری بیٹی کی وہ بات۔'' لیکن اِن دنوں ہی موسیٰ نے کہا تھا کہ وہ اپنی ماں کے اِدھر اُدھر پھرنے کو بھی شک کی نگاہ سے دیکھے گا۔ وہ درست کہتا تھا۔ آج کی لڑکیاں...... وہ اپنے باپوں کی عزت نہیں کرتی تھیں، ماؤں کی بھی نہیں اور بھائیوں کی تو بالکل ہی نہیں۔ وہ کسی کے ساتھ نکل جانے کا خیال دماغ میں بٹھا لے گی اور پھر ایک دن چلی جائے گی۔ بہتر ہے کہ وہ سب بھول جائے۔

غالباً یہ سوویں مرتبہ تھا کہ اُس نے موسیٰ کے الفاظ پر غور کیا تھا اور یہ اقرار بھی کیا تھا کہ اُسے اپنی بہن جمیلہ کے متعلق سوچنا بند کر دینا چاہیے لیکن وہ اپنے آپ کو ایسا کرنے پر تیار نہ کر سکا۔ اگرچہ وہ تھکا ہوا تھا، کارخانے کے دروازے کے سامنے سگریٹ پیتے ہوئے، اپنے سخت

بوٹ پہنے ہوئے، وہ تیز قدموں سے ٹہلتا رہا۔

اُس نے وقت دیکھا، دوپہر ہو چکی تھی۔ سینٹری اب خالی ہو چکی ہو گی اور بوسنیائی دربان نے اُس وقت تک لوہے کے پھاٹکوں میں سے ایک کو بند کر دیا ہوگا۔ اُس نے سوچا کہ لڑکی شاید دوسری لڑکیوں کے ساتھ چلتے ہوئے گھر چلی گئی ہو گی، پھر اُس نے اِس خیال کو ذہن سے جھٹک دیا۔ اُس نے کسی وقت بھی پھاٹک سے نظریں نہیں اُٹھائی تھیں...... یہ اِنہی دنوں میں کئی مرتبہ ہو چکا تھا کہ سب کام کرنے والے جا چکے ہوتے اور وہ تھوڑی دیر بعد باہر آتی۔ وہ ضرور اُس کلرک کے ساتھ باتیں کرتی ہو گی۔ وہ کسی حد تک اِس کی مخالفت نہیں کرتا تھا...... آخر کار لڑکا ایک کلرک تھا اور تھوڑا بہت تعلیم یافتہ بھی۔ وہ ایک مہذب شخص تھا، وہ با اخلاق تھا اور اُسے بات چیت کا ڈھنگ آتا تھا۔ وہ اونٹوں کے مالک خلیل کی طرح نہیں تھا...... اِس کے علاوہ کلرک مقامی ٹیم میں رائیٹ آوٹ کھیلتا تھا اور اگر اُسے شہر میں دو بہترین پینلٹی لگانے والوں کا انتخاب کرنا پڑے تو کلرک یقیناً اُن میں سے ایک ہوگا۔

اُس کے سر میں درد ہونے لگا۔ اُس نے ابھی اِن خطوط پر سوچنا شروع کیا ہی تھا کہ شاید مجھے گھر جا کر تھوڑا استانا چاہیے، درد یقیناً جاتا رہے گا۔ جب اُس نے پارچہ باف موسیٰ کو کوآپریٹو دکان سے باہر آتے دیکھا۔ ''دیکھو، دنیا میں اُسے کوئی فکر نہیں''، اُس نے سوچا۔

موسیٰ اُس کے قریب آ گیا۔

''تم کس کا انتظار کر رہے ہو؟''

''کسی کا نہیں۔'' صدری نے کہا، ''صرف میری احمق بہن......''

''کیوں؟ وہ ابھی تک باہر نہیں آئی؟''

''نہیں۔''

''کیوں نہیں آئی؟'' موسیٰ نے مسکراتے ہوئے پوچھا۔

اُس نے درمیان والی انگلی سے سگریٹ زمین پر پھینکا۔

''پتا نہیں۔''

''باقی سب تو بہت دیر ہوئی جا چکے!''

''میں جانتا ہوں۔''

''آؤ، چائے پئیں!''

''حاجت محسوس نہیں ہو رہی۔ میں گھر جا کر لیٹنا چاہتا ہوں۔''

''آؤ، جب تک تم اپنی بہن کا انتظار کرتے ہو، ہم جلدی سے چائے پی لیں گے......''

''نہیں، شکریہ۔''

''تم جانتے ہو کہ نصرت اور دوسرے لوگ بحث میں الجھے ہوئے ہیں۔''

''جمیلہ کسی وقت بھی آ جائے گی۔ بہر حال، میرے سر میں درد ہے......''

''پریشان ہونے کی ضرورت نہیں، چائے کے پیسے میں دوں گا!''

''میں اتنا کنگال بھی نہیں کہ چائے کے پیسے نہ ادا کر سکوں۔''

''میں نے سنا ہے کہ تم نے بوس کو ریگ مال پاؤڈر والا معاملہ بتا دیا ہے۔''

''تمھیں کس نے بتایا ہے؟''

''صادق نے۔ کہتا ہے کہ وہ تمھیں سبق سکھا دے گا۔''

''......''

''مجھے نہیں معلوم کہ تم اِس معاملے سے دور کیوں نہ رہے......تم اُن لوگوں کی مخالفت نہیں کر سکتے۔ میری مثال لے سکتے ہو۔ میں نظریں نیچے رکھتا ہوں۔ دیکھو، تم اُنھیں اُن کے حال پر چھوڑ دو۔ تم اِس معاملے میں شامل ہونا تو نہیں چاہتے؟ تمھیں سننا چاہیے کہ وہ کیا منصوبہ بندی کر رہے ہیں۔ کہتے ہیں کہ تنخواہ والے دِن وہ اطالوی کی ٹھکائی کریں گے۔ اپنا خیال رکھنا......''

''واقعی؟''

''میں اِسی لیے کہہ رہا ہوں کہ میرے ساتھ چائے پیو۔ اطالوی کے بارے میں باتیں ہو رہی ہیں، اِز میر نصرت نے کیا کہا اور ایسی بکواس۔ تم ایک طرف بیٹھے رہنا اور ظاہر کرنا کہ تم نے میری باتیں نہیں سنیں۔ ہمارا اویوری سپروائزر سب سے ملاقات کر کے اُن کے کان بھر رہا ہے اور اُنھیں اُکسا رہا ہے۔ دیکھو، اگر کام کرنے والے سپروائزروں کا ساتھ دیں تو یہ ایک متحدہ محاذ بن جائے گا۔ میرا مطلب ہے کہ اُن کی بات میں وزن ہے......ہم میں سے کوئی بھی خوش نہیں، ہے

کوئی ؟ تمام محنت بے کار جارہی ہے...... ہم کپڑا بُننے کے لیے دھاگے ہی جوڑتے رہتے ہیں۔ ہم پیسے نہیں بنا رہے۔ میں جانتا ہوں کہ عزت کہتا ہے کہ ہمارا استحصال کیا جارہا ہے اور ہمیں اِن معاملات سے دور ہی رہنا چاہیے لیکن ایسے ہو نہیں سکتا۔ اگر اطالوی کا قصور نہ بھی ہو، اگر اُس کی یہاں موجودگی سے ہماری آمدنی میں کمی ہو رہی ہے تو اُسے دفع ہو جانا چاہیے۔ یا پھر اُنھیں اُس کی ٹھکائی کر دینی چاہیے۔ لیکن بہتر ہی ہوگا کہ ہم خود کسی چیز میں شامل نہ ہوں۔ دوست، تمھیں ریگ مال والا معاملہ کھولنا نہیں چاہیے تھا۔''

''یوس نے پوچھا اور میں نے بتا دیا۔''

''یوس نے صرف پوچھا، اِس کا مطلب یہ نہیں کہ تم اُسے ہر بات بتا دو۔''

''میں نے سنا ہے کہ نصرت نے تو اور بھی بہت کچھ بتایا......''

''تمھیں صرف اپنے کیے کی فکر ہونی چاہیے! وہ تو اپنی قبر کھود رہا ہے۔ اپنی ٹانگیں اس طرح پھنسا لینا عقل مندی نہیں۔ تمھیں سیانے پن کا بھی مظاہرہ کرنا چاہیے۔ مجھے نصرت کی فکر ہونے لگتی ہے!''

''اُسے کیا ہو سکتا ہے؟''

''بچے مت بنو۔ اُسے کیا ہو سکتا ہے سے تمھاری کیا مراد ہے؟ یہ ایک خونی کارخانہ ہے۔ یہاں کیا نہیں ہو سکتا ؟ تنخواہ والے دن تک انتظار کرو جب وہ اطالوی کو مارنا شروع کریں گے تو ساتھ ہی اُس کی ٹھکائی بھی ہو جائے گی اور اُسی افراتفری میں وہ وہاں سے نکل بھی جائیں گے۔ چلو، چائے کا ایک پیالہ پییں......''

اُس نے صدری کو بازو سے کھینچ کر لے کر جانا چاہا مگر اُس نے مزاحمت کی۔

''اُسے اب تک باہر آ جانا چاہیے تھا...... بارہ بج کر پندرہ منٹ تو ہو گئے ہیں!''

''میں پھر کہتا ہوں، اگر اُس کی جگہ میری بہن ہوتی ......'' موسیٰ نے بات شروع کی۔

''ہاں؟ تو تم کیا کرتے؟''

''میں اُس کی ٹانگیں توڑ دیتا...... تم کیا سمجھتے ہو؟''

''اِسی لیے تمھاری بہن زہرہ کی چال مضحکہ خیز ہے؟''

''مجھے بیوقوف بنا رہے ہو لڑکے؟ میری بہنیں مجھ سے عمر میں کافی بڑی ہیں۔ ہماری ماں کے فوت ہونے کے بعد اُسی زہرہ نے گھر کا نظام سنبھال لیا تھا۔ میں اُس وقت اتنا سا تھا، اُسی نے مجھے پال کر بڑا کیا...... لیکن اگر میری بہن چھوٹی ہوتی اور مجھے اُس کا انتظار کرنا پڑتا...... آج کل کی لڑکیاں تو بس...... میں اِن میں سے کسی کا بھی اعتبار نہیں کروں گا۔ اُن کو کبھی کبھی سر پر ایک دھپ کی ضرورت رہتی ہے۔ یہ اُن کے لیے بہت اچھا رہتا ہے۔ اُنھیں ایک حد کے اندر رکھو۔''

''یہ تو صحیح ہے......''

''اپنے باپ سے بات کرو اور اُسے مجبور کرو کہ وہ اس سے کارخانے کا کام چھڑوا دے۔ تم میری بات سمجھتے ہو۔ اگر تمھارا باپ یہ باتیں سن لے تو وہ تم دونوں کا تکہ بوٹی کر دے گا۔''

''میں کیا کر سکتا ہوں؟ میں بار بار بتا چکا ہوں کہ ہمیں اُسے یہاں سے ہٹا لینا چاہیے۔''

''ہمیں کیسے حالات کا سامنا کرنا پڑ رہا ہے؟ میرا باپ بھی تمھارے باپ کی طرح امیر آدمی تھا۔ اُدھر وطن میں وہ دولت کے ساتھ کھیلا کرتا تھا۔ کہا جاتا ہے کہ ہمارا گھر محل کی طرح تھا۔ ہماری ذاتی زرعی زمین تھی، باغات تھے اور جائیداد......''

''کاش یہ سب کچھ اب بھی ہوتا۔'' صدری نے آہ بھری، ''ہم آرام سے بیٹھ کر کھاتے۔ والد کے دماغ میں ابھی تک قرہ گل (Karagöl) ہے! دو ایکڑ بھلا کیا دیں گے؟''

''کچھ بھی نہیں۔ یہ کچھ بھی نہیں۔ یہ سب ایک طرف، تمھارا باپ، میں بتا رہا ہوں، اگر وہ چاہے تو ابھی امیر ہو سکتا ہے، ابھی...... میرا مطلب ہے اسی وقت......''

''تم سمجھتے ہو کہ میں اسے نہیں بتاتا۔ اُسے کوئی پروا نہیں ہے۔ وہ بغیر پیسے لیے بال کاٹتا ہے۔ مفت ڈاڑھیاں خط کرتا ہے، مفت میں دانت نکالتا ہے۔''

''وہ ٹوٹی ہڈیاں جوڑتا ہے اور زخمیوں کی مرہم پٹی کرتا ہے، مفت میں...... ہے ناں؟''

''ایسے ہی ہے...... اگر وہ صرف کچھ پیسے ہی لینا شروع کر دیں تو ہم کافی رقم بچا بھی سکتے ہیں۔''

''تم امیر بن کر اپنے گاؤں واپس جا سکتے ہو۔''

''گاؤں کو واپس جانے کا بھول جاؤ۔ میں وہاں کیا کروں گا، یہی کہ میں شہر کو کب

جاؤں گا؟ اُس نے اگر واپس جانا ہے تو ضرور جائے۔ کسی طرح اس لڑکی سے چھٹکارا مل جائے تو مشکل آسان ہو جائے گی...... باپ واپس جا سکتا ہے اور میں یہاں اپنا کام کرتا رہوں۔ میں ہر ہفتے فٹ بال دیکھنے جا سکوں گا اور تصویریں دیکھنے بھی جا سکوں گا......"

"یقیناً...... تمہاری بہن ضرور ایک مسئلہ ہے۔ جانتے ہو کہ دکان میں اُس ذلیل اونٹ والے نے صادق کو اکسایا تھا؟ 'جاؤ اور صدری کے ساتھ جھگڑا کرو۔ میں ایک منٹ کے بعد آ کر تم لوگوں کو چھڑا دوں گا' اُس نے یہ کہا تھا۔"

"کیا......؟ خلیل نے کہا تھا؟"

"ہاں۔"

"......"

"ایک نے تمہیں خوب صورت بہن والا کہا اور دوسرے نے ہونے والی بیوی کا بھائی، اور تم نے جواب میں کچھ نہیں کہا۔ میں یہ برداشت نہیں کر سکتا۔"

"میں کیا کر سکتا ہوں دوست۔ میرے ہاتھ بندھے ہوئے ہیں...... اگر مجھے پتا ہو کہ میرے پیچھے کوئی جائیداد ہے...... لیکن مجھے تو اپنے گھر کی ذمے داری سنبھالنی ہے۔"

"اگر وہ میری بہن ہوتی تو میں اُسے کام کرنے کی کبھی اجازت نہ دیتا۔ میں بھوکے مر جانے کو ترجیح دیتا۔"

"تمھاری بہنوں نے کبھی ملازمت نہیں کی تھی؟"

"صرف تب جب میں چھوٹا تھا۔ اگر اب یوں ہوتا......"

"اگر وہ بھی کما نہ رہی ہوتی تو ہمارا گزارا نہ ہوتا۔ لو...... وہ آ گئی۔ اُس کے ساتھ کون ہے؟ حلیمہ! حلیمہ ہی ہے۔ میں اعتراف کرتا ہوں کہ وہ مجھے پسند ہے۔"

"تم ان لڑکیوں کو سکھاؤ گے؟ کیسے آدمی ہو؟"

صدری نے قہقہہ لگایا۔

لڑکیاں کالے رنگ کے بالا پوش پہنے ہوئے تھیں جو کپاس میں سے اُٹھتی گرد کی وجہ سے خاکستری ہو گئے تھے۔ وہ تیز تیز چل رہی تھیں۔

''اُس کے ایک چانٹا لگاؤ!'' موسیٰ نے کہا، ''اُس کے لیے اچھا رہے گا، اُس کا دماغ کچھ ٹھکانے آئے گا۔''

''دیکھتے جاؤ۔'' صدری نے کہا، ''دیکھنا میں اُس کے ساتھ کرتا کیا ہوں۔''

وہ غصے کی حالت میں کارخانے کے پھاٹک کے پاس کھڑا ہو گیا۔ اُس نے دونوں ہاتھ پیچھے باندھ لیے، ایک پاؤں ذرا آگے کو کر کے اپنا سر اُٹھا لیا۔

لڑکیاں نزدیک آ گئیں ...... اور پھر صدری کی طرف دیکھے بغیر آگے نکل گئیں۔

''ہیلو مس۔'' صدری نے کہا۔

جمیلہ نے فوراً رک کر پیچھے مڑ کر دیکھا۔

''کیا کہا؟''

''تم اب تک کہاں تھیں؟''

''کیا مطلب؟''

''کیا مطلب سے کیا مراد ہے؟ ایک عرصہ ہوا کہ سب لوگ جا چکے اور مجھے انتظار کرتے ہوئے ایک گھنٹہ ہو گیا ہے۔''

''الزام مت لگاؤ۔ میں نے تمھیں انتظار کرنے کو نہیں کہا تھا۔ چلو لڑکی ......''

حلیمہ نے قہقہہ لگایا اور موسیٰ نے بھی۔ لڑکیاں آگے بڑھ گئیں۔

''تم اتنے بااختیار نہیں ہو؟'' موسیٰ نے پوچھا، ''اگر میں ہوتا تو اُسے پکڑ کر ......''

صدری بہت غصے میں تھا۔

''بے کار ہے۔ میں کیا کر سکتا ہوں؟'' وہ لڑکیوں کو دور جاتے دیکھ رہا تھا۔ ''اگر اُس کا اپنا باپ اجازت دے رہا ہے تو ......''

''لڑکی تم سے زیادہ مرد ہے، دوست! اُسے تمھاری پروا نہیں ہے ......''

''تم مجھے غصہ دلانا بند کر سکتے ہو؟''

موسیٰ قہقہہ لگا کر ہنس پڑا۔

''میں بتا رہا ہوں، اُسے تمھاری پروا نہیں ہے ......''

''کسی کو بھی میرے احساسات کی پروا نہیں، دوست۔'' صدری نے آنکھوں میں آنسو لاتے ہوئے کہا۔ ''میں اتنا اہم نہیں۔ کوئی کیوں پروا کرے گا؟ تم کچھ اور بھی کہنا چاہتے ہو؟ میرے ساتھ اس طرح......''

اُس نے چائے کی دکان کی طرف چلنا شروع کر دیا۔

موسیٰ کو اپنے دوست کو اِس طرح رگیدنا پسند نہیں آیا اور وہ اُسے گلے لگا کر معذرت کرنے کے لیے بھاگا۔

''دور...... مجھے تنگ نہیں کرو۔''

''میں تو تمھیں تنگ کر رہا تھا۔ تم ایک مذاق بھی برداشت نہیں کر سکتے۔ میرا مقصد قطعاً پریشان کرنے کا نہیں تھا۔''

''کیسا مذاق تھا یہ؟ مجھے اکیلا چھوڑ دو...... کہہ رہا ہے کہ صرف مذاق تھا...... مجھے کیا کرنا چاہیے؟ اُس چھوٹی گائے کو مار دوں؟''

موسیٰ اُسے بازو سے پکڑ کر چائے کی دکان کے اندر لے گیا۔

(XI)

شیشہ چشم صادق اور خلیل مزدوروں کی بستی کو جانے والی سڑک کے کنارے واقع کبابوں کی دکان میں بیٹھے وائن پی رہے تھے۔

صادق نے مالک کو آواز دی۔

''بات سنو دوست!''

کباب کی دکان کا مالک کالے رنگ کا بھاری بھر کم آدمی تھا۔ اُس نے کاؤنٹر کے پیچھے سے جواب دیا۔

''کس چیز کی ضرورت ہے، جناب؟''

''ہمارے کباب کدھر گئے؟''

''ابھی آتے ہیں جناب۔ لڑکے جلدی سے وہاں پہنچاؤ!''

ویٹر نے سیخ کبابوں کی تین گرم گرم سیخیں لا کر کباب گندی پلیٹ میں سرکا دیے۔

''وہ ابھی تک اندر رہی ہے۔'' شیشہ چشم صادق نے کہا، ''وہ اُس کلرک کے ساتھ باتیں کرنے کا کوئی نہ کوئی بہانہ ڈھونڈتی رہتی ہے۔''

''قرہ کز نے کیا خبر دی ہے؟''

''وہ کہتی ہے کہ اُس نے چند مرتبہ بات تو کی ہے لیکن وہ مان نہیں رہی۔''

''اُس نے اُسے بتایا کہ میں اُسے سونے سے لاد دوں گا۔''

''ہاں۔''

''اُسے بتانا چاہیے تھا کہ میں شہر میں حویلی کرائے پر لے دوں گا۔''

''بالکل! میں یہ سب اس لیے نہیں کہہ رہا کہ وہ میری کزن ہے بلکہ اُسے بات کرنے کا ڈھنگ آتا ہے۔ میں جانتا ہوں کہ اُس نے ہر معقول بات کہی ہوگی۔''

''وہ لڑکی اگر صرف ہاں کہہ دے، میں قسم کھاتا ہوں کہ اسے سب کچھ مہیا کرنے کے لیے میں اپنے اونٹ تک بیچ دوں گا!''

''صرف وہ کلرک اگر درمیان......''

''ایک آدمی کسی لڑکی کے ساتھ محبت میں کیسے سنجیدہ ہوسکتا ہے جب وہ صرف تیس لیرا ماہانہ تنخواہ پر ہو۔''

''لڑکی اِس بات کو نہیں سمجھتی۔ چلو تمھاری صحت کا جام پئیں۔''

''ہاں......صحت کا جام......''

اُنھوں نے اپنے گلاس اُٹھائے، ٹکرائے اور خالی کر دیے۔ خلیل نے ہاتھ کے پچھلے حصے سے اپنا منہ صاف کیا۔

''پتا ہے کیا کریں؟'' اُس نے کہا۔ ''ہمیں کلرک کو خط لکھنا چاہیے۔ ہمیں اُسے بتانا چاہیے کہ وہ لڑکی کا پیچھا چھوڑ دے ورنہ! وہ صرف کلرک ہے، خوف زدہ ہو جائے گا۔ اُس میں اتنی جرأت نہیں ہوگی کہ اُسے ملتا رہے!''

''یہ طریقہ کامیاب نہیں ہوگا۔'' شیشہ چشم صادق نے کہا، ''وہ تمھارے جاننے والوں کی طرح کمزور اعصاب کا مالک نہیں۔ وہ کسی حد تک دلیر آدمی ہے۔''

''تم یہ کیسے کہہ سکتے ہو؟''

''میرے خیال میں اُس دفتر میں ایک بھی کلرک ایسا نہیں ہوگا جسے اُس نے مارا نہ ہو۔''

''دوسرے کلرکوں کو مارنے سے کیا فرق پڑتا ہے۔ ہم دوسرے کلرکوں کی طرح تو نہیں ہیں۔''

''ہم اُن کی طرح تو نہیں۔'' شیشہ چشم صادق نے اتفاق کیا، ''لیکن اُس پر دباؤ بڑھانے کے سلسلے میں تمھیں محتاط رہنا پڑے گا۔ اِس طرح شاید وہ لڑکی کے لیے اور بھی سنجیدہ ہو

جائے......دیکھو، وہ رہی ہماری لڑکی!''

''کدھر؟''

اُس نے قرہ کز کی طرف اشارہ کیا جو مخالف سمت والے گھروں کے عقب سے نمودار ہوئی تھی۔

''وہ سامنے......اِس طرف جھک کر دیکھو۔''

''اب میں اُسے دیکھ سکتا ہوں۔''

''اُسے یہاں بلالیں؟''

''کیا وہ آجائے گی؟''

''اُسے میں بلا رہا ہوں۔ وہ ضرور آئے گی۔ وہ میری کزن ہے......''

''ضرور بلاؤ......تمھیں کس چیز کا انتظار ہے؟''

شیشہ چشم صادق جلدی سے باہر گیا اور لڑکی کے ساتھ واپس آیا۔

''اووو۔'' قرہ کز نے کہا، ''ہمارا خلیل بھی یہاں ہے۔ تم لوگوں کی میز بھری ہوئی ہے۔''

اُنھوں نے اُسے کرسی پیش کی، وہ بیٹھ گئی۔

''کیا ہو رہا ہے؟'' ابتدائی خوشگوار رسمی باتوں کے بعد خلیل نے پوچھا۔

''ہم ٹھیک ہیں۔''

''سب ٹھیک چل رہا ہے؟''

''تم تو جانتے ہی ہو کہ حالات کیا ہیں......میں ابھی دکان سے تار والا برش خریدنے جا رہی تھی۔ مجھے لکڑی کے فرش کی صفائی کرنا تھی۔'' اُس نے بات شروع کی اور پھر ایک دم موضوع بدل دیا۔ ''تم یقین نہیں کرو گے کہ آج مالک نے اُسے کتنا کھینچا۔ تم ضرور پسند کرتے۔ ہمارا سپروائزر تھوڑا سا ضدی آدمی ہے۔ یقین کرو، اُس کے ذہن میں کوئی بات آجائے تو اُس کے پیچھے ہاتھ دھو کر پڑ جاتا ہے۔''

''کیا ہوا؟''

''مالک چکر لگا رہا تھا۔ وہ جمیلہ کے ساتھ بات کرنے کو رکا تو اچانک کلرک بھی اندر

آ گیا۔ ہمارے سپروائزر نے، خبطی تو وہ ہے ہی، مالک کے کان میں کوئی سرگوشی کی۔ مالک نے کلرک کو ایک نظر دیکھا اور تم لڑکے کا رنگ اڑتے دیکھ سکتے تھے۔ پھر اگر تم نے اُسے وہاں نشانہ بنایا ہوتا تو یقیناً اُس کے جسم سے ایک قطرہ خون بھی نہ نکلتا۔''

''مالک نے کیا کہا۔''

''انھوں نے کہا کہ تم یہاں کیوں کر گھوم رہے ہو؟''

''اور کلرک نے کیا جواب دیا؟''

''اوہ، وہ کچھ بڑبڑایا...... تو مالک نے کہا کہ دفع ہو جاؤ! میں تمھیں دوبارہ یہاں نہیں دیکھنا چاہتا۔''

''سنو!'' خلیل نے دکان کے مالک کو آواز دی، ''دیکھو، ہمارے ساتھ ہماری بہن بیٹھی ہے۔ صاف گلاس اور اچھا سا کباب لاؤ۔''

''اوہ، نہیں، شکریہ۔'' قرہ کز نے کہا، ''میں معذرت چاہوں گی، دراصل خلیل......''

''لیکن کیوں، لڑکی؟''

''مجھے واپس گھر پہنچنا ہے۔ مجھے فرش کو رگڑنا اور......''

''اتنی بور مت بنو، ایک یا دو گلاس پیو...... اچھی چیز ہے ہمارے پاس......''

''میں صحیح موڈ میں نہیں ہوں، اگر میں نے ایک یا دو گلاس پی لیے تو میں اور بھی پینا چاہوں گی...... مجھے تو پینا پسند ہے، مجھے غلط نہ سمجھو......''

''تم چلی جانا......'' خلیل بات کرنے کے بعد کاؤنٹر کی طرف مڑا، ''سنو، اچھے آدمی، میری بہن، بیٹی، کباب کھائے گی...... تمام مصالحوں کے ساتھ، ٹھیک!''

کباب دکان کے مالک نے مسکرا کر سر ہلایا۔

''ہاں، تو اور کیا؟'' خلیل نے پوچھا۔

''میں نے اُسے وہ سب کچھ بتایا جو تم نے کہا تھا۔'' قرہ کز نے وضاحت کی، ''میں نے بتایا کہ تم شادی کر کے خاندان کا آغاز کرنا چاہتے ہو، اگر خدا نے چاہا۔''

''تم نے اُسے بتایا کہ ہم باقاعدہ حکومت کے کاغذات میں درج کروا کر نکاح

کروائیں گے؟''

''میں نے یہ بھی بتایا تھا۔''

''کہ میں اُسے سونے سے لاد دوں گا؟''

''میں نے یہ بھی بتایا۔ میں نے یہ بھی بتایا کہ تم شہر میں حویلی کرائے پر لو گے، یہ کہ وہ ایک خاتون کی طرح پاؤں زمین پر نہیں رکھے گی......''

''لازماً تم نے بتایا ہوگا۔'' شیشہ چشم صادق نے کہا، ''تم نے اچھا کیا، لڑکی!''

''اُس نے کیا جواب دیا؟''

''وہ برہم ہوگئی تھی!''

''واقعی؟ غصے میں آ گئی تھی؟ میں اُس ذلیل کلرک کو جان سے مار دوں گا! دیکھو، مجھے ایک بندوق لے کر اُس تک جانا چاہیے......''

شیشہ چشم صادق نے اُسے ٹوکا۔

''یہ کلرک کا قصور نہیں ہے۔ اصل مسئلہ تو لڑکی خود ہے۔ اگر وہ راضی نہ ہو تو کلرک کی کیا جرأت...... لیکن یہ مہاجر ایسے ہی لوگ ہیں، دوست۔ اگر وہ کسی چیز کے لیے ارادہ کر لیں تو اُنھیں روکا نہیں جا سکتا۔''

قرہ کز کا گلاس آیا تو خلیل نے اُسے وائن سے بھر دیا اور اُنھوں نے گلاس ایک دوسرے کی طرف اٹھا کر ایک ایک گھونٹ پیا۔

''دیکھو خلیل۔'' شیشہ چشم صادق نے بات جاری رکھی، ''اگر تمھارا مسئلہ نہ ہوتا تو میں اُن سب کو سبق سکھا دیتا۔ لیکن تمھاری اور لڑکی کی وجہ سے میں معاملات کو اُٹھانا نہیں چاہتا۔ تم صدری کو جانتے ہو نا؟ لڑکی کا بھائی...... آج میرا اُسے دو لگانے کو جی چاہ رہا تھا۔ میرا مطلب ہے، میرے چچا ہی کو لے لو...... پورے ڈیپارٹمنٹ کا سپروائزر ہے۔ ٹھیک؟ اُس کی ہمت دیکھو کہ اُس کے خلاف بات کرتا ہے۔ چچا نے مجھے بلایا تو میں اُس کے دفتر گیا۔ میں نے پوچھا کہ کوئی مشکل ہے تو اُس نے بتایا کہ صدری نے مالک کو وہ تمام بکواس بتائی جو اِزمیر پھیلا رہا ہے۔ بہت غصہ آیا مجھے، تمھیں بتا رہا ہوں۔ میں نے کہا کہ چچا، تم اجازت دے دو تو میں اُسے چپ کرا دوں

گا۔ وہ میرا اپنا چچا ہے۔ میرا خون۔ میں اُس کے لیے ہر قربانی دینے کو تیار ہوں۔ ہونا چاہیے؟''

اُس نے اپنا گلاس پکڑ لیا۔ دوسروں نے بھی اپنے گلاس اُٹھا لیے۔ گلاس ٹکرائے گئے اور ایک جام اور پیا گیا۔

شیشہ چشم صادق نے گوشت کا ایک بڑا سا ٹکڑا منہ میں ڈالا۔

''لیکن تم میرے ہاتھ باندھ رہے ہو، دوست!'' اُس نے بات جاری رکھی۔ ''اگر تمہارا یہ سلسلہ نہ ہوتا...... میری بات غور سے سنو، تمہارا اُن کے ساتھ کوئی واسطہ نہیں ہونا چاہیے۔ میں کہتا ہوں کہ اُن سے چھٹکارا ہی بہتر ہے۔''

قرہ کز نے، جس کے عموماً زرد رہنے والے گالوں پر رنگ آنا شروع ہو گیا تھا، بات سنبھالی۔

''جہاں تک اُس کی بہن کا تعلق ہے۔'' اُس نے کہا، ''اُس کی بہن، بھائی سے بھی دو ہاتھ آگے ہے۔ جب مالک نے کلرک کو وہاں سے بھگایا تو وہ دیکھنے والی تھی۔ وہ بہت برہم تھی۔ اُس نے مالک کو سنائیں بھی۔''

''واقعی؟''، خلیل نے پوچھا۔

''ہاں...... وہ دیکھنے والی تھی۔''

''دیکھا کہ وہ کیسے ہیں۔'' شیشہ چشم صادق نے کہا، ''وہ کسی ہمدردی کے مستحق نہیں ہیں۔ مجھے تمہارے اِس قدر فریفتہ ہونے کی وجہ سمجھ میں نہیں آئی، لیکن جب تمہارا یہ مسئلہ ختم ہو جائے تو میں جانتا ہوں کہ مجھے کیا کرنا چاہیے۔''

قرہ کز کا گرم گرم کباب میز پر آ گیا تھا۔

گلاس دوبارہ بھرے گئے، ٹکرائے گئے اور ایک دفعہ پھر خالی کر دیے گئے۔

خلیل نے جیب سے کڑکڑاتا ہوا دس لیرا کا نوٹ نکال کر آواز دی، ''بات سنو!''

دکان کا مالک تیز تیز چلتے ہوئے آیا۔

''اپنے ملازم لڑکے کو بھیج کر ہمارے لیے وائن کی دو اور بوتلیں منگواؤ......''

''بہتر، جناب!''

’’مجھے تمھاری چال کا علم ہے۔‘‘ قرہ کز نے اعلان کیا، ’’تم دونوں مجھے نشے میں لا کر میرا مذاق اُڑانا چاہتے ہو۔ میں تمھاری چال سمجھتی ہوں۔‘‘

قطعاً نہیں۔ تم مزا لو۔‘‘ اُنھوں نے اُسے تسلی دلائی۔

’’شکریہ...... اب میں تم دونوں کو روکوں گی نہیں......‘‘

شیشہ چشم صادق نے اُس کی کمر اپنی ہتھیلی کے ساتھ رگڑی۔

’’پتا ہے...... اور میں اِس لیے نہیں کہہ رہا کہ میری کزن ہے...... یہ اپنی نوعیت کی واحد خاتون ہے۔ میں اِس کی وجہ بتاؤں گا......‘‘

’’چھوڑو اِس بات کو۔‘‘ قرہ کز نے کہا، ’’میری طرف دیکھو! مجھے پانچ سال پہلے دیکھا ہوتا۔‘‘

’’کیوں؟‘‘، خلیل نے پوچھا۔ ’’تم اب بھی اچھی لگ رہی ہو!‘‘

اُس نے عورت کو للچائی ہوئی نظروں سے دیکھا۔

’’میرے بال ایڑیوں تک لمبے تھے۔‘‘ اُس نے حسرت سے بتایا، ’’اب اِنھیں دیکھو۔ کارخانہ تمھارے اندر سے سب کچھ نچوڑ دیتا ہے۔‘‘

جوان ویٹر بوتلیں لے آیا۔ اُنھوں نے ایک کھول کر گلاسوں میں انڈیلی۔

’’ہمیں تھوڑا آہستہ چلنا چاہیے۔‘‘ قرہ کز نے کہا۔

خلیل نے اُس کی بات نظر انداز کر دی۔

’’سنو! آج صبح میں کھو ہی دینے لگا تھا...... بس بچت ہو گئی......‘‘

’’کیوں؟ کیا ہوا؟‘‘

خلیل نے اپنا گلاس مضبوطی سے پکڑ لیا۔

’’پہلے، گلاس ختم کریں۔‘‘

سب نے اپنے اپنے گلاس ختم کیے۔

’’جنزی کا وہ احمق کلرک، جانتے ہو اُسے؟ وہ ایک اچھا آدمی لگتا تھا چناں چہ میں اُس کے پاس بیٹھ گیا۔ میں نے سگریٹ سلگایا۔ پھر اُس نے کہنا شروع کر دیا کہ میں سگریٹ نہیں پی

سکتا، تم یہاں قطعاً سگریٹ نہیں پی سکتے، اور اِس طرح کی باتیں ...... یہ اُس نے ایک مرتبہ کہا، دوبارہ کہا، پھر کہا۔ میں نے اُس سے کہا، دیکھو دوست، لوگوں کو یہاں سگریٹ پینے کی اجازت نہیں ہوگی لیکن میں خاص آدمی ہوں۔ میں مالک کے گھر کے فرد کی طرح ہوں، سمجھے؟ لیکن وہ ماننے کو تیار ہی نہیں تھا۔ ''یہ کارخانہ ہے اور یہاں کوئی خاص آدمی نہیں ہے۔'' اس طرح کی بکواس۔ میں آپے سے باہر ہوگیا۔ اُسے پکڑا اور کمرے کے دوسری طرف دھکیل دیا۔ دیکھو، اگر میں نے اُسے دو لگا دی ہوتیں تو اُس کی موت میرے گلے آن پڑتی تھی۔ گو مجھے اِس کی پروا نہیں ...... اُس نے اُلٹا میرے ساتھ جھوٹ بولا۔ مجھے کہنے لگا کہ مالک نے اُسے خصوصی طور پر بتایا تھا کہ میں سگریٹ بجھادوں۔ میں نے کہا کہ ''واقعی''، اُس نے کہا ''ہاں!'' میں وہاں سے سیدھا مالک کے پاس گیا اور اُس سے پوچھا۔ ''کیا آپ نے کلرک کو ایسا کرنے کو کہا تھا۔'' اُس نے جواب دیا کہ نہیں خلیل، قسم کھاتا ہوں کہ میں نے نہیں کہا! تمھارا بھائی میرے لیے میرے اپنے بھائی کی طرح ہے اور تم جانتے ہو کہ میں تمھیں اپنا خون سمجھتا ہوں ......''

اُس نے بات جاری رکھنے سے پہلے وائن کا ایک گھونٹ لیا:

''اُسے قطعاً پروا نہیں کہ میں کیا کرتا ہوں۔ میں یہ بھی جانتا ہوں کہ وہ کبھی اعتراض نہیں کرے گا۔ پہلی بات کہ وہ مجھے بیٹے کی طرح پیار کرتا ہے اور مزید یہ کہ اُس کے اور میرے بھائی کے تعلقات بہت پرانے ہیں۔ بہرحال، میں نے اُسے کہا کہ ''اُس کلرک کو یہاں بلائیں!'' چناں چہ اُس نے کلرک کو فوراً بلا لیا ''جھوٹے۔'' اُس نے کلرک کو کہا۔ ''کیا میں نے تمھیں وہ سب کہنے کو کہا تھا؟'' کلرک کوئی جواب نہ دے سکا۔ مالک کا غصہ اور بھی تیز ہوگیا ...... اُس نے کہا، ''کچھ لوگ عام سے ہوتے ہیں اور کچھ لوگ خاص ہوتے ہیں۔ تم ہر ایک کے ساتھ ایک جیسا رویہ نہیں رکھ سکتے۔ میں اِس آدمی کے ساتھ اپنے خون کی طرح پیار کرتا ہوں اور اِس کا بڑا بھائی مجھے سگے بھائی کی طرح ہے۔ یہ لوگ اگر چاہیں تو ماچس کی تیلی جلا کر تمام کارخانے کو آگ لگا سکتے ہیں''، اور وہ گالیاں دیے جا رہا تھا۔ میں نے اُسے ٹوکا اور کہا کہ کوئی بات نہیں ...... مجھے سمجھ نہیں آتی کہ اُس بوڑھے احمق کلرک نے اپنا دماغ کیوں استعمال نہیں کیا ...... میرا مطلب ہے کہ اِس بارے میں ذرا سوچو ...... ہر کوئی ایک سا نہیں ہوتا، مالک مجھے بیٹے کی طرح چاہتا ہے۔ میرا بڑا

بھائی اُس کا بہترین دوست ہے، وہ بھائیوں سے بھی زیادہ قریب ہیں۔''

وہ منہ سے آوازیں نکالتے ہوئے کھاتے بھی رہے۔

''مجھے ابھی ایک خیال آیا ہے۔''خلیل نے تھوڑی دیر کے بعد کہا،''چلو، مل کر منصوبہ بناتے ہیں......!''

''کیا کرنے کے لیے؟''شیشہ چشم صادق نے پوچھا۔

''لڑکی کے لیے، اُس کا فیصلہ کریں......''

''وہ کیسے؟''

''کوئی مشکل کام نہیں...... جب وہ جا رہی ہو تو ہم کار میں اُس کے قریب جائیں، اُسے بازو سے پکڑیں اور پچھلی سیٹ پر پھینک دیں۔''

صادق اور قرہ کز نے نظروں کا تبادلہ کیا۔

''یہ سب سے اچھا طریقہ ہے......''قرہ کز نے کہا،''لیکن وہ ابھی عمر میں کچھ چھوٹی ہے......''

''اُس کی عمر کیا ہے؟''

''چودہ، شاید پندرہ ہو۔''

''ٹھیک۔''خلیل نے اعلان کیا،''میں سزا کاٹوں گا یا پھانسی پر لٹک جاؤں گا، مجھے پروا نہیں۔ چلو، جام اُٹھاؤ!''

اُنھوں نے جام چڑھائے۔

''پیسے کوئی مسئلہ نہیں۔ میں کسی بھی وقت کافی کا بندوبست کر سکتا ہوں۔''

''ہمیں ایک اچھے ڈرائیور کی ضرورت ہوگی جو اپنا منہ بند رکھ سکے۔''

''میں ایسے ایک آدمی کو جانتا ہوں......تم اُس کے سامنے کسی کا گلا دبا سکتے ہو اور کسی کو اس کے بارے میں علم نہیں ہوگا۔''

''یہ ہوئی نہ بات! تمھارے پاس پیسے ہوں اور ایک اچھا ڈرائیور ہو۔''

ایلبا نین عمر کبابوں کی دکان میں داخل ہوا۔ اُس نے چاروں طرف نظر دوڑائی تو اُسے

وہ نظر آئے۔ وہ اُسے اندر داخل ہوتے دیکھ چکے تھے۔

''خیریت؟''، خلیل نے پوچھا۔ ''آؤ ہمارے ساتھ شریک ہو جاؤ۔''

ایلبانین عمر تھوڑا ہچکچایا اور پھر کرسی کھینچ کر بیٹھ گیا۔

''ہیلو!''

''ہیلو! ہیلو! تم سب سے مل کر خوشی ہوئی۔''

''زندگی کیسی گزر رہی ہے؟''

''ٹھیک......'' ایلبانین عمر نے کہا، ''میں صادق سے بات کرنا چاہتا تھا۔''

''یقیناً دوست! جب بھی کہو۔''

''بعد میں، ٹھیک؟''

''یقیناً دوست! جب بھی کہو۔''

''عمر! تم پریشان نظر آ رہے ہو، خیریت ہے؟'' قرہ کز نے پوچھا۔

''مت پوچھو۔ میں کافی مشکل میں ہوں۔''

خلیل ایک بار پھر کاؤنٹر کی طرف مڑا۔

''سنو! میرے دوست کے لیے صاف گلاس اور کباب!''

دکان کے مالک نے سر ہلایا اور اطمینان سے اپنے بڑے چاقو کے ساتھ لکڑی کے تختے پر گوشت کاٹنے میں مصروف ہو گیا۔

(XII)

جمیلہ اور اُس کا خاندان موسیٰ کے احاطے میں رہتا تھا۔

رجسٹرار کے دفتر کی فائل میں اِس عمارت کو رہائشی عمارت درج کیا گیا تھا اور اس کا نمبر 368 تھا۔ اردگرد کی دوسری عمارتوں کی طرح یہ بھی گر جانے کے قریب لگتی تھی۔ سالہا سال کی بارشوں، گرمی اور آندھیوں نے عمارت کو خستہ حال کر دیا تھا۔ عمارت آگے کی طرف جھک آئی تھی اور اِس کی لکڑی گل چکی تھی۔

اوپر والی منزل میں دو کمرے تھے۔ پارچہ باف موسیٰ، اُس کی بیوی اور چار بچے دائیں والے کمرے میں رہتے تھے جب کہ بائیں ہاتھ والے کمرے میں موسیٰ کا باپ، سوتیلی ماں اور اُس کے باپ کی پچانوے سالہ بوڑھی ماں بیلکا رہتی تھی۔ دونوں کمروں کو جدا کرنے والی دیوار سوراخوں سے بھری ہوئی تھی۔ چھت پر زنگ آلود ٹائلوں میں سوراخ تھے یا وہ ٹوٹ چکی تھیں۔ جب بھی بارش ہوتی کمرے ٹپکنا شروع ہو جاتے اور اُن کے پلنگ جن کی جگہ بہت ہی کم تبدیل کی جاتی تھی، اکثر گیلے ہو جاتے۔

جناب عزت کے پاس نیچی منزل والا ایک کمرہ تھا اور جمیلہ اور اس کا خاندان دوسرے کمرے میں رہتا تھا۔ ہر کمرے کا ماہانہ کرایہ اڑھائی لیرا تھا۔

کئی گھروں کا رخ صحن یا احاطے کی طرف تھا اور اُن کے تمام کمرے کارخانے کے مزدوروں کو کرائے پر دیے گئے تھے۔ بیشتر کمروں کا کرایہ اڑھائی لیرا ماہانہ تھا۔ اگرچہ صحن اُن تیس یا چالیس خاندانوں کے لیے مرکزی حیثیت رکھتا تھا لیکن اس کا حوالہ ہمیشہ موسیٰ کے احاطے سے ہی

دیا جاتا۔

جمیلہ اپنے گھر کا دروازہ کھول کر اندر داخل ہوئی۔ اُس نے دیکھا کہ باپ کھڑکی کے سامنے آلتی پالتی مارے سفید بٹی پر اُسترا تیز کر رہا تھا۔

''ہیلو، ابو!''

بوڑھے ملک نے چشمے کے سفید فریم کے اوپر سے اپنی بیٹی کی طرف دیکھا۔ پھر اُس نے معنی خیز انداز میں الماری پر رکھے ہوئے الارم کلاک کی طرف دیکھا۔

جمیلہ اپنے باپ کو اچھی طرح سے جانتی تھی۔

''میں مصروف تھی۔'' اُس نے کہا۔ ''حلیمہ اور مجھے دفتر جانا پڑ گیا تھا۔ دھاگے لگا تار ٹوٹتے رہتے ہیں۔ سمجھ نہیں آ رہا کہ کیا کریں۔ کام ختم ہی نہیں ہو رہا۔ اطالوی کے آنے کے بعد سے حالات بہت خراب ہیں...... ایسے حالات میں کام کیسے جانا مشکل ہوتا جا رہا ہے۔''

بوڑھا ملک اُسترا تیز کرتا رہا۔

''وہ دفتر میں کسی اور کو نہیں بھیج سکتے تھے؟'' اُس نے سر اُٹھائے بغیر بوسنیائی زبان میں پوچھا۔

''نہیں! لڑکیوں کا اصرار تھا کہ میں جاؤں......''

''تمھارا بھائی کہاں ہے؟''

جمیلہ کے ماتھے پر بل پڑ گئے۔ اُس نے غصے کے ساتھ سرپوش اُتار کر جنگلے پر پھینکا۔

''ہوں؟ تمہارا بھائی کہاں ہے؟'' اُس نے دہرایا۔

''میں کیسے جان سکتی ہوں؟''

''مطلب کہ تم نہیں جانتیں؟''

''میں اُس کی چوکیدار نہیں!''

بوڑھا ملک تھوڑی دیر تک اپنی بیٹی کو دیکھتا رہا، اُس نے کوئی سوال نہیں کیا۔

''میں اُسے ہزار مرتبہ بتا چکی ہوں۔'' تھوڑی دیر کے بعد جمیلہ نے بات شروع کی۔ ''کہ جب میں دوستوں کے ساتھ ہوں تو میرے ساتھ بات نہ کیا کرے۔ لیکن نہیں، اُس

نے ہمیشہ کچھ کہنا ہوتا ہے! اُس نے کمر کے پیچھے ہاتھ باندھے، میری طرف غصے سے دیکھا جیسے دنیا فتح کرنے لگا ہو۔ ''تم کہاں تھیں؟ ہر کوئی بہت دیر ہوئی آ چکا ہے!'' اُس نے کہا۔ وہ اپنے آپ کو سمجھتا کیا ہے؟ مجھے اُس پر بہت غصہ آیا، میں نے کہا، ''تمھیں اِس سے مطلب؟'' اور آگے بڑھ آئی۔ اِس طرح کی بات کرنا اُس کے مزاج کا حصہ نہیں لیکن اُس کے ساتھ دوبارہ وہ شوہدہ تھا۔ یہ سب اُس کا قصور تھا۔''

''وہ کون ہے؟''

''موسیٰ، احمق۔''

''چناں چہ اُس نے ہاتھ پیچھے باندھے ہوئے تھے۔''

''ایسے ہی ہے۔ ''تمھیں اِس سے مطلب''، میں نے اُس سے کہا اور آگے بڑھ گئی۔ وہ خاصا پریشان ہو گیا تھا۔''

اُس کے باپ کے ہونٹوں پر بغیر دانتوں والی مسکراہٹ پھیل گئی۔

''تمھیں اپنے بھائی کی عزت کرنی چاہیے۔''

''وہ ہمیشہ مجھے نیچا دکھانے کی کوشش کیوں کرتا ہے؟''

''وہ تم سے بڑا ہے...... پیاری جمیلہ! تمھیں اُس کی عزت کرنی چاہیے...... تمھیں اپنے بھائی کو احترام کی نظر سے دیکھنا چاہیے۔''

''وہ اگر مجھے نیچا دکھانے کی کوشش نہ کرے تو میں اُس کی عزت کروں گی۔ وہ ایسا رویہ کیوں رکھتا ہے؟ میں بچی تو ہوں نہیں!''

بوڑھے آدمی نے اپنی بیٹی کو دیکھا اور مایوسی سے سر ہلایا۔ جمیلہ بھاگ کر باپ کی ہڈیوں بھری جھولی میں بیٹھ گئی اور اُسے بھینچ کر ساتھ لگا لیا۔

''تم جانتی ہو کہ میں تمھیں بہت پیار کرتا ہوں۔'' بوڑھے ملک نے کہا، ''لیکن تمھیں اپنے بھائی کی عزت کرنی چاہیے۔ میں نے ہمیشہ تو زندہ نہیں رہنا، پھر تم دونوں نے ہی ایک دوسرے کے لیے ہونا ہے۔''

جمیلہ نے بوڑھے کو زور سے گلے لگا کر اُس کے دبلے پتلے، ڈاڑھی والے چہرے کو

چومنا شروع کر دیا۔

''ابو، پیارے ابو...... آپ کہیں نہیں جا رہے! آپ کی چھوٹی سی بیٹی کا کون خیال رکھے گا؟ میں تو رو رو کر اندھی ہو جاؤں گی!''

''چھوڑو...... میرے بھی ماں باپ تھے اور وہ ہمیشہ زندہ نہیں رہے۔ میرا باپ تھا، ماں تھی، دادا تھا، پھوپھیاں اور چچا تھے...... لیکن پھر؟ وہ سب کہاں ہیں؟'' اُس نے آہ بھری، ''ہم نے اُنھیں دفن کر دیا۔ ہم سب فانی ہیں...... آج یہاں، کل وہاں......''

جمیلہ اُس کے بالوں میں انگلیاں پھیر رہی تھی۔

''اب کچھ حقیقی نظر نہیں آتا۔'' اُس نے بات جاری رکھی، ''میرے والدین کے آٹھ بچے تھے۔ میرا ایک بھائی قرہ گل میں ہے، لیکن باقی چھ! میرا کہنے کا مطلب یہ ہے کہ تم دونوں کو ایک دوسرے کا خیال رکھنا چاہیے، ایک دوسرے کو پریشان کرنے کے بجائے محبت اور عزت کے ساتھ پیش آنا چاہیے۔ پھر ایک دن تم لوگوں کے اپنے بچے ہوں گے اور تم اُنھیں اپنی گود میں بٹھاؤ گے۔''

''اوہ، سچ ابو!''

''اور تم اُنھیں پیار کرو گی۔''

بوڑھے ملک کی آنکھیں آنسوؤں سے بھری ہوئی تھیں۔

''تم اپنے گاؤں پہنچنے کا انتظار کرو۔'' اُس نے بات جاری رکھی، ''پھر ہمیں کسی قسم کی فکر نہیں ہوگی۔ تمھارا اِن احمق لوگوں کے ساتھ واسطہ نہیں پڑے گا۔ پیاری جمیلہ! پھر جتنا دِل کرے سونا۔ میں کچھ نہیں کہا کروں گا۔ بے شک دوپہر کے کھانے کے وقت تک سونا...... گایوں کا دودھ نکالنا نہ بھولنا۔''

اُس نے بیٹی کو کندھوں سے مضبوطی کے ساتھ تھاما ہوا تھا۔

''جمیلہ، تمھیں گایوں کا دودھ نکالنا پڑے گا اور ہمارے لیے کھانا تیار کرنا ہوگا...... تمھارا بھائی اور میں کھیتوں میں ہل چلائیں گے، آلو نکالیں گے، گندم کی کٹائی کریں گے، چنے اکٹھے کریں گے...... تمھارا کام آسان ہوگا...... گایوں کو دوہنا، کھانا تیار کرنا اور کبھی کبھار گوبر کے ساتھ

دیواروں کو لیپنا......"

"گھر کی صفائی، کپڑوں کی دھلائی جو مجھے کرنی پڑے گی، اُس کا کیا ہے؟ آپ یہ سب بھول رہے ہیں!"

بوڑھے آدمی کی آنکھیں آنسوؤں سے بھری ہوئی تھیں۔

"جانتی ہو کہ میں اور کیا سوچتا ہوں؟ میں کسی اچھے خاندان کے لڑکے کے ساتھ تمھاری شادی کر دینا چاہتا ہوں......اچھے لڑکے کے ساتھ جو روزانہ پانچ وقت نماز ادا کرے۔"

"ابو!"

"مجھے پروا نہیں اگر وہ غریب ہو۔ غربت باعث شرم نہیں، ہم بھی غریب ہیں۔ مجھے ایک باعزت جوان آدمی چاہیے۔"

"ابو! میں آپ کے ساتھ بات نہیں کروں گی!"

"......اور میں اپنے بیٹے کے لیے بھی ایک نفیس، ایمان دار اور اچھی عورت ڈھونڈوں گا......پھر مجھے پوتے، پوتیوں اور نواسے نواسیوں کا انتظار ہوگا......پھر میں اُنھیں ہاتھ سے پکڑ کر کافی کی دکان تک لے جایا کروں گا...... ہر کوئی پوچھے گا کہ یہ کون ہیں اور اِن کی عمر کیا ہے اور میں فخر سے بتاؤں گا کہ میرے پوتے پوتیاں اور نواسے نواسیاں ہیں! بچے میرے اوپر چڑھ کر میرے چشمے اُتار کر پھینکا کریں گے......اگر اُنھوں نے میرے چشمے توڑ دیے تو تم اُن کے ساتھ اتنا ناراض ہوگی! تم تو! اِس سے بھی زیادہ خرابی کیا کرتی تھیں......تمھاری ماں جب میدہ گوندھ رہی ہوتی تو تم ہمیشہ تنگ کرتیں اور وہ تمھیں بھگا دیتی۔ جانتی ہو کہ ایک دن کیا ہوا؟ ایک دِن انڈوں کی ٹوکری تمھارے ہاتھ لگ گئی اور تم نے ایک ایک کر کے انڈے توڑ دیے۔ تمام کمرہ انڈوں کی زردیوں سے بھرا ہوا تھا۔ میں اپنے نواسوں کو گھٹنے پر بٹھاؤں گا اور اگر تم کبھی ان پر ناراض ہوئیں تو میں اُنھیں بتاؤں گا کہ تم کتنی شریر تھیں اور میں تمھیں کبھی انھیں ہاتھ نہیں لگانے دوں گا۔"

"اب کافی ہو گیا، ابو!"

"وہ میرے تمام اوزار الٹ پلٹ سکتے ہیں، میری ادویات کو ایک دوسرے میں ملا سکتے ہیں......"

''......''

''میں کبھی ناراض نہیں ہوں گا۔''

اُس نے بیٹی کے بال چومے۔

''تم جانتی ہو کہ میں اور کیا چاہتا ہوں؟ سردیوں کی ٹھنڈی اندھیری رات ہو جب برف قد کے برابر گر چکی ہو، ہوا چیخ رہی ہو، بھیڑیوں کے غول اردگرد تلاش میں پھر رہے ہوں...... میں چاہوں گا کہ ہم چند بوڑھے، چولہے کے گرد بیٹھے، کیتلی آگ پر رکھے، سگریٹ سلگائے پرانے وقتوں کی بات کریں کہ ہم اپنے وطن میں کیا کیا کرتے تھے......''

''خدایا۔'' اُس نے دعا مانگی، ''تم جانتے ہو کہ میں کیا چاہتا ہوں!''

وہ خاموش ہو گیا۔ پچھلے تھوڑے دنوں سے اُس نے ایسے خیالات میں گم ہونا شروع کر دیا تھا۔ وہ اپنے گاؤں قرہ گل کے بارے میں سوچتا جہاں ترکی میں آنے کے بعد حکومت نے اُسے چند ایکڑ دیے تھے۔

باپ کو اپنے خیالات میں مگن رکھنے کے لیے جمیلہ نے حرکت نہ کی۔ لیکن آج اُسے کئی کام کرنا تھے......

''اِس کے علاوہ میں اپنی بیوی کے پہلو میں دفن ہونا چاہتا ہوں۔ میں اپنی قبر خود کھودوں گا۔ ٹھیک، جمیلی پیاری؟ تم مجھے میری بیوی کے پہلو میں دفن کرو گی نا؟''

جمیلہ اُٹھ کھڑی ہوئی۔

''آپ مجھے دوبارہ رلانا چاہتے ہیں۔'' اُس نے غصے سے کہا، ''قبریں، موت، یہ کیا بات ہوئی، ایسی باتیں کرنا بند کریں!''

بوڑھے ملک نے دوبارہ اپنا اُسترا اُٹھالیا اور پوری توجہ کے ساتھ اُسے تیز کرنے لگا۔

جمیلہ نے رفو کیا گیا لیکن صاف ستھرا دسترخوان فرش پر بچھا کر چوکور پٹا اُس پر رکھا اور پانی کا جگ لے آئی۔ اُس نے روٹی کے ٹکڑے کاٹے۔ پھر وہ نیچے گئی اور سالن کا گرم گرم برتن لے آئی۔ اُس نے ڈھکن اُٹھایا اور کمرہ سالن میں پیاز کی خوشبو سے بھر گیا۔

''اوہ، ابو!'' وہ جوش سے بولی، ''بہت خوب...... کیا خوشبو ہے۔ کاش میرا بھائی جلدی

آ جائے تا کہ ہم کھانا شروع کریں۔''

اچانک اُسے کچھ یاد آیا اور وہ اُٹھ کھڑی ہوئی۔ وہ تیزی سے سیڑھیاں اُتر کر نیچے گئی اور نہانے کے لیے چولہے پر پانی رکھا اور آگ جلا دی۔

''ابو۔'' اُس نے آواز دی، ''آپ نے اور میرے بھائی نے رات کے کھانے کے بعد نہانا ہے۔ بھولنا نہیں! آپ نے اُسے سونے نہیں دینا۔ آپ نے یہ یقین کرنا ہے کہ وہ لباس بھی تبدیل کرے۔''

''اور تم؟''

''میں بھی نہاؤں گی لیکن کپڑے دھونے کے بعد......''

اُسی وقت اُنھیں باہر والے دروازے میں بلند قہقہے کی آواز سنائی دی۔ یہ جنابِ عزت کی بہن گولو تھی۔ وہ چھلانگ لگا کر اندر آئی اور جمیلہ کو ایک طرف لے گئی۔

''وہ سب کبابوں والی دکان میں بیٹھے ہوئے تھے۔ پتا نہیں کہ وہ کیا کرنا چاہتے ہیں......''

''آہستہ۔'' جمیلہ نے سرگوشی کی، ''تم کن کے بارے میں بات کر رہی ہو؟''

''تمہارا اونٹوں والا، شیشہ چشم اور وہ قرہ کز......''

''وہ بھی ان کے ساتھ ہے؟ گائے ......اُسے شرم ہی نہیں......''

''تم کپڑے دھونے لگی تھیں؟''

''ہاں......آج کئی کام کرنے ہیں۔ میں نے نہانا ہے اور پھر کپڑوں کی دھلائی......''

''تم آج دیر سے آئیں......''

''کیا کرتی؟ ہمیں کارخانے سے نکلتے نکلتے دیر ہوگئی......''

گولو نے قہقہہ لگایا، ''تم جو کر رہی ہو تمھارے باپ کو بتاؤں گی!''

جمیلہ نے گولو کے گلے میں بانہیں ڈال کر اُس کے سرخ، سلوٹوں والے گالوں کو چومنا شروع کر دیا۔

''بس، بس۔'' گولو نے کہا، ''انھیں بچاؤ، تمھارے کلرک کو اُن کی ضرورت ہے۔''

''بند کروایسی باتیں!''

''سپنری سے نکالے جانے کے بارے میں اُس نے کیا کہا؟''

''خاص نہیں ۔اُس نے اُوپر والی منزل میں جا کر مسٹر نعمان کو سب کچھ بتا دیا اور اُنھوں نے اُس کی تنخواہ دس لیرا بڑھادی۔''

''اُس کے لیے اچھا ہوا...... عقل مند لڑکا...... اُس نے بتایا کہ وہ اپنی دادی کو کب بھیجے گا؟''

''سمجھ نہیں آ رہی، وہ تو چاہتا ہے کہ فوراً آ جائے لیکن میں اپنے باپ کے بارے میں کچھ نہیں کہہ سکتی۔ مجھے شک ہے کہ وہ بوڑھی کو چلتا کرے گا۔ وہ صرف قرہ کز کے متعلق ہی سوچتا ہے۔''

''میں جان نہیں پائی کہ اُسے قرہ گل میں کیا نظر آتا ہے۔ ہر کوئی قرہ گل سے نقل مکانی کر کے وادی میں آ رہا ہے، لیکن وہ وادی کو چھوڑ کر وہاں جانا چاہتا ہے۔ وہ ہمیشہ ہی غلط کام کرتا ہے۔ اُسے عقل ہی نہیں، وہ ادویات دیتا ہے مفت میں، بال بناتا ہے تو مفت میں، لوگوں کی شیو کرتا ہے۔''

''وہ اب بھی یہی کر رہا ہے۔ اُسترا تیز کیا جا رہا ہے!''

''سچ تو یہی ہے کہ اُسے عقل ہی نہیں۔ میری بات غور سے سنو لڑکی۔ اگر کہو تو تمھارے باپ کے ساتھ کلرک کی بات کروں۔''

''کچھ کہہ نہیں سکتی گولو...... مناسب ہوگا کہ تم اپنے بھائی کے ساتھ بات کرو اور وہ میرے باپ کے ساتھ بات کرے۔ میرا باپ عزت کے مشورے کو ہمیشہ اہمیت دیتا ہے۔''

''ٹھیک ہے۔ میں اپنے بھائی کے ساتھ بات کروں گی۔''

''اب کہاں جا رہی ہو؟''

''کہیں نہیں۔ بھائی سے ملنے۔ میری بھابھی پھر بیمار ہے۔ لگتا ہے کہ اُس کا زندہ رہنا ممکن نہیں لیکن وہ مرتی ہوئی بھی نظر نہیں آ رہی۔ وہ کھانستے ہوئے خون تھوکتی ہے لیکن کیمسٹ کے پاس جانے سے انکار کر دیتی ہے۔ وہ کہتی ہے کہ اِس کا کوئی فائدہ نہیں ہوگا۔ ایک بالغ عورت اور

تھوڑی سی دوا کھانے سے خائف! میں اِسے بھی قبول کر لیتی ہوں۔ لیکن ہم اُسے کارخانے پر کام کرنا چھوڑنے کے لیے کہتے رہتے ہیں لیکن وہ کسی کی نہیں سنتی۔ وہ کہتی ہے کہ کام کرتے ہوئے جان دے دے گی۔ لگتا ہے کہ ہر کسی کا کسی نہ کسی طرح دماغ خراب ہے۔ دیکھو، لگتا ہے کہ ہر کوئی اپنی چھوٹی سی دنیا میں گم ہے۔"

وہ جمیلہ کے کمرے کے ساتھ والے کمرے کی طرف چل پڑی۔

جمیلہ نے اُس کے باہر چلے جانے کے بعد دروازہ بند کیا، چولہے میں پھونک ماری اور اوپر چلی گئی۔ اُس کا باپ ابھی تک اُسترا تیز کر رہا تھا۔

"میرا بھائی کدھر گیا؟"

بوڑھے ملک نے جواب نہیں دیا۔ اُس نے احتیاط کے ساتھ اپنا چشمہ اُتار کر ڈبیا میں رکھا۔ اُس نے پھر اُسترے پر پھونک ماری، پٹی کو خشک کیا اور جیسے ہی وہ سب چیزیں چھوٹے سے جھولے میں رکھنے والا تھا، صدری کمرے میں داخل ہوا۔ وہ پریشان لگ رہا تھا۔

"خوش ہو جاؤ! شاید ایسا کبھی ہو ہی نا!" جمیلہ نے باپ کو آنکھ مارتے ہوئے کہا۔

جمیلہ نے ہاتھ کمر پر رکھے، اُسے شرارت کے ساتھ دیکھا۔ اُسے اُس کے ردِعمل کا انتظار تھا۔

صدری خاموش رہا۔ اُس نے نظر بھی اوپر نہ اُٹھائی۔ وہ آخری سیڑھی پر بیٹھ کر اپنے بھاری بوٹوں کے تسمے کھولنے لگا۔

"مجھے گھور رہا تھا۔" جمیلہ نے بات بڑھائی، "کمر کے پیچھے ہاتھ باندھے ہوئے تھے۔ آپ سوچتے کہ پورا کرّہ فتح کرنے لگا ہے!"

اُس نے پھر باپ کو آنکھ ماری۔

"جیسے کوئی اُس سے ڈرتا ہو۔ احمق، تمھیں سنجیدگی سے کون لے گا؟"

تسمے کھولنے کے بعد، بوٹ اُتارے بغیر وہ اُٹھ کھڑا ہوا۔

"تم کس طرح کی بہن ہو؟ تم میں کوئی شرم نہیں! تم پر لعنت ہو!"

"نہیں، لعنت تم پر! یہ کیسی بات کر رہے ہو؟"

''میں نے فیصلہ کرلیا ہے کہ آج کے بعد سے تمھارے ساتھ کیا طریقہ اپناؤں گا!''

جمیلہ نے اُس کا منہ چڑایا۔

''میرا منہ چڑالو......اب میں نہ تو تمھارا انتظار کیا کروں گا اور نہ ہی تمھاری مدد کو آؤں گا، چاہے لوگ تمھیں گھسیٹ کیوں نہ رہے ہوں۔''

''میں تمھیں اچھی طرح سمجھتی ہوں۔'' جمیلہ نے کہا،''میں اگر کسی مشکل میں پھنس گئی تو تم پریشان ہو جاؤ گے۔ تم ایک کمزور آدمی ہو۔''

''مجھے کمزور آدمی سمجھتی ہو؟ تم دیکھو گی کہ کون کمزور ہے......''

''واقعی؟'' جمیلہ نے اچانک غصے میں آتے ہوئے کہا،''میں کسی کے ساتھ بات تک نہیں کرتی۔ مجھے کھینچ کر کون لے جائے گا؟ میں چاہوں گی کہ کوئی ایسا کرنے کی کوشش کرے...... مجھے کھینچ کر لے جایا جائے گا......واقعی......میرے اردگرد ہر وقت لوگ ہوتے ہیں......کوئی بھی ایسے نہیں کر سکتا تاوقت یہ کہ میں ایسا نہ چاہوں۔''

''یہ تمھاری غلط فہمی ہے، ہر کوئی میری طرح نہیں......''

''کسی کو ایسا کرنے کی کوشش تو کرنے دو......''

''کچھ نہیں کہا جا سکتا......''

''اچھے بھائی۔'' جمیلہ نے کہا،''میں تمھاری منت کرتی ہوں......اپنے گندے پاؤں دھو کر آؤ۔''

صدری آدھی سیڑھیاں چڑھ گیا تھا۔ اُس نے اعتراض نہیں کیا۔ وہ ایک تابعدار بچے کی طرح نیچے اُتر کر پاؤں دھونے چلا گیا۔

''ابو بڑا بھائی واقعی ناراض ہے!''

''اپنے بھائی کی عزت کرو۔'' اُس کے باپ نے دہرایا،''اگر تم نے اُس کی عزت نہ کی تو میں میرے ساتھ نمٹو گا!''

''خود غرض گائے۔'' پاؤں دھو کر آنے کے بعد صدری نے کہا،''تمھارے خیال میں مَیں چاہوں گا کہ تمھارا کوئی نقصان ہو؟ مجھے تمھاری فکر رہتی ہے۔ اِس دنیا میں صرف تم ہی میری ہو

اور صرف میں تمھارا ہوں۔"

جمیلہ نے بھائی کی گردن میں بازو ڈال دیے۔

"میرے اچھے بھائی، میرے پیارے بھائی!"

"واہ!" صدری نے اُسے پرے دھکیلتے ہوئے کہا، "تمھارا "پیارا بھائی"...... میں تمھارا پیارا نہیں، ڈراؤنا خواب ہوں!"

جمیلہ اپنے بھائی کو چومنے میں کامیاب ہوگئی۔

"تم جانتے ہو کہ میں کیسی ہوں...... مجھے سر پرستانہ رویہ پسند نہیں۔"

"سر پرستی کون کر رہا ہے۔" صدری یہ کہہ کر اپنے باپ سے مخاطب ہوا۔ "مجھے محترمہ کا ایک گھنٹہ انتظار کرنا پڑا۔ آخر کار یہ حلیمہ کے ساتھ باہر آئی۔ مجھے طویل انتظار کرنا پڑا۔" پھر وہ اپنی بہن کی طرف مڑا۔ "دیکھو! تم نے مجھے وہاں کھڑے تو دیکھا تھا۔ تم جانتی تھیں کہ بھائی تمھارے انتظار میں کھڑا ہے، کم از کم تم مڑ کر دیکھ تو سکتی تھیں۔ تم نے موسیٰ کے سامنے جو کیا وہ درست نہیں تھا۔ وہ شرارتی آدمی ہے۔ اُس نے میرا بہت مذاق اُڑایا، مجھے کافی شرمندگی ہوئی۔ میری بات سنو لڑکی! ایک دِن کسی نے تمھارے لیے مشکلات پیدا کرنی ہیں اور تم پریشان ہو جاؤ گی۔ تم جانتی ہو کہ ہر کوئی میری طرح نہیں ہوتا!"

"میں تمھارے سر پر کوئی شے دے ماروں گی! مجھے اجنبی لوگوں سے کوئی سروکار نہیں!"

اُن کا باپ خاموشی کے ساتھ ہنسے جا رہا تھا۔

"ایک دوسرے کے ساتھ اچھا برتاؤ رکھو!" اُس نے کہا، "ایک دوسرے کی عزت کرو۔"

"یہ بدتمیزی پر اُتر آیا ہے!"

"بکواس بند کرو!"

"تم اپنے آپ کو سمجھتے کیا ہو؟"

"زبان سنبھالو!" صدری نے کہا، "بدتمیز گائے!"

"صحیح کہتے ہو، میں بدتمیز گائے ہوں۔ میں تمھاری بدتمیزی برداشت نہیں کرسکتی۔ تمھارا

رویہ مجھے پریشان کر دیتا ہے۔ اِسے یاد رکھو۔"

اُس کا باپ اور بھائی اِس بات پر قہقہہ لگا کر ہنس پڑے۔ جمیلہ بھی اِس قہقہے میں شامل ہوگئی۔ تناؤ ہوا میں تحلیل ہو گیا......

وہ کھانا کھانے لگے۔ بوڑھے کو کسی بھی سخت چیز کو چبانے میں مشکل پیش آ رہی تھی، اِس لیے وہ اُنھیں اپنی روٹی کا اندر والا حصہ دیتے رہے اور کنارے اپنے لیے رکھتے رہے۔

اُن کے بھوکوں کی طرح کھانے کی آواز سے کمرا بھر گیا۔ صدری نے چمچ بھر کر منہ میں ڈالا تو سالن کے دو قطرے اُس کے لباس کے سامنے والے حصے پر گر گئے۔

"مہذب رہو!" یہ دیکھتے ہوئے کہ کیا ہوا ہے، جمیلہ نے کہا۔

"کیا مطلب؟ پھر لڑائی کرنا چاہتی ہو؟"

"ہاں......تم ہر طرف سالن گرا رہے ہو۔ آہستہ آہستہ کھاؤ!"

"کہاں گرا رہا ہوں؟"

"کیا اندھے ہو؟"

صدری نے نظر جھکا کر قطرے دیکھے تو ہنسنے لگا۔

"یقیناً میری پیاری بہن اِن کو دھونے میں کامیاب ہو جائے گی۔"

"ہاں، کیوں نہیں! جیسے مجھے کچھ اور کرنے کے لیے ہے ہی نہیں۔ سارا دِن میں کارخانے میں محنت کرتی ہوں اور پھر یہ......"

اوپر سے چھت کھٹکھٹائی جانے لگی اور موسیٰ پارچہ باف کی آواز نیچے سنائی دی۔

"کیا جھگڑا ہے بچو! صلح نہیں ہوتی؟"

"یہ جاہل آدمی مجھے ایک منٹ کا چین نہیں دیتا!" جمیلہ نے اپنے گھٹنے سے ہٹے ہوئے سکرٹ کو ٹھیک کرتے ہوئے کہا۔

"کیا کروں دوست۔" صدری نے کہا۔ "اِسے غلط ثابت ہی نہیں کیا جا سکتا۔"

"تمھیں اپنے آپ پر شرم آنی چاہیے۔ تمھارے لیے اُس سے وہی کروانا ضروری ہے جو ضروری سمجھو!"

بوڑھے ملک کے ماتھے کی لکیریں گہری ہوگئیں۔

''وہ کیا کرے۔'' اُس نے بوسنیائی زبان میں غصے سے کہا، ''بندوق لے اور اُسے گولی مار دے۔''

انھوں نے گھر کے اندر موسیٰ کے باپ کی بھاری آواز گونجتے ہوئے سنی، ''موسیٰ!''

چند لقمے کھانے کے بعد بوڑھا پیچھے ہو کر بیٹھ گیا۔ وہ زیادہ بھوکا نہیں تھا۔ اُس نے دیوار کے ساتھ ٹیک لگالی۔ وہ فخر کے ساتھ اپنے دونوں بچوں کو کھاتے دیکھتا رہا۔ دونوں نے ایک ہی وقت بڑی بوٹی دیکھی اور اکٹھے اُس پر جھپٹے۔ ایک نے ایک سرا پکڑلیا اور دوسرے نے دوسرا۔

''چھوڑو!''

''نہیں، تم چھوڑو!''

''میں نے پہلے کہا تھا!''

''پھر کیا ہوا؟ چھوڑو!''

''میں نے پہلے دیکھی تھی......''

''کون کہتا ہے؟ میں نے پہلے دیکھی ہے!''

''......!''

''......!''

''تم سنو!'' جمیلہ نے گھٹنوں پر وزن ڈالتے ہوئے کہا، ''میں کہہ رہی ہوں، چھوڑ دو۔''

بوڑھا اُن کی شرارتوں پر اتنے زور ہنس رہا تھا کہ اُس کی آنکھوں میں آنسو آ گئے تھے۔

آخر کار بوٹی کے دو ٹکڑے ہو گئے اور جمیلہ چوتڑوں پر جا گری۔ صدری کو بڑا ٹکڑا ملا جو اُس نے فوراً منہ میں ڈال لیا۔

''جانور!'' جمیلہ نے کہا۔ ''تمہارا گلا بند ہو جائے!''

لیکن صدری یہ سن نہیں رہا تھا۔

(XIII)

کھانے کے بعد صدری نے منہ ہاتھ دھو کر پانی کا بڑا گلاس پیا۔ پھر وہ کھڑکی کے پاس رکھے ہوئے اپنے بستر میں گھس گیا۔ بستر سے نشاستے کی بو آ رہی تھی۔ وہ سونے کی تیاری کرنے لگا۔

''صدری!'' جمیلہ نے کہا، ''مہربانی کر کے ابھی سونا نہیں۔ کم از کم زیرِ جامہ تو تبدیل کر لو......''

اُس نے ٹرنک میں صدری کے کپڑوں کی گٹھڑی نکال کر اپنے بھائی کو صاف زیرِ جامہ دیا۔

بادل نخواستہ صدری بستر سے باہر نکلا۔ اُس کے سر میں پھر سے درد شروع ہو گیا تھا۔ اُس کی پلکیں بھاری ہو گئی تھیں اور کنپٹیوں پر ہتھوڑے چل رہے تھے۔ اُس نے لباس تبدیل کر کے صاف زیرِ جامہ پہنا اور پھر بستر میں گھس گیا۔

''تمھاری پڑھائی کا کیا بنا؟'' جمیلہ نے پوچھا، ''یقیناً جنابِ عزت نے تمھیں جگا لینا ہے۔ تم جانتے ہو کہ وہ کیسے ہیں؟''

''میرے سر میں درد ہے۔''

''میں تمھیں ویسے ہی بتا رہی ہوں۔ تم جانتے کہ تم جگا لیے جاؤ گے۔ میں نے تو تمھیں جگانا ہی ہے۔ تم جانتے ہو نا کہ تم نے غسل بھی کرنا ہے۔''

صدری بڑبڑایا، لحاف کے اندر ہلا اور پھر ساکت ہو کر لیٹ گیا۔

جمیلہ نے کھانے کے بعد کمرہ صاف کیا۔ وہ صحن میں گئی جہاں موسیٰ کے بچے گُلی ڈنڈا کھیل رہے تھے۔ اُس نے اپنا گرم پانی زمین پر رکھا اور دھلائی کے لیے استعمال ہونے والا بڑا دیگچہ لینے کے لیے اوپر پارچہ باف موسیٰ کے کمرے میں گئی۔

حسب معمول موسیٰ کا کمرہ بے ترتیبی کا نمونہ تھا۔ کیلوں سے لٹکے لباس نیچے گرے ہوئے تھے۔ بستر اُلٹ پلٹ تھے اور کمرہ پیشاب کی بو سے بھرا ہوا تھا۔

موسیٰ کی بیوی زاہدہ چھوٹے قد اور ٹیڑھی ٹانگوں والی عورت تھی۔ حاملہ ہونے کی وجہ سے وہ پھولی ہوئی تھی۔ جہاں تک جمیلہ کو یاد تھا، وہ عورت ہمیشہ ہی حاملہ ہوتی۔ وہ دروازے میں بیٹھی کالے سوتی دھاگے کے ساتھ خاوند کی قمیص سی رہ تھی۔ اُس کے بال مکمل طور اُلجھے ہوئے تھے۔ کھلے بلاؤز میں سے نظر آنے والی اُس کی کالی چھاتیاں لٹک رہی تھیں۔

موسیٰ تیس کے پیٹے میں تھا اور اپنی بیوی کے مقابلے میں اُس کا رنگ سرخ تھا۔ وہ چٹائی پر نیم برہنہ لیٹا ہوا تھا۔ جمیلہ جب دروازے میں آئی تو اُس نے اُٹھنے کی بھی ضرورت محسوس نہ کی۔

''پریشان ہونے کی ضرورت نہیں۔'' اُس نے جمیلہ کو ہچکچاتے ہوئے دیکھ کر کہا، ''میری طرف توجہ نہ دو۔''

''تم نے اچھا کیا۔'' پھر اُس نے سوچ کر مزید کہا، ''بہت خوب جمیلہ! لڑکی......''

''کس بات پر؟''

''تم نے لڑکے کو اُس کا مقام دکھا دیا۔''

جمیلہ نے اُسے ناپسندیدگی سے دیکھا۔

''اُس نے مجھے......''

موسیٰ کی بیوی نے دونوں کی طرف ناپسندیدگی سے دیکھا۔

''وہ اُس کا بھائی ہے۔''

''میں کوئی غلط بات تو نہیں کر رہا۔'' موسیٰ نے کہا، ''لیکن اگر میری بہن نے میرے ساتھ اِس طرح بات کی ہوتی۔''

''توتم کیا کر لیتے؟'' جمیلہ نے غصے سے پوچھا۔

''میں کیا کر لیتا؟ میں نے اُس کے پاس جا کر......''

''زاہدہ! تم سلائی بعد میں کر لینا، مجھے دیگچہ دو۔''

زاہدہ نے قمیص دروازے میں رکھی اور صحن کے رُخ پر بنے جنگلے کی طرف گئی، جہاں دیگچہ پڑا ہوا تھا۔ دیگچے کے اندر گیلے اور گندے کپڑوں کا ڈھیر تھا۔ عورت نے اپنے مرجھائے ہوئے ہاتھ دیگچے میں ڈالے اور کپڑے نکال کر تانبے کے برتن میں ڈال دیے۔

''یہ لو! صاف کر لینا......''

دیگچے کے پاس اُنھوں نے سرگوشی میں گفتگو شروع کر دی۔

''میرے دِن پورے ہیں۔'' عورت نے کہا، ''یقیناً کسی بھی دِن...... پیاری، یہاں کوئی بھی نہیں جس پر میں اعتماد کر سکوں۔''

جمیلہ نے اُس کے بے ڈول، لٹکے ہوئے پیٹ کو دیکھا۔

''درد شروع ہوئے؟''

''ابھی نہیں، لیکن میرے خیال میں کسی بھی وقت شروع ہو سکتے ہیں۔''

''جب شروع ہوں تو مجھے بلا لینا۔ چھت کو بجانا، میں فوراً آ جاؤں گی۔ اگر مجھے دِن اور وقت کا پتا ہو تو میں کام پر نہ جاؤں۔''

''شکریہ پیاری! میں تمھاری مدد کو ہمیشہ یاد رکھوں گی۔''

''ہم سب کو مدد کی ضرورت ہوتی ہے۔''

''اِس مرتبہ جمیلہ، میں خائف ہوں۔''

''کیوں؟''

''میں نے ایک خواب دیکھا۔''

''کیسا خواب؟''

''کسی کو بتاؤ گی تو نہیں؟''

''تم مجھے اچھی طرح سے جانتی ہو، زاہدہ!''

''میں نے خواب میں بچے کو دیکھا۔ وہ پیٹ کے اندر رو رہا تھا۔''

''واقعی؟''

''سچ، دو مرتبہ رویا۔ اور یہ میرے خواب میں تھا۔ میرے خیال میں اِس دفعہ میرا بچنا مشکل ہے۔ مجھے اپنے بچوں پر ترس آتا ہے، پتا نہیں اُن کا کیا بنے گا؟''

''تمھاری اب تک اپنی ساس کے ساتھ بول چال نہیں؟''

''لعنت ہو عورت پر۔ میں اگر پیاسی مر رہی ہوں تو وہ مجھے پانی کا گھونٹ بھی نہیں پلائے گی۔''

''بہر حال، چھت کو ٹھوک کر مجھے بلا لینا۔ اگر میں سو رہی ہوں، تو بھی بلا لینا۔''

''تم پر رحمت ہو۔ خدا تمھاری تمام خواہشیں پوری کرے!''

''یہ رکھ لو!'' اُس نے ایک چھوٹی سی تھیلی نکالتے ہوئے کہا، ''اِس کے اندر سونے کی انگوٹھی ہے۔ اِسے رکھ لینا۔ میری نانی نے ماں کو دی اور ماں نے مجھے۔ میں اپنی بیٹی کو دینا چاہتی تھی لیکن میں شاید اس کے بڑے ہونے تک زندہ نہ رہوں۔ وہ ابھی چھوٹی ہے، اِسے پہن نہیں سکے گی اور نہ ہی سنبھال سکے گی۔ اگر اُس کے باپ کو دوں تو وہ جا کر بیچ دے گا۔ تم اِسے سنبھال رکھو اور جب میری بیٹی بڑی ہو جائے تو بے شک اُسے دے دینا۔''

جمیلہ نے تھیلی پر ایک نظر ڈالی۔ اُسے لینے میں ہچکچاہٹ تھی۔

''لے لو!'' عورت نے زور دیا، ''تم ایک اچھی لڑکی ہو۔ مجھے تم پر اعتبار ہے۔''

''تم نے کئی سال جینا ہے۔ ایسی باتیں مت کرو۔''

''میں نے بچے کو خواب میں دیکھا۔ وہ میرے پیٹ کے اندر رو رہا تھا۔ لے لو۔''

جمیلہ نے تھیلی لے کر اپنی چھاتی میں چھپا لی۔ پھر اُس نے دیگچہ اُٹھایا اور سیڑھیوں کی طرف چل دی۔

پارچہ باف موسیٰ اُسے کچھ غصے اور کچھ خواہش کے ساتھ دیکھتا رہا تھا۔

''تم دونوں سرگوشیوں میں پھر کیا باتیں کر رہی تھیں؟''

''یہ تمھارا مسئلہ نہیں۔'' عورت نے اندر داخل ہوتے ہوئے غصے کے ساتھ کہا، ''جو بھی

کہا گیا، ہم دونوں کے درمیان میں تھا۔"

اُس نے دروازے میں بیٹھ کر دوبارہ خاوند کی قمیص سنبھال لی۔

"بڑی ہو گئی ہے۔ ہے نا؟" موسیٰ نے کہا، "کتنی خوب صورت جوان لڑکی نکل آئی ہے!"

عورت نے بجھی ہوئی، نیلی آنکھوں کے ساتھ اپنے خاوند کو دیکھا۔ اُس کے اندر حسد نہیں تھا۔ وہ ابھی اِس کے علاوہ کچھ اور سوچنے کے قابل ہی نہیں تھی کہ بچہ پیدا کرے، آگ پر برتن میں پانی گرم کرے، بچے کے گندے پوتڑے دھوئے، باقی کپڑوں کی دھلائی کرے یا بچوں کو گھر پر چھوڑ کر تب کام کرنے کے لیے جائے جب موسیٰ کام سے ہٹا ہوا ہو۔

"چچا ملک سے پوچھ لو، اگر وہ تمھاری اُس کے ساتھ شادی کر دے!"

موسیٰ نے قہقہہ لگایا۔

"اُس کا اپنا کلرک ہے!"

"دیکھو......زبان سنبھالو......وہ ایک پیاری لڑکی ہے!"

"میں نے اِس بات کی مخالفت تو نہیں کی۔ میں اُس کے خلاف بات تو نہیں کر رہا تھا۔ مجھے کیا لینا دینا۔ اُس کے پیچھے اتنے لوگ لگے ہوئے ہیں۔ اُن میں اونٹوں کا مالک بھی شامل ہے۔ وہ سب سے زیادہ برا آدمی ہے۔"

"کیا وہ امیر آدمی ہے؟"

"کون؟ اونٹوں کا مالک؟"

"کلرک!"

"میں نے اتنا ہی کہا ہے کہ وہ کلرک ہے اور تم پوچھ رہی ہو کہ وہ امیر ہے! اگر اُس کے پاس پیسے ہوتے تو وہ کلرک نہ ہوتا۔ وہ تیس لیرا ماہانہ پر ہے۔"

"اگر وہ ایک دوسرے کو پسند کرتے ہیں تو یہ کافی ہوں گے۔"

موسیٰ نے ناک میں سے ایک بال کھینچا اور چھینک ماری۔ وہ نئے نئے پیدا ہوئے بچھڑے کی طرح اِدھر اُدھر لڑکھڑایا۔

اِسی اثنا میں جمیلہ نے دیگچے کو اچھی طرح کھنگال کر پانی سے بھرا اور چولہے پر رکھ کر آگ جلادی۔

صحن میں ہمیشہ کچھ نہ کچھ ہوتا رہتا۔ اُس وقت موسیٰ کا بھورے بالوں والا بیٹا پڑوس کے لڑکوں کے ساتھ گُلی ڈنڈا کھیل رہا تھا۔ آسمان میں سلیٹی بادل ایک دوسرے کا پیچھا کر رہے تھے۔ لگتا ہے کہ بارش ہوگی، اُس نے اپنے آپ میں سوچا۔ اُسے دیر ہو رہی تھی۔ پانی کو بہت پہلے گرم ہو جانا چاہیے تھا اور اُسے اب کپڑے دھو رہے ہونا چاہیے تھا۔

وہ اپنے کمرے میں گئی۔ اُس کا باپ چشمے میں سے ارتکاز کے ساتھ دیکھتے موزے رفو کر رہا تھا۔

''بہت خوب، ابو۔ میں سوچ رہی تھی کہ میرے بھائی کے موزے کو رفو کی ضرورت ہے۔''

اُس کا باپ دبی دبی سی ہنسی ہنسا۔

''لڑکا سو رہا ہے؟''

''لگتا ہے اُسے سر درد ہے۔'' بوڑھے ملک نے سر اُٹھائے بغیر جواب دیا۔

جمیلہ سیڑھیاں چڑھی۔ اُس نے لحاف اُٹھایا اور نرمی کے ساتھ بھائی کے ماتھے پر ہتھیلی رکھی۔

''اُسے بخار ہے!''

اُس کے باپ نے کھڑے ہو کر ناپسندیدگی کے ساتھ سر ہلایا۔ وہ خاصا ہیبت ناک لگ رہا تھا۔

''اسپرین دیں؟'' جمیلہ نے پوچھا۔

''ہم جب اُسے نہانے کے لیے جگائیں گے تو لے لے گا۔''

''میں بہت پریشان ہوں۔''

''کس لیے؟''

''میں نے جھگڑا نہ کیا ہوتا۔''

اُس کے باپ نے آہ بھرتے ہوئے چشمے کے اوپر سے دیکھا۔

جمیلہ نے بھائی کا گرم اور پسینے سے تر ماتھا چوما۔

''اس کے بجائے میں بیمار ہوتی۔''

بوڑھے کو پھر قرہ گُل کا خیال آیا۔''میں جو کچھ بھی کروں، مجھے اِن بچوں کو کارخانے میں ضائع ہو جانے سے بچانا ہوگا!'' اُس نے اپنے آپ میں سوچا۔

جمیلہ نے لحاف پوش اور کھڑکیوں سے پردے اُتارے۔ گولو نے پچھلے سال پردوں پر سبز، گلابی اور ارغوانی نمونے کاڑھے تھے۔

اُس نے اپنے لیے صاف زیرِ جامہ نکالا اور سیڑھیوں کے نیچے جا کر اُسے پہنا۔ پھر اُس نے ایک کونے میں چھپائے ماہواری کے تولیوں کا بنڈل نکال کر میلے کپڑوں کی ٹوکری میں سب سے نیچے رکھا۔ اُسے ہمیشہ یہ ڈر رہتا کہ اُس کے بھائی یا باپ کو ایک دِن پتا چل جائے گا۔ اُس کے باپ نے گھر میں ہتھوڑا ڈھونڈتے ہوئے اُنھیں پہلے ہی دیکھ لیا تھا۔ وہ اپنے آپ میں خاموشی کے ساتھ ہنسا تھا اور پھر اُنھیں اُسی طرح رکھ دیا تھا۔

اُس نے سرخ پھولوں والا نیلا لباس پہنا۔ یہ لباس پچھلے سال ہی تیار کیا گیا تھا لیکن اب تنگ ہو گیا تھا۔ اُس کی چھاتیاں لباس کے اندر پھنسی ہوئی تھیں۔ اُسے شرمندگی کا احساس ہوتا تھا۔ اُس نے اپنے ہاتھ ایسے نیچے کی طرف جھٹکے جیسے کہہ رہی ہو، ''کیا کیا جا سکتا ہے......'' قمیص کے نیچے کالی پتلون اوپر کھینچی، میلے کپڑوں والی ٹوکری اُٹھا کر دیگچے کی طرف چلی گئی۔

پانی ابھی گرم نہیں ہوا تھا۔ وہ سوچنے لگی کہ پانی گرم ہونے تک کیا کرے کہ اُسے اچانک اپنے ابجد کے قاعدے کا خیال آیا۔ وہ کمرے کی طرف بھاگی۔

''ابو الماری میں سے آپ میرا قاعدہ نکال سکتے ہیں؟''

''اسے بھی پڑھو گی؟'' بوڑھے نے پوچھا، ''اسے آج رہنے دو۔''

''نہیں......نہیں......نکال کر مجھے دیں......تھوڑا پڑھ لوں گی...... پانی کے گرم ہونے تک۔''

بوڑھا آدمی اُٹھا۔ اُس نے کمر سیدھی کی اور سبز رنگ کے صندوق کو کھولا۔ اُس نے

جمیلہ کے قاعدے اور کاپی کو نکالا۔ قاعدہ نکالتے ہوئے اُس نے جمیلہ کے جیک کے پتھر میلے کپڑوں پر گرادیے۔

بوڑھے ملک نے قاعدہ اور کاپی جمیلہ کے حوالے کردیے۔

(XIV)

جنابِ عزت کھڑکی کے سامنے کروٹ پر لیٹے ہوئے تھے۔ وہ چشمہ لگائے ضخیم کتاب کے مطالعے میں مصروف تھے۔ انھوں نے ایک لمحے کے لیے سر اُٹھایا، کھل کر انگڑائی لی۔ پھر اُنھوں نے دوسری طرف گدے پر گہری نیند سوئی ہوئی بیوی کو دیکھا۔ وہ ہلکے ہلکے خراٹے لے رہی تھی۔ اُس کے چہرے کی رنگت بیماروں والی زرد ہو گئی تھی اور شہد کے چھتے کی موم جیسی تھی۔ جنابِ عزت ایک دم فکر مند ہو گئے۔ وہ معمول سے بھی زیادہ یرقان زدہ لگ رہی تھی۔ اُسے اتنا زرد نظر نہیں آنا چاہیے۔ وہ اپنی بہن گولو کی طرف مڑے جو گدے کے نچلی طرف بیٹھی سوئی کے ساتھ کڑھائی میں مصروف تھی۔

''ایک منٹ کے لیے وہ پردے ہٹاؤ۔'' اُس نے کہا۔

گولو نے اپنی بھابھی کے طرف والے پردے ہٹائے اور بھائی کی طرف مڑی۔ اُنھوں نے ایک دوسرے کو پریشانی کے ساتھ دیکھا۔

''تمھیں کیا کہتی رہی ہے؟''

''کچھ خاص نہیں۔'' گولو نے کہا، ''مستقل مزاج ہے۔ کہتی ہے کہ اگر میں نے مرنا ہے تو اپنی مشین چلاتے ہوئے مروں گی۔ وہ کہتی رہتی ہے۔''

بہن بھائی ایک دوسرے کو فکر مندی کے ساتھ دیکھ رہے تھے کہ آہستگی کے ساتھ دروازہ کھلا اور جمیلہ اپنی کتابیں لیے داخل ہوئی۔

جنابِ عزت نے صفحے کا کونہ مروڑ کر کتاب کو کھڑکی کی پٹی پر رکھا۔

تمھارا بھائی کہاں ہے؟'' اُنھوں نے چشمہ اُتارتے ہوئے پوچھا۔

''اُس کی طبعیت خراب ہے۔''

اُسے کیا ہوا؟''

پتا نہیں۔ کہتا ہے کہ سر میں درد ہے۔''

جنابِ عزت نے کھڑکی کی پٹی پر سے دوا کا ڈبہ اُٹھایا، چشمہ لگا کر ڈبے میں ہاتھ مارنا شروع کر دیا۔ پھر اُنھیں وہ شیشی مل گئی جسے وہ ڈھونڈ رہے تھے۔ شیشی میں سفید رنگ کی چھوٹی چھوٹی گولیاں تھیں۔

''ابھی آیا۔'' اُنھوں نے کمرے میں سے باہر جاتے ہوئے کہا۔

اُنھوں نے دیکھا کہ اُن کا پرانا دوست بوڑھا ملک موزے رفو کر رہا ہے۔

''ہیلو، بوڑھے پاپی!''

بوڑھے ملک نے کمر سیدھی کی، چشمہ اور موزے ایک طرف رکھتے ہوئے ماسٹر عزت کو بیٹھنے کے لیے اشارہ کیا۔

''لڑکے کو کیا ہوا؟''

''مجھے خاص علم نہیں، عزت۔ اُس نے کہا کہ سر میں درد ہے اور سو گیا۔''

اُنھوں نے احتیاط کے ساتھ لحاف ہٹایا۔ صدری سویا ہوا تھا اور اُس کے ماتھے پر پسینے کے قطرے تھے۔

اُس کے باپ نے اُسے کندھے سے ہلایا۔ صدری نے اپنے پھٹے ہوئے، خشک ہونٹوں کو تر کیا اور کچھ بڑبڑاتے ہوئے دوسری طرف کروٹ لے لی۔

''میں وعدہ نہیں کروں گا، مالک۔'' جب اُس کے باپ نے اُس کا کندھا دوبارہ ہلایا تو وہ بڑبڑایا۔ ''واقعی، میں نہیں کروں گا۔''

جنابِ عزت اور بوڑھے ملک نے ایک دوسرے کو دیکھا۔

''یہ کارخانے پر اُس خبیث سپروائزر کی وجہ سے ہے۔'' جنابِ عزت نے کہا، ''میں نے سنا ہے کہ وہ لڑکے پر بہت دباؤ ڈال رہا تھا۔ ہمارا نصرت بتا رہا تھا کہ وہ لڑکے کو اپنے دفتر میں

بلاتا رہتا ہے۔''

''تو......؟''

''شاید اُس نے اِسے مارا ہو یا ایسا ہی کچھ ہو......میرے خیال میں وہ چاہتا ہے کہ یہ اُس کی تابعداری کرے، صرف اِس لیے کہ کوئی بات باہر نہ جائے۔''

بوڑھے ملک کے چہرے پر وحشت تھی۔ اُس کی گھنی بھنویں غصے میں تن گئیں۔ وہ ایک مرتبہ پھر پرانے وقتوں کی طرح یوگوسلاویہ کے پہاڑوں والے جتھے کا سردار بن گیا۔

''خدا مجھے ختم کردے۔'' وہ دھاڑا، ''خدا مجھے ختم کردے اگر میں اُن لوگوں کا خون نہ پی جاؤں جو میرے بچوں کو تنگ کرتے ہیں!''

اپنے دوست کے چہرے کا تاثر دیکھ کر ماسٹر عزت خوف زدہ ہو گئے۔ اُنھوں نے ہلکے سے اپنے دوست کا بازو پکڑا۔ اب یہ بوڑھے آدمی کا بازو نہیں تھا، یہ اب ایک ہتھیار تھا اور لوہے کی سلاخ کی طرح سخت تھا۔

''لڑکا مجھے کیوں نہیں بتاتا۔ ملک چچا۔ وہ مجھے کیوں نہیں بتاتا کہ کیا ہو رہا ہے؟''

جنابِ عزت نے اُسے ٹھنڈا کرنے کی کوشش کی۔

''وہ آدمی اسے مار نہیں رہا ہوگا......لیکن میں یقین کے ساتھ نہیں کہہ سکتا کہ کیا ہو رہا ہے۔ مجھے کچھ ٹھیک نہیں لگ رہا۔''

''آج گھر دیر سے آیا ہے۔ لڑکی بھی دیر سے آئی۔ میں نے دونوں سے دیر سے آنے کی وجہ پوچھی تو دونوں نے جھوٹ بولا۔ وہ مجھ سے کچھ چھپا رہے ہیں۔ میں جانتا ہوں کہ وہ مجھ سے کچھ چھپا رہے ہیں لیکن میں نے تفتیش کرنے کی کوشش نہیں کی۔۔ میں صبر سے کام لے رہا تھا۔''

''ملک تمھیں پریشان ہونے کی ضرورت نہیں۔ تمہارے دونوں بچے بہت ہی اچھے ہیں۔ دونوں کی قیمت اُن کے وزن کی مناسبت سے سونے کے وزن کی ہے۔ فکر مت کرو۔''

''میں خائف ہوں، عزت۔ میں اُس کارخانے سے خائف ہوں۔ وہ کارخانہ میرے بچوں کو کھائے جا رہا ہے۔ میں خائف ہوں۔''

''پریشان مت رہو۔ یقیناً وہ ٹھیک ہوں گے۔''

ماسٹر عزت نے سوچا کہ اب وقت ہے کہ وہ اُس خبر کی بنیاد رکھیں جو ابھی بتانے والے تھے۔

''تمھاری جمیلہ اب بڑی ہوگئی ہے۔ میں کہہ سکتا ہوں کہ وہ اپنے لیے کوئی مناسب آدمی......''

''خدا نہ کرے۔'' ملک نے دوبارہ غصے میں آتے ہوئے کہا، ''میں دونوں بچوں کو لے کر قرہ گل واپس چلا جاؤں گا۔ میں اُنھیں اس گندے شہر میں نہیں رکھنا چاہتا۔''

''تم قرہ گل میں کیا کرو گے؟''

''میں وہاں دو کمروں کی چھوٹی سی جھونپڑی بنا کر اپنے بچوں کو اِس لعنتی جگہ سے بچالوں گا۔''

اُس کی آنکھیں دوبارہ چمک رہی تھیں۔ ''میں ساٹھ سال کا تو ہوسکتا ہوں لیکن تم اس عمر کی وجہ سے مجھے بوڑھا نہ سمجھو، میں مزید دس سال کھیتوں میں ہل چلا سکتا ہوں۔ میں زمین کو خود کاشت کروں گا، خود بیج بوؤں گا اور اپنی فصل کی کٹائی بھی خود کروں گا۔ یہ کارخانے ہمیں دیتے کیا ہیں؟ اِس خطے نے ہمارے لیے کیا کیا ہے؟ آپ یہاں برسوں کام کرتے رہیں لیکن جب اُن کا دل کرے کوئی بھی اُنھیں ہمیں نوکری سے نکالے جانے سے نہیں روک سکتا۔ تمھاری بیوی تپ دق کی مریضہ ہے اور تمھارے بیٹے کے ریل گاڑی کے نیچے آکر دو ٹکڑے ہوگئے۔ یہ کیوں ہوا؟ یہ کارخانے کی وجہ سے ہے۔ اگر تمھاری بیوی ملازمت نہ کر رہی ہوتی تو تمھارا بیٹا اُس کے پاس ہوتا۔ اِس احاطے پر تو نظر ڈالو۔ لوگ ہر طرف تھوکتے پھر رہے ہیں۔ یہ نہایت کریہہ عمل ہے......''

''صبر، صبر۔'' جناب عزت نے کہا، ''پریشان نہ ہو۔ سب ٹھیک ہو جائے گا......''

''کارخانے نے میری بیوی مجھ سے جدا کر دی۔ اب مجھے دیکھو!''

اُس نے اپنی آستین چڑھائی۔ اُس نے اپنے دوست کو اپنا ٹیڑھا بازو دکھایا جہاں ابھی تک گراری کا نشان نظر آ رہا تھا۔

''میں بمشکل اُس مشین میں سے اپنا بازو نکال سکا۔ میں نے قسم کھائی تھی کہ دوبارہ کارخانے میں نہیں جاؤں گا۔ لیکن دیکھو، مجھے اپنے بچوں کو کام کرنے کے لیے وہاں بھیجنا پڑ رہا ہے۔ یہ غربت کی وجہ سے ہے؟ میں کیا کر سکتا ہوں؟''

جنابِ عزت ٹیڑھے بازو کو دیکھ رہا تھا۔

''تم بھی وہاں کام کرتے رہے ہو؟''

''کچھ برس۔ تم یقین نہیں کرو گے کہ مشین نے کیسے میرا بازو پکڑ لیا اور اسے کہنی تک نگل گئی۔ میری ہڈیاں چھوٹے چھوٹے ٹکڑوں میں کچلی گئی تھیں۔ میں پندرہ ماہ اذیت میں رہا...... پندرہ ماہ!''

جنابِ عزت نے صدری کو جگایا۔ صدری نے لال بھبھوکا آنکھوں سے اُس کی طرف دیکھا۔

''پانی!'' وہ بڑبڑایا۔

اُس کا باپ پانی سے بھرا ہوا جگ لے آیا۔

ماسٹر عزت نے اپنی چھوٹی شیشی میں سے ہتھیلی پر سفید رنگ کی چند چھوٹی چھوٹی گولیاں انڈیلیں۔

''اِنھیں کھاؤ۔ ہلکے بخار اور سر درد کے لیے تمھیں اِن کی ضرورت ہے۔ اِن کو زبان پر رکھو اور پانی کے ساتھ نگل جاؤ۔''

صدری نے اُس کی ہدایات پر عمل کیا اور پھر پانی کا پورا جگ پی گیا۔ اُس کے بعد وہ واپس بستر کے اندر گھس گیا۔ اُس کے باپ نے اُسے اچھی طرح سے ڈھانپا اور پاس بیٹھ گیا۔ جنابِ عزت جانے کے لیے اُٹھا۔ بوڑھے ملک کو ایک دم اپنی اخلاقیات یاد آئیں اور وہ جلدی کے ساتھ اُٹھ کھڑا ہوا۔

''نہیں تم ابھی نہیں جا سکتے۔ کم از کم کافی کا ایک پیالہ پی کے جاؤ۔''

''بوڑھے پاپی، میں نے جمیلہ کو پڑھانا ہے!''

''تم اُسے یہاں کیوں نہیں پڑھا لیتے؟''

”گولو بھی وہاں ہے۔“

”اُسے بھی بلا لو۔“

ماسٹر عزت جمیلہ اور گولو کو بلا لایا۔ جمیلہ جب اپنی کتابیں کھول رہی تھی، بوڑھا ملک الماری سے کافی، چینی، سبز رنگ کے چار پیالے اور سپرٹ والا چولہا لے آیا۔

(XV)

جمیلہ نے جب اپنے ادھورے سبق کو بند کیا تو دو بج چکے تھے۔ اُس کا پانی گرم ہو چکا تھا۔ اُس نے نچلی منزل میں باپ کے غسل کے لیے پانی رکھا۔ چوں کہ وہ ہمیشہ وہاں نہاتے تھے، اُن کے پیروں کے نیچے کی زمین کبھی خشک نہیں ہوتی تھی اور وہاں ہر وقت سیلن کی بو رہتی۔

"ابو آجائیں۔" اُس نے آواز دی، "نہانا شروع کریں۔ جب آپ کمر رگڑوانا چاہیں تو مجھے بلالیں۔ میں کپڑے دھونے لگی ہوں۔"

بوڑھے مالک نے موزے میں سوئی اٹکائی اور نیچے چلا گیا۔

گنگناتے ہوئے جمیلہ نے کپڑوں والی بڑی بالٹی چولہے کے پاس رکھی۔ اُس نے کپڑوں کے اوپر گرم پانی انڈیلا اور پھر رازداری کے ساتھ اردگرد دیکھتے ہوئے برتن کے نیچے ماہواری والے تولیے رکھ دیے۔ پھر ایک چھوٹا سٹول کھینچ کر اس پر بیٹھ گئی۔

پانی میں پڑی ہوئی راکھ صابن کے ساتھ بلبلے بنانے لگی۔ اُس کے مضبوط ہاتھ اور کلائیاں گانٹھوں سے بھرے ہوئے تھے جیسے چھوٹی عمر سے محنت کرنے والی لڑکیوں کے ہوا کرتے ہیں۔ اُس کی انگلیاں ٹیڑھی ہوگئی تھیں اور جوڑ اُبھرے ہوئے تھے۔ اُس نے کپڑوں کو دبا کر اُن پر صابن ملا، پھر خوب رگڑ کر اپنے مضبوط ہاتھوں کے ساتھ نچوڑا۔ گیت گنگناتے ہوئے وہ مزے کے ساتھ کپڑے دھوتی رہی۔ اس کے گرد خوشی سے بھرے ہوئے بلبلے بنتے رہے۔ اُس کا گانا بعض اوقات اونچا ہو جاتا، بعض اوقات دھیمے سروں میں چلا جاتا اور کبھی بند ہو کر پھر شروع ہو جاتا۔ یہ ایک پرانا بوسنیائی لوک گیت تھا۔ گانے میں ایک مزین ترکی غالیچے کے رنگ تھے۔ اِس میں شوق

تھا، خواہش تھی اور محبت تھی ۔ اِس میں وہ تمام سُر تھے جو ہندوستان سے چین ، کاسابلانکا سے نیویارک، یووادی سے جنوبی امریکہ تک کے رقص میں اور اناطولیہ میں پائے جاتے ہیں۔ یہ انسان کے شوق اور خواہش کی پیچیدہ گل کاری تھی۔

جمیلہ کو یاد نہیں تھا کہ اُس نے یہ گانا کب اور کس سے سنا تھا۔ وہ اِسے گاتی تھی اور گاتے ہوئے اِس میں اُلجھ جاتی تھی۔ وہ اِس میں جتنا اُلجھتی، اُس کے مشکل ترین کام اتنا ہی آسانی کے ساتھ ہوتے جاتے اور اُسے پتا ہی نہ چلتا کہ وہ کیسے ختم ہو جاتے۔

چناں چہ وہ گاتی رہی، پسینے کے قطرے اُس کے ماتھے پر بنتے رہے۔ اِن قطروں میں اضافہ ہوتا رہا اور اُس کے رخسار کافی سرخ ہو گئے۔ جہاں تک کپڑوں پر داغ دھبوں کا سوال تھا، اُس نے ارادہ کیا ہوا تھا کہ اُنھیں صاف کر کے دم لے گی۔ چناں چہ جمیلہ کے ارادے کو داغ دھبوں سے زیادہ مضبوط ہونا تھا۔ وہ ناکام نہیں ہو سکتی تھی۔ وہ پوری قوت سے اُنھیں رگڑ رہی تھی، اِسی طرح اُس کی پونی ٹیل اِدھر اُدھر جھوم رہی تھیں۔ اُس کے بالوں کی جھالر آنکھوں میں پڑ رہی تھی۔ یہ اُس کے اعصاب پر سوار ہونے لگے۔ وہ اپنی ہتھیلیوں کے ساتھ انھیں پیچھے دھکیلتی رہی۔ ''تم وبالِ جان ہو۔'' اُس نے سیدھے ہوتے ہوئے کہا، ''جھکی!'' اُس نے جھالر کولٹ کے ساتھ کر کے کلپ لگا کر بالوں کے ساتھ کر دیا۔ اُس نے داغوں کو پانی میں ڈبویا، اُن پر صابن رگڑا، اپنے مضبوط ہاتھوں کے ساتھ اُنھیں مَلا، اُنھیں پھر پانی میں ڈبویا، اُنھیں ایک مرتبہ پھر رگڑا، پھر ایک اور زور لگایا۔ وہ اِسی طرح لگی رہی، بار بار رگڑتی اور مسلتی رہی۔ آخر داغ جمیلہ کے ارادے کے سامنے ہتھیار ڈال گئے۔ اُس کی آنکھیں چمکنے لگیں اور وہ دوبارہ گانا گانے لگی۔

موسیٰ کی پچانوے برس کی بوڑھی دادی ننی بیلکا اوپر والی منزل میں گرم دھوپ میں بیٹھی لوہے کے جنگلے میں سے یہ سب دیکھ رہی تھی۔ جمیلہ کے گانے کو سنتے ہوئے وہ مزے سے مسکرا رہی تھی۔

ننی بیلکا جب لڑکی تھی تو یہ گانا گایا کرتی تھی۔ گانے نے اُس کو جوانی کی یاد دلا دی...... بوسنیا کی، نکھری ہوئی راتوں کی جن میں باغوں میں پھل دار درختوں کے جھومنے کی ہی آواز آیا کرتی تھی۔ وہ اپنی ایک خوب صورت دنیا میں چلی گئی، وہ دنیا جس کا کئی سالوں سے اُسے تجربہ نہیں

ہوا تھا۔

جب اچانک گانا ختم ہوا تو ننی بیلکا نے جلدی سے نیچے دیکھا۔ وہ افسردہ ہوگئی اور اُس نے اپنے سوکھے ہوئے ہاتھوں سے آنسو پونچھے۔

''خوش رہو بچی! خدا تمھاری خواہشیں پوری کرے!''

جمیلہ اپنے کام میں اتنی غرق تھی کہ وہ ڈر گئی۔ اُس نے اوپر دیکھا تو ننی بیلکا اُس کی طرف دیکھتے ہوئے مسکرا رہی تھی۔

''شکریہ ننی!'' جمیلہ نے کہا۔

''خدا میرا گواہ ہے جمیلہ کہ تمھیں دیکھ کر بھول جاتا ہے کہ میں فانی ہوں۔''

جمیلہ کو یہ مضحکہ خیز لگا۔ وہ بلند آواز میں ہنسنے لگی۔ اِس ہلکی پھلکی گفتگو کی تحریک کی وجہ سے اُس نے کپڑوں کو اور زیادہ طاقت اور ہمت کے ساتھ کوٹنا شروع کر دیا۔

جب اُس کے باپ نے اُسے کمر ملنے کے لیے بلایا تو اُس کا چہرہ پسینے میں بھیگ چکا تھا۔ وہ اُٹھ کھڑی ہوئی۔ وہ اپنے باپ کے پاس گئی اور اُس کی کمر کو صابن لگا کر ملا اور خوب جھاگ بنایا۔ اُسے اچانک اپنے باپ کے مر جانے کا خیال آیا اور کیسے اُس نے کہا تھا: ''مجھے میری بیوی کے پاس دفن کرنا۔ ٹھیک جمیلہ؟'' اُس کی آنکھوں میں آنسو آ گئے۔ پچھلے کچھ عرصے سے اُس کا باپ ایسی باتیں کر رہا تھا۔ اِسی لیے جب وہ اپنے باپ کو سوئے ہوئے دیکھتی تو وہ اُسے مرا ہوا نظر آتا اور فوراً اُس کی آنکھوں میں آنسو بھر آتے۔ حال ہی میں ایک شام کو جب اُس کا باپ نماز ادا کرنے جا رہا تھا تو اُس نے دیکھا کہ اُس کی گردن کیسے جھریوں سے بھر گئی تھی! وہ اپنے باپ کے واپس آنے تک روتی رہی تھی۔

وہ کپڑے دھونے کے لیے واپس چلی گئی۔

بوڑھا ملک صاف کپڑے پہن کر اُس کے پاس آ گیا۔ وہ کولہوں پر ہاتھ رکھ کر اپنی بیٹی کو دیکھنے لگا۔ جمیلہ نے اُسے ساتھ پڑی لکڑی پر بیٹھنے کا اشارہ کیا۔

''بیٹھیں ابو۔ بیٹھیں اور سیکھیں۔ پتا نہیں آپ کو کب ضرورت پڑ جائے۔''

بوڑھے ملک نے لکڑی کھینچی اور اپنی بیٹی کی طرف رخ کر کے بیٹھ گیا۔

''یہ بھی ہوگا پیاری بیٹی۔'' اُس نے سگریٹ سلگاتے ہوئے کہا، ''یہ ہوگا۔''

جمیلہ نے سیدھی ہو کر گھبراہٹ کے ساتھ اپنے باپ کو دیکھا۔ کیا اُسے کسی بات کی سمجھ نہیں آئی؟ اُس نے وضاحت کرنے کی کوشش کی۔

''کچھ کہا نہیں جا سکتا۔ میں شاید مر جاؤں......''

بوڑھے نے اپنا سر ہلایا۔

''یہ تو ناگزیر ہے۔ لیکن تمھاری باری کچھ عرصہ تک نہیں آئے گی۔''

جمیلہ کی آنکھوں میں پھر آنسو آ گئے۔ وہ باپ سے اپنے تاثرات چھپانے کے لیے سر جھکا کر اپنے کام میں مصروف ہو گئی۔

بوڑھا ملک فخر کے ساتھ اپنی بیٹی کو دیکھتا رہا۔ اُسے اُس میں اپنی بیوی کی اتنی مشابہت نظر آئی۔ اُس کی چھوٹی سی ناک...... تھوڑی سی اُٹھی ہوئی...... بھرے ہوئے ہونٹ...... گلابی رخسار...... اور کولہے۔ وہ اُس کی بیوی کی طرح تھی، گول مٹول ٹخنوں تک۔ صرف اُس کی بیٹی کے بال زیادہ کالے اور گھنے تھے۔ جب بھی وہ میدہ گوندھتی تھی یا کپڑے دھوتی تو اُسے بھی بیٹی کی طرح پسینہ آ جاتا اور اُس کے ہونٹوں کے کنارے بھی ایسے ہی کانپتے۔ اُس کی ماں بھی ایسے ہی تھی۔

ننھی بیلکا نے سیڑھیوں کے اوپر سے آواز دی۔

''سنو ملک۔ جانتے ہو کہ جمیلہ اپنی ماں کی طرح لگتی ہے!''

بوڑھے ملک نے اثبات میں سر ہلایا۔ وہ منہ سے کچھ نہ بولا۔

''خدا خوش رکھے اور کبھی برے دن نہ دکھائے!''

کمر پر دھوپ کی حدت نے بوڑھے ملک کو خوابیدہ سا بنا دیا۔ وہ جہاں بیٹھا ہوا تھا وہیں اُس نے ہلکے ہلکے جھومنا شروع کر دیا۔

کھلے احاطے میں چھتے کی سی سرگرمی تھی۔ کمروں کے اندر باہر جانے والے لوگوں کا ختم نہ ہونے والا ہجوم تھا۔ کمروں کے سامنے لوگ بچوں کو نہلا رہے تھے اور کپڑے دھو رہے تھے۔ لڑکوں کی بڑی تعداد پارچہ باف موسیٰ کے بیٹے کی قیادت میں کھیل رہی تھی۔ لگتا تھا کہ اُنھیں فحش ترین گالیاں بھی آتی تھیں۔ اُن کا کھیل اُنھیں بار بار وہاں لے کر جا رہا تھا جہاں جمیلہ بیٹھی ہوئی

تھی۔ اچانک گُلی تانبے کے برتن سے لگی۔ جمیلہ تیزی کے ساتھ اُٹھ کھڑی ہوئی۔

''دفع ہو جاؤ، بدتہذیب بچو!''

موسیٰ کا گنجے سر والا بیٹا اُس کی طرف مڑا۔

''تمھارا کیا مسئلہ ہے؟''

یہ نسل، پوتوں اور نواسوں کی نسل، مقامی لوگوں کی طرح بات چیت کرتی تھی۔ اکثریت مادری زبان میں بات چیت نہیں کر سکتی تھی۔ وہ مقامیوں کی طرح گفتگو کرتے تھے، وہ مقامیوں کی طرح گالیاں دیتے تھے اور وہ اُن کی طرح ہی ہونا چاہتے تھے۔

''یہ میری آنکھ میں بھی لگ سکتی تھی!''

''کیا یہ آنکھ میں لگی؟ اگر لگے تو پھر کوئی بات کرنا۔''

اِسی بات چیت نے ملک کو جگا دیا۔ اُس نے نیند بھری آنکھوں سے بچوں کو دیکھا اور پھر آہستہ آہستہ اُٹھ کھڑا ہوا۔ بچے اِدھر اُدھر بھاگ گئے، موسیٰ کا بیٹا بھی۔ لیکن لڑکا پھر آ گیا۔ وہ صحن کے دروازے میں سے اُسے دیکھ رہا تھا۔ اُس کی سب جاننے والی نظر جمیلہ کو برہم کر رہی تھی۔ وہ اُسے کان سے پکڑ کر ایک تھپڑ لگانا چاہتی تھی۔

اُسی وقت گولو دوڑتے ہوئے اُس کی طرف آئی۔

''یہ کیا، تم نے مجھے بتایا ہی نہیں کہ کپڑے دھونے لگی ہو؟''

جمیلہ نے کندھے اُچکائے۔

''میں جب بھی کوئی کام کروں تو تم میری مدد کرتی ہو۔'' گولو نے کہا، ''اگر تم یہ سب اکیلے کرو گی تو پورا دن لگ جائے گا۔''

اُس نے بوڑھے کی چھوڑی ہوئی بلی کو ایک طرف گھسیٹا اور آستین چڑھا کر جمیلہ کے ساتھ شامل ہو گئی۔ ایک دوڑ دوڑتے ہوئے دو بچوں کی طرح دونوں کپڑے دھونے لگیں۔ پھر جمیلہ کی رفیق کار حلیمہ اور پارچہ باف موسیٰ کی بھتیجی شمسہ بھی وہاں آ گئی۔

''مدد چاہیے، لڑکیو؟''

''نہیں۔'' گولو نے کہا۔ ''ضرورت نہیں، شکریہ!''

تم انھیں پھیلا سکتی ہو۔'' جمیلہ نے کہا۔

دونوں لڑکیوں نے اپنے بیٹھنے کے لیے جگہ بنائی اور دوستوں کے پاس بیٹھ گئیں۔ جمیلہ اور گولو جتنے زور شور کے ساتھ دھونے والے کپڑوں پر دھاوا بولے ہوئے تھیں، وہ اپنے آپ کو اُن سے کٹا ہوا محسوس کر رہی تھیں۔ حلیمہ نے اپنی آستین چڑھائی۔

''ہم مدد کرنا چاہیں گی، اور کیوں نہ کریں؟''

وہ اُن کے ساتھ شامل ہو گئیں۔

وہ اکٹھے ہنستی رہیں، تنگ کرتی رہیں، ایک دوسری پر جھاگ کے بلبلے پھینکتی رہیں اور ایک دوسرے کی شرارتوں پر ہنستی رہیں۔

گولو نے شمسہ پر جھاگ پھینکا۔

''میری اچھی سکول کی لڑکی۔ ہمیں بتاؤ تم ابھی تک سینما جاتی ہو؟''

شمسہ ایک چھوٹی سی خوب صورت لڑکی تھی۔ اُس کے بال بادامی رنگ کے تھے۔ وہ پرائمری سکول کے آخری سال میں تھی۔ صابن کے جھاگ کا ایک بلبلہ اُس کی آنکھ میں چلا گیا تھا جو اسے بری طرح چبھ رہا تھا۔

''گولو، تم میرے لیے ہیبت ناک ہو۔''

گولو نے بلبلوں کو مٹھی میں بھر کر پھر اُس کی طرف پھینکا۔

''میں کیا ہوں؟'' اُس نے پوچھا، ''تو میں کیا ہوں؟''

''میں نے کچھ نہیں کہا۔''

''سکول کی چھوٹی بچی...... میں تمھیں یہاں دھوڈالوں گی۔''

''تم پھر سینما گئی ہو؟'' حلیمہ نے پوچھا۔

''میں جانتی ہوں کہ یہ جاتی ہے۔'' گولو نے کہا، ''یہ اپنے دوست کے ساتھ جاتی ہے۔

''ختم کرو۔'' شمسہ نے کہا، ''تم جانتی ہو کہ ہمیں سکول لے کر جاتا ہے۔''

''ہم جانتی ہیں کہ تم سکول کی لڑکیاں کیسی ہوتی ہو۔ میں شرط لگا کر کہہ سکتی ہوں کہ تم

میں سے ہر ایک کے تین یا چار دوست ہیں۔"

"مجھے تنگ نہیں کرو۔"

"جانتی ہو کہ میں کبھی سینما نہیں گئی۔ کیا یہ مہنگا ہے؟"

"اوپر والی بالکونی پچیس کوروس کی ہے۔" شمسہ نے کہا، "اگر نیچے جاؤ تو چالیس ہیں۔ لیکن نیچے بہتر ہے۔ وہاں ہر قسم کے بدتمیز مرد ملتے ہیں۔"

"تو کیا یہ تصویروں سے ملتا جلتا ہے؟ یہ ہے کیا چیز؟"

"وہاں ایک بڑی سکرین ہوتی ہے، اور یہ اُس پر ہے۔ یہ تصویروں کی طرح ہی ہوتا ہے۔ وہاں اتنی خوب صورت عورتیں ہوتی ہیں۔ کچھ دن ہوئے ہم نے ایک فلم دیکھی۔ اُس نے ہم سب کو رلا دیا۔ اتنی اچھی فلم تھی! عورت کے خاوند نے اپنی بیوی کے دوست کو گولی مار کر ہلاک کر دیا!"

"یہ تو اچھا دکھائی نہیں دیتا۔" جمیلہ نے کہا، "اُس کی بیوی کا دوست تھا۔"

"یہ تو صرف فلم ہے۔ میرا مطلب ہے کہ یہ مصنوعی ہے۔ لیکن وہ عورت اتنی خوب صورت تھی۔ اُس کے خاوند نے بندوق نکال لی اور اُس آدمی کو گولی ماردی۔ گو آدمی مر رہا تھا، اُس کے ہونٹوں پر مسکراہٹ تھی۔"

"اِسی سے پتا چلتا ہے کہ یہ سب جھوٹ ہے۔" گولو نے کہا، "یعنی گولی لگے اور تم مسکراتے جاؤ۔ وہ ضرور سوچتے ہوں گے کہ لوگ بیوقوف ہیں۔"

"گولو، یہ صرف فلمیں ہیں۔ یہ تو ناول کی طرح ہے...... اصل نہیں۔ پھر اُنھوں نے وہ جگہ رات کے وقت دکھائی۔ لیکن وہ اُس طرح رات نہیں تھی جس طرح ہم سمجھتے ہیں...... آسمان نیلا تھا...... ہر شے خاموش تھی۔ ہر کوئی سویا ہوا تھا اور گلیاں اتنی صاف تھیں کہ اُن پر سے اُٹھا کر کھایا جا سکتا تھا۔ اور وہی خوب صورت عورت جس کے متعلق میں نے بتایا تھا؟ اُس نے اپنے خاوند کو سلایا۔ وہ ہماری طرح نہیں ہیں۔ وہ ایک کمرے میں نہیں سوتے۔ عورت کا اپنا سونے کا کمرہ تھا اور آدمی کا اپنا۔"

"ان فلموں کے متعلق اِسی سے سب پتا چل جاتا ہے، ہے کہ نہیں؟" گولو نے کہا

"کسی نے کبھی سنا ہے کہ ایک آدمی اور اُس کی بیوی الگ الگ کمروں میں سوئیں۔"

"اگر اُنھیں ہماری طرح سارا دن اور رات کام کرنا پڑے تو دیکھوں گی کہ وہ کیا کرتے ہیں۔" جمیلہ نے کہا، "ہمارے پاس ایسے چٹکلوں کے لیے وقت نہیں۔ اب جیسا کہ ہے، میرا بھائی اور میں ضرورت کے وقت مشکل سے دو لیرا اکٹھے کر سکتے ہیں۔"

"یہ بالکل سچ ہے۔" گولو نے کہا، "جو کام ہم کرتی ہیں اگر اُنھیں کرنا پڑے تو انھوں نے کہنا ہے کہ اُن کی طبعیت خراب ہے اور سارا دن بستر سے نہ نکلیں۔"

"جانتی ہو کہ اُن کی سوچ کیا ہے؟ اُن کا خیال ہے کہ پیسہ ہی عزت بناتا ہے۔ اگر پیسہ نہیں ہے تو تم نیچوں میں سے سب سے زیادہ نیچ ہو۔"

"درست ہے۔"

"بہر حال، عورت نے آدمی کو سلایا، چپکے سے گھر سے نکلی اور اُس نے اپنے دوست کو لازماً اطلاع کر دی ہو گی کیوں کہ اُس کے لئے کار تیار کھڑی تھی۔ عورت اُس میں سوار ہوئی اور وہ گئی......"

"عورت نے بال کنگھی نہیں کیے؟" جمیلہ نے پوچھا۔

"اِس کا پتا نہیں۔ یہ اُنھوں نے نہیں بتایا۔ گو اُس کے بال سنورے ہوئے تھے۔"

"اگر اُس کے بال سنورے ہوئے تھے تو کیا اُس کے خاوند نے شک نہیں کیا؟ کیا اُس نے پوچھا نہیں کہ سونے کے لیے اُس نے اپنے بال کھولے کیوں نہیں؟"

"یہ تو صرف فلمیں ہیں۔" گولو نے کہا۔

"ٹھیک بات ہے۔" حلیمہ نے جواب دیا۔

"لیکن تم جانتی ہو کہ یہ سب جھوٹ ہے۔" گولو نے کہا۔ "تم ہمارے آدمیوں کے متعلق سوچو، خاص کر میرے والے کے متعلق۔ قسم کھا کر کہتی ہوں کہ وہ میرے کھڑے ہونے سے ہی میرا ارادہ جان جائے گا۔ تم مانو گی کہ میرے بال بنے ہوئے ہوں، میں خود بھی بنی سنوری ہوں اور اسے سلانے کے لیے جاؤں۔ کیا اُسے پتا نہیں چل جائے گا کہ کیا ہونے والا ہے؟ اِسے سچ نہ ماننے کے لیے احمق ہونا پڑے گا۔"

''یہ صرف فلمیں ہیں۔'' حلیمہ نے کہا۔

''جمیلہ۔'' شمسہ نے کہا، ''وہاں ایک لڑکا تھا۔ اُس کی شکل بالکل صدری جیسی تھی۔ وہ دونوں ایک جیسے تھے۔''

جمیلہ کے ماتھے پر بل آ گیا۔

''میں حیران ہوں کہ مجھے بتائے بغیر وہ سینما جاتا رہا ہے۔''

''ایسا نہیں ہے...... میرا مطلب ہے، فلم میں تھا۔''

''تو ایسے کہو نا۔ اگر وہ میرے بغیر کبھی گیا تو دیکھنا کہ اُس کا کیا حال کرتی ہوں!''

''تم کیا کرو گی؟'' گولو نے پوچھا۔

''اُسے بہت مہنگی قیمت چکانا پڑے گی۔''

''حوصلہ، حوصلہ......''

''بہتر ہے کہ وہ نہ ہی جائے۔ اندازہ لگاؤ کہ محنت سے کمایا ہوا پیسہ ایسی جگہوں پر لگا دیا جائے۔ میرا مطلب ہے کہ اِن چادروں کو دیکھو، ان پتلونوں کو دیکھو، ان قمیصوں کو دیکھو...... ہم نے اپنا جو پیسہ وہاں خرچ کرنا ہے، اُس سے اپنی کئی پریشانیاں حل کر سکتے ہیں۔''

''وہاں تمھارے کارخانے سے بھی لڑکیاں آتی ہیں۔''

''وہ قرہ کزا اور اُس کا ٹولہ ہو گا۔ میں جانتی ہوں کہ وہ جاتی ہیں۔ اُن کے دوست ساتھ ہوتے ہیں اور وہ اُنھیں خرچ کرنے کے لیے کہتی ہیں۔''

''چناں چہ؟'' گولو نے کہا، ''تمھارا کوئی دوست نہیں جو تمھیں لے جائے۔''

جمیلہ نے مٹھی میں جھاگ بھر کے اُس پر پھینکی۔

''بدتمیزی مت کرو۔''

وہ ایک دوسرے پر جھاگ پھینکنے لگیں۔ وہ دبی دبی ہنسی ہنستیں رہیں اور قہقہے لگاتی رہیں۔ پھر اُنھیں گلی میں شراب کے نشے میں چور آوازیں سنائی دیں۔ لڑکیاں ایک دم خاموش ہو گئیں۔

''یہ شیشہ چشم کی آواز ہے۔'' گولو نے کہا۔

جمیلہ بے چین سی ہوگئی۔ اُس نے پریشانی کے عالم میں اپنے باپ کو ڈھونڈا۔ خیریت، کہ وہ وہاں نہیں تھا۔

پریشان ہونے کی ضرورت نہیں۔'' گولو نے کہا، ''تمھارا باپ یہاں نہیں۔ میں جب یہاں آ رہی تھی تو میں نے اُسے مارکیٹ کی طرف جاتے ہوئے دیکھا تھا۔''

آوازیں نزدیک آ رہی تھیں۔

''میں چھلانگ لگانے لگا ہوں۔'' شیشہ چشم چیخا۔

''کہاں؟''

''اُس کی جھولی میں جس کے ساتھ پیار کرتا ہوں۔''

''ٹھیک ہے۔''

''میں نے بتایا نہیں تھا؟'' گولو نے کہا، ''تھوڑی دیر پہلے میں نے اُنھیں پیتے ہوئے دیکھا تھا۔ اُنھوں نے اپنی حد سے زیادہ پی لی ہے۔''

''کیا قرہ کز بھی اُن کے ساتھ تھی؟''

''بالکل تھی۔ تمھارے خیال میں وہ ایسا موقع ہاتھ سے جانے دے گی؟''

شرابی صحن کے دروازے تک آ گئے اور قرہ کز لڑکھڑاتے ہوئے اندر داخل ہوئی۔ احاطے کے تمام رہائشی اُن کی حالت سے باخبر تھے۔ وہ اپنے اپنے دروازوں میں دو یا تین کی ٹولیوں میں کھڑے سرگوشیاں کر رہے تھے اور دبی دبی ہنسی ہنس رہے تھے۔

''ہا......ہا......''، قرہ کز نے لڑکیوں کی طرف جھوم کے جاتے ہوئے کہا۔

اُس نے کھڑے رہنے کی کوشش کی لیکن ایسا کر نہ سکی۔ اُس نے اکڑوں بیٹھنے کی کوشش کی لیکن ایسے بھی کر نہ سکی۔ اُسے اپنا توازن قائم رکھنے میں دِقت ہو رہی تھی۔ آخرکار وہ فرش پر ہاتھ رکھ کر بیٹھنے میں کامیاب ہوگئی۔ اُس نے بالٹی کے کنارے کو مضبوطی کے ساتھ پکڑا ہوا تھا۔ پھولی ہوئی آنکھوں سے وہ بمشکل کچھ دیکھ پا رہی تھی لیکن وہ ایک دبی دبی سی ہنسی ہنسے جا رہی تھی۔

''اپنی حالت دیکھو لڑکی!'' گولو نے کہا، ''تمھیں شرم نہیں آتی؟''

''شرم آنے کی کیا بات ہے؟'' قرہ کز نے پوچھا، ''میں شراب پینے بیٹھ گئی اور باعزت

طریقے سے نشے میں دھت ہوگئی۔"

"شرم......شرم لڑکی۔"

"تم جانتی ہی نہیں ہو کہ کیا بات کر رہی ہو۔"

"......"

"میں ہوا میں تیر رہی ہوں۔ ہم نے شاید درجن بوتلیں پی ہیں۔ میں ہر جگہ ہوں۔"

"تم کن کے ساتھ پی رہی تھیں؟"

"میں اپنے کزن کے ساتھ بیٹھی تھی، اور (جمیلہ کی طرف اشارہ کرتے ہوئے) اُس عورت کے اونٹوں والے کے ساتھ۔"

"وہ لعنتی ہے۔" جمیلہ نے کہا، "اونٹوں والا میرا کیسے ہوسکتا ہے؟"

قرہ کز قہقہہ لگا کر ہنس پڑی۔

"اُسے تمھارے ساتھ محبت ہے لڑکی۔ وہ کہتا ہے کہ تمھیں خوش رکھنے کے لیے اپنے تمام اونٹ بیچ دے گا۔"

"وہ اپنے اونٹ اپنی......"

اُسی وقت بوڑھا ملک صحن میں داخل ہوا۔ جمیلہ کو خوف کے مارے دل کا دورہ پڑتے پڑتے رہ گیا۔ اگر اُس کے باپ نے اُن کی باتیں سن لیں ہوتیں؟ اگر شرابیوں نے پھر سے شور کرنا شروع کر دیا اور اس کا نام لینے لگے؟

اُس کے باپ نے آہستہ آہستہ چلتے ہوئے صحن پار کیا۔ وہ تازہ بنی ہوئی بڑی روٹی اُٹھائے اپنے کمرے میں چلا گیا۔

"گولو، او گولو۔" جمیلہ نے کہا، "اِس سے جان چھڑاؤ! میں جانتی ہوں کہ اس نے ضرور کوئی بے ہودہ حرکت کر دینی ہے۔ مہربانی کرو، گولو!"

گولو اُٹھی، اُس نے قرہ کز کو کندھوں سے پکڑ کر کھڑا کیا۔ وہ اسے مضبوطی کے ساتھ تھامے رہی۔

"چلو، میرے گھر چلو۔"

''یہ بھی جارہی ہے؟'' قرہ کز نے پوچھا۔

''یہ بھی آئے گی۔'' گولو نے کہا، ''اُسے اپنی دھلائی ختم کر لینے دو۔ وہ جلد ہی آ جائے گی۔''

''تم آؤ گی۔'' قرہ کز ڈانواں ڈول سی تھی۔

''میں آ رہی ہوں۔'' جمیلہ نے کہا۔

''میں صرف اُس حالت میں جاؤں گی اگر تم نے آنا ہوا۔ اگر تم نہ مانیں...... تم جانتی ہو کہ اُس آدمی کے پاس بہت دولت ہے...... تمھیں کسی چیز کی کمی نہیں ہوگی...... وہ تمھارے لیے کچھ بھی کرنے کو تیار ہے۔''

''گولو، مہربانی......''

''چلو لڑکی، آؤ چلیں۔''

جیسے گولو چلنے لگی، قرہ کز ٹھوکر کھا کر منہ کے بل گر پڑی۔ وہ بے ہوش ہو گئی تھی۔ حلیمہ اور گولو نے اُسے ہاتھوں اور پیروں سے پکڑ کر اُٹھایا اور جنابِ عزت کے کمرے میں لے گئیں۔

''تمھاری جگہ اگر میں ہوتی تو بالکل پریشان نہ ہوتی۔'' شمسہ نے کہا، ''کیا ہو سکتا ہے؟ وہ لعنتی ہے۔ یہ سب برداشت کرنا پڑتا ہے۔''

جمیلہ ابھی تک پریشان تھی۔

''دیکھو، میں اُس آدمی کو نہیں جانتی؟ اُس کے متعلق بھی کچھ نہیں جانتی۔ میں اپنی زندگی میں مصروف ہوں......''

جمیلہ نے رونا شروع کر دیا۔ وہ اُونچی آواز میں رو رہی تھی اور ساتھ ساتھ رونا بند کرنے کی کوشش بھی کر رہی تھی۔ اُسے یہ بھی فکر تھی کہ کہیں اچانک اُس کا باپ آ کر رونے کی وجہ نہ پوچھ لے۔

''یہ صرف غربت کی وجہ سے ہے، صرف غربت کی وجہ سے! ہر آدمی اتنا امیر ہے کہ مجھ پر نظر رکھ سکتا ہے......''

''ایسی باتیں نہ کرو۔'' شمسہ نے کہا، ''رونا بند کرو!''

''......کہا جاتا ہے کہ لوگ اپنے سر خود مصیبت لاتے ہیں۔ تم نے دیکھا کہ کیا ہوا...... میرا اس واقعے کے ساتھ کوئی واسطہ نہیں۔''

جب گولو اور حلیمہ آئیں تو جمیلہ ابھی تک روئے جا رہی تھی۔

''مت رو میری بچی! وہ بے ہوش ہو گئی ہے...... تم اپنے آنسو ضائع مت کرو۔''

جنابِ عزت آ کر جمیلہ کے پاس بیٹھ گئے۔

''اب رونا بند کرو......''

''میں سارا دن کام کرتی ہوں اور وہاں سے سیدھی گھر آ کر پوری شام ان کاموں میں مصروف رہتی ہوں...... میرا کسی کے ساتھ کوئی واسطہ نہیں، کسی کے ساتھ بات تک نہیں کرتی ہوں۔ اگر گلی میں میرا بھائی بھی مل جائے تو اُس کے ساتھ بھی بات نہیں کرتی۔ میں ہر وقت اس خوف میں رہتی ہوں کہ کوئی میرے باپ کو بتا دے گا۔ اس کے باوجود دیکھو کہ سب کیا کر رہے ہیں؟ اگر میرے باپ نے سن لیا تو؟''

ماسٹر عزت اُٹھ کھڑے ہوئے، اُنھوں نے آہ بھری اور سوچتے ہوئے دور کہیں دیکھنے لگے۔

''دیکھو، میں تمھارے باپ کے ساتھ بات کرنے لگا ہوں۔ ایسے کب تک چلے گا...... پریشان ہونے کی بالکل ضرورت نہیں......''

جمیلہ نے بھیگی ہوئی پلکوں کے ساتھ اُنھیں سوالیہ نظروں سے دیکھا۔

''ہاں۔'' جنابِ عزت نے کہا، ''کارخانے میں اُس کے بارے میں......''

دونوں چند لمحے ایک دوسرے کو دیکھتے رہے۔

''آپ مجھ پر بہت مہربان ہیں۔''

جنابِ عزت نے کوئی جواب نہیں دیا، وہ اپنے کمرے کی طرف چل دیے۔

......0......

صدری کے باپ کو اُسے جگانے میں دقت پیش آئی۔ آخر کار صدری جاگ گیا اور لڑکھڑاتے ہوئے اُٹھ بیٹھا۔

''بیٹا! سر درد کا کیا حال ہے؟''

''بہتر ہے......''

صدری نیچے والی منزل میں جا کر نہانے لگا۔ جب وہ نیچے نہا رہا تھا تو بوڑھے ملک نے اپنا چشمہ لگا کر بیٹے کے بستر میں جوئیں ڈھونڈنا شروع کر دیں۔ اُس نے تمام تہوں میں اور ارد گرد غور سے دیکھا لیکن اُسے کچھ نظر نہ آیا۔ جمیلہ ان معاملات میں بہت محتاط تھی۔ وہ ہر ہفتے چادروں کو دھوتی اور زیادہ سے زیادہ دو ہفتوں کے بعد دھونے کی ضرور باری آتی۔ وہ اُنھیں ہمیشہ گرم پانی میں دھوتی۔ اُن کے ہاں ہر وقت مہمان آتے رہتے اور یہ نہیں کہا جا سکتا تھا کہ کون کہاں سے ہو کر آیا ہے۔

بوڑھے ملک نے بستر تہ کیا اور بیٹھ کر موزے رفو کرنے لگا۔ اُس نے ابھی دوسرا جوڑا اُٹھایا ہی تھا کہ نیچے سے صدری نے آواز دی۔ اُسے اپنی کمر پر مدد کی ضرورت تھی۔ ملک نے چشمہ اُتارا، موزے میں سوئی اٹکائی اور نیچے چلا گیا۔

''اپنے بالوں کی صفائی نہ بھولا کرو۔''

صدری کا چہرہ سرخ ہو گیا، اُس نے کوئی جواب نہ دیا۔

''تم میرا مطلب سمجھتے ہو نا؟''

''......''

''تمھیں اچھے، صفائی پسند مسلمان ہونا چاہیے۔ تمھیں جسم کے مخصوص حصوں کی صفائی کے بارے میں معلوم ہونا چاہیے۔ اگر تمھیں پتا نہیں تو پوچھ لینا چاہیے۔''

پھر اُس نے اُسے سمجھانا شروع کر دیا کہ ایک مسلمان مرد کو اپنے آپ کو کیسے صاف کرنا اور رکھنا چاہیے۔

لڑکیوں نے جب دھلے کپڑے پھیلانے شروع کیے تو پونے پانچ بج چکے تھے۔

''میرا بھائی نہا چکا ہے۔'' جمیلہ نے کہا، ''ابھی میں نے نہانا ہے۔''

''تم کمر رگڑوانے کے لیے مجھے بلاؤ گی؟'' گولو نے پوچھا۔

''یقیناً......''

وہ اندر چلی گئی۔ اُس نے دیگچے میں سے گرم پانی نکال کر اُس میں ٹھنڈا ملایا اور نہانا شروع کر دیا۔ اُس کا جسم بھرا ہوا، دودھیا اور چھاتیاں گداز تھیں۔ اس بات سے خوف زدہ کہ اُسے جوئیں نہ پڑ جائیں اُس نے بالوں میں خوب صابن لگایا اور بالوں کی جڑوں کو اس نیت سے اتنا رگڑا کہ وہ سب کی سب مر جائیں۔ کوئی دس مرتبہ بال دھو چکنے کے بعد اُس نے گولو کو آواز دی۔

''تم اب آ سکتی ہو......''

گولو خاموشی سے اندر آ گئی۔ اُس نے آہستگی کے ساتھ کنڈی لگائی۔ اُنھوں نے سرگوشیاں شروع کر دیں۔ بوڑھے ملک کی توجہ موزوں کو رفو کرنے پر تھی۔ وہ اُن کی باتیں نہیں سن رہا تھا اور سننا بھی نہیں چاہتا تھا۔

''میری وجہ سے تمھیں جاگنا پڑ رہا ہے!'' جمیلہ نے کہا۔

''بالکل نہیں۔'' گولو نے اُس کی مضبوط، دودھیا کمر پر صابن ملتے ہوئے کہا، ''تمھارا کلرک خوش قسمت ہے!''

جمیلہ فخر کے ساتھ دبی دبی سی ہنسی ہنسی۔

''جو آدمی تمھارے ساتھ شادی کرے اُسے تمھیں اچھے کپڑے پہنا کر ایسی جگہ پر بٹھانا چاہیے، جہاں وہ تمھیں ہر وقت دیکھ سکے اور تعریف کرتا رہے۔''

''مفت کا کھانا تو ملتا نہیں......''

کمرا بھاپ سے بھر گیا تھا۔

''میں اب چلتی ہوں۔'' گولو نے اُٹھتے ہوئے کہا۔

''مہربانی۔'' جمیلہ نے کہا، ''جب تم نے کپڑے دھونے ہوں تو مجھے آواز دے لینا۔''

''میں تمھیں بلا لوں گی......''

جمیلہ نے کچھ دیر گیلے تولیے کے ساتھ اپنا جسم خشک کیا۔ اس تولیے کو اُس کا باپ اور بھائی استعمال کر چکے تھے۔ اُس نے لباس پہنا اور اوپر کی منزل میں جا کر احترام کے ساتھ باپ کا ہاتھ چوما۔ اُس کے باپ نے اُسے ہلکے سے ساتھ لگایا اور اُس کا ماتھا اور دونوں گال چومے۔ پھر وہ نچلی منزل میں چلی گئی۔ وہاں اُس نے صابن، بالٹی اور بلّی کو سنبھالا، پانی کو نکالا اور کمرے کو

صاف کیا۔ اُس نے بالوں میں کنگھا کر کے اُنھیں کلپ میں لگایا۔ وہ اپنا دن کا کام نمٹا چکی تھی۔ اب وہ سوسکتی تھی۔ اُس کا باپ اور بھائی ایک پلنگ پر سوتے تھے اور وہ دوسرے پر۔

باہر جا کر اُس نے تولیہ کپڑوں کے ساتھ لٹکا کر اُس پر چٹکی لگائی۔ ہوا کافی تیز چل رہی تھی۔ اُس نے آسمان کی طرف دیکھا۔ آسمان کا نظارہ اُسے اچھا نہیں لگا۔ لگ رہا تھا کہ پھر بارش برسے گی۔ بادل اور گہرے ہو رہے تھے اور ہر لمحہ پھیل رہے تھے۔

''میں اب سونے لگی ہوں، ابو!'' اُس نے کمرے میں آ کر کہا، ''لگتا ہے کہ بارش آ رہی ہے۔ اگر بارش ہوئی تو سوکھنے کے لیے پھیلائے ہوئے کپڑے اندر لے آئیں ورنہ وہ خراب ہو جائیں گے۔''

بوڑھے ملک نے کھڑکی سے باہر دیکھا۔ لگ رہا تھا کہ بارش ہو گی۔ آسمان اندھیرا ہو رہا تھا۔ اس کی نظر دُور ٹیڑھے مکانوں، گرتی دیواروں، اینٹوں کے متعدد ڈھیروں اور گلتی ہوئی لکڑیوں پر تھوڑی دیر کے لیے رُکی۔ دُور فاصلے پر ایک جھیل تھی جس پر سبز رنگ کی کائی پھیلی رہتی اور جو موسم گرما کی گرمی میں بھی خشک نہیں ہوتی تھی۔ جھیل کی وجہ سے موسمِ گرما میں علاقہ لاکھوں مچھروں سے بھر جاتا۔

بوڑھے ملک نے پردے نیچے گرا دیے۔ اُس نے تسلی کی کہ اُس کی بیٹی بستر میں صحیح طرح سے ڈھکی ہوئی ہے! پھر وہ موزے رفو کرنے لگا۔

(XVI)

بوڑھے ملک نے دو پیالوں والے کافی دان میں تھوڑا میٹھا ڈالا اور اُسے سامنے پڑے ہوئے چولہے پر رکھ دیا۔ پھر اُس نے الماری پر رکھی ہوئی الارم والی گھڑی کی طرف دیکھا۔ رات کے دس بجے تھے۔ جمیلہ کو سوئے ہوئے چار گھنٹے ہو چکے تھے۔ بچے آدھا گھنٹہ مزید سو سکتے تھے۔

وہ ابھی کافی ڈال رہا تھا کہ آہستگی کے ساتھ دروازہ کھلا اور بوڑھا موئی (Muy) داخل ہوا۔ وہ gusli اُٹھائے ہوئے تھا۔ یہ چار تار کا ساز تھا جس کے تار گھوڑے کے بالوں سے بنے ہوئے تھے۔

''سلام!''

''سلام۔'' ملک نے کہا۔

یہ کہتے ہوئے وہ اپنے بغاوت کے دنوں کے ساتھی کو خوش آمدید کہنے کے لیے اُٹھا۔ اُس نے ساز لے کر کونے میں رکھا اور اُسے بیٹھنے میں مدد دی۔ اُس نے کافی والا مرتبان اور چمچ اپنے سامنے رکھ دیے۔

باہر اچانک بجلی چمکی۔

اُسے اپنی بیٹی کی بارش کے بارے میں تنبیہ یاد آئی تو وہ اپنے دوست کی طرف مڑا۔

''باہر بارش ہو رہی ہے؟''

موئی منحنی سا بوڑھا تھا جس کی ایک ٹانگ لنگڑی تھی۔ وہ ایک آنکھ سے کانا تھا۔ اُس کے چہرے پر درد کا تاثر بتاتا تھا کہ اُس کی آنکھ اس وقت نکالی گئی جب وہ ہوش میں تھا اور چہرے

پر درد اور تکلیف کا تاثر جم کر رہ گیا تھا۔

''تھوڑی بہت ......'' اُس نے جواب دیا۔

''میرے خیال میں کسی بھی وقت موسلا دھار بارش آ جانی ہے۔ میں دھلائی اکٹھی کر لوں۔''

بوڑھا موئی ملک کے شہر کا رہنے والا تھا اور وہ بچپن کے دوست تھے۔ وہ دریائے تارا کے کناروں پر اکٹھے ہی بڑے ہوئے تھے اور ہتھیاروں کو استعمال کرنا سیکھا تھا۔ بوڑھا ملک آج بھی اُسے چاہتا تھا اور صدری اور جمیلہ کے لیے اپنی بے پناہ محبت کے باوجود وہ اُس کے لیے اِس عمر میں بھی ہر خطرہ مول لینے کو تیار تھا۔

موئی کا کُل خاندان اُس کا صرف ایک بیٹا تھا۔ وہ سپاہی تھا اور اُس کی تعیناتی مشرق میں کہیں دُور دراز کے علاقے میں تھی۔

کسی زمانے میں ملک اور موئی کا نام سربوں کے دلوں میں خوف پیدا کر دیا کرتا تھا۔ یہ اُن دنوں سے پہلے کا ذکر ہے جب وہ بوسکو بوسکووچ کے قتل کے بعد قتل و غارت سے بچنے کے لیے اپنے گھروں سے بھاگ گئے تھے۔ بوسکو بوسکووچ اُس وقت مونٹی نیگرو کا پارلیمانی نمائندہ تھا اور اُس کے قتل کی مقامی مشہور شخصیت عمری آغا نے حوصلہ فزائی کی تھی۔ ملک اور اُس کے دوستوں کی شہرت سے نہ صرف عیسائی خوف زدہ تھے بلکہ مسلمان بھی اُن کے نام سے پریشان ہو جاتے۔

طوفانی بارش والی راتوں میں چنگھاڑتی ہوئی ہواؤں میں بھاگتے ہوئے گھوڑوں کے ٹاپوں کی آوازیں سنی جا سکتی تھیں۔ شہر کے بچے اپنے مکانوں میں چھپ جاتے۔ وہ خوف زدہ آنکھوں کے ساتھ اِن ڈراؤنی آوازوں کو سنتے۔ جلد ہی لکڑی کے ٹوٹنے اور گولیوں کے چلنے کی آوازیں سنائی دیتیں۔ اس کے بعد رات کی تاریکی آگ کے ناچتے ہوئے شعلوں سے روشن ہو جاتی۔

اگلے دن شہر کو بیدار ہونے پر پتا چلتا کہ ملک اور موئی کے جُٹ نے فلاں فلاں کے گھر چھاپا مارا اور پھر سرکٹی لاشوں پر سے گھوڑے بھگا کے چلے گئے۔

اگلا چھاپہ پڑنے میں زیادہ دیر نہیں لگتی تھی۔ کسی اور طوفانی رات میں بادلوں کی گرج

چمک میں، شہر کی ناہموار پکی گلیاں سرپٹ بھاگتے گھوڑوں کے سموں سے گونج اُٹھتیں۔ پھر مسلم علاقہ رات کو عورتوں اور بچوں کی چیخ وپکار سے گونج اُٹھتا۔ اِس چیخ وپکار کے ساتھ دروازوں کے ٹوٹنے کی آوازیں آتیں اور گھڑ سوار رات کی تاریکی میں گم ہو جاتے۔ وہ جاتے ہوئے کٹے ہوئے سروں سے بہتا ہوا گرم لہو چھوڑ جاتے۔ یہ اُن لوگوں کے لیے پیغام ہوتا جو اُن کی بات نہ ماننے کا سوچ رہے ہوں۔

ہر طرف قتل ہو رہے تھے، مسجد کے نام پر یا گرجا کے نام پر۔

ایک رات جنگل میں گھات لگی ہوئی تھی۔ اچانک تیس رائفلوں نے اُن پر گولیاں برسانا شروع کر دیں۔ وہ رائفلیں رات کی ہوا کو تیس جگہوں سے جلا رہی تھیں۔ ملک اُس وقت ایک جھاڑی کے پیچھے رفع حاجت کر رہا تھا اور اُسے گولیاں نہیں لگیں لیکن اُس کے پانچ ساتھی مارے گئے اور موئی کو ٹانگ میں زخم آیا۔

وہ دریائے تارا کے پاس تھے...... جو زندہ بچے، وہ دریا میں کود کر بہاؤ کے ساتھ جہاں تک ممکن تھا تیرتے گئے اور پھر کنارے پر چڑھ گئے۔

بوڑھا موئی تب سے لنگڑاتا تھا۔

نمائندہ بوسکو بوسکووچ کے قتل کی اگلی رات ملک نے اپنے کٹے ہوئے سر والی لاش خواب میں دیکھی۔ اِس خواب نے اُسے تبدیل کر کے رکھ دیا۔ بہادر آدمی، جس کا نام کئی عوامی گیتوں میں آتا تھا، ایک دم فیصلہ کر کے اپنے بیوی بچوں کو لے کر ترکی کو ہجرت کر گیا۔ موئی، اُس کی بیوی اور بچے بھی اُن کے ساتھ آ گئے۔

دونوں خاندان استنبول کی بندرگاہ پر اترے۔ اُس وقت اُن کے پاس تھوڑے سے زیورات تھے۔ اُن کے پاس جو پونجی تھی وہ جلد ہی ختم ہو گئی۔ زندگیوں میں پہلی مرتبہ ملک اور موئی کو روزگار کی فکر کرنی پڑی۔

دونوں آدمی روزگار کی تلاش میں نکلے لیکن اُنھیں کوئی کامیابی حاصل نہ ہوئی۔ اُنھیں تو گھڑ سواری، گولی چلانے، پھندے لگانے اور سر تن سے جدا کرنے کے علاوہ کچھ نہیں آتا تھا۔ لیکن یہ ہنر کسی کام نہیں آ سکتا تھا۔

چناں چہ وہ جنوبی اناطولیہ کے اس شہر میں آ گئے ۔ یہ شہر روئی اور کارخانوں کے لیے مشہور تھا۔ یہاں بھی وہی نتیجہ نکلا ۔ زمین داروں کے بیٹوں کے پاس کارآمد ہنر نہیں تھے۔ انھوں نے اپنے آپ کو فاقوں میں پایا۔ پھر اُن کی عورتوں نے اپنی قسمت آزمائی۔ ان عورتوں نے پھل دار درختوں کے نیچے باتیں کرنے، گانے گانے اور آرام سے دن گزارنے کے علاوہ کچھ اور دیکھا ہی نہیں تھا۔ فارغ البالی نے اُنھیں آرام طلب بنا دیا تھا۔ جب اُنھوں نے کارخانے میں کام کرنا شروع کیا تو وہ تھوڑے عرصے میں ہی وہ اپنی تازگی کھو کر بدشکل ہو گئیں۔ اُس کے بعد وہ رومال تھامے شدت سے کھانستے ہوئے کسی نہ کسی طرح بہتر دنوں کے لیے دعا کرتی رہتیں۔

بیویوں کو دفن کرنے کے بعد اُنھوں نے اپنے بچوں کو کارخانے بھیجنا شروع کر دیا۔

جلد ہی موئی کی بڑی بیٹی ایک خانہ بدوش موسیقار کے ساتھ بھاگ گئی۔ اس کی چھوٹی بیٹی کم گو، ہوشیار اور خوب صورت لڑکی تھی۔ شفٹ کے اختتام پر نوجوان اُس کا پیچھا کر رہے ہوتے لیکن وہ ان سب کو نظر انداز کر دیتی۔

ایک مرتبہ آدھی رات کے بعد طوفان میں شفٹ کے اختتام پر موئی کی بیٹی اپنے آپ کو سنبھالتے ہوئے گھر جا رہی تھی کہ ایک گلی میں چند لوگ اچانک اُس کے سامنے آ گئے۔ انھوں نے اُس کے منہ میں کپڑا ٹھونس کر کونے میں کھڑی پرانی فورڈ میں ڈالا اور گاڑی چلا کر لے گئے۔

اُس کے بعد کسی نے اُس لڑکی کو نہیں دیکھا۔

موئی کی بھوک مکمل طور پر جاتی رہی اور وہ کئی ہفتے پاگل سا رہا۔ وہ تمام دن گلیوں میں اپنی بیٹی کو ڈھونڈتا رہتا۔ ایک دن کسی چرواہے نے بتایا کہ اُس نے کوئی لاش دیکھی ہے۔ لاش کا سر کچل دیا گیا تھا اور کتے اُس کی انتڑیاں نکال رہے تھے۔ بھیانک سچ کھل کر سامنے آ گیا۔

اُس دن سے بوڑھا موئی نیم پاگل سا تھا، وہ بغل میں Gusli دبائے گھومتا رہتا۔ وہ ساز کو بجاتے ہوئے گاتا اور اُس وقت کی اپنی کیفیت کے مطابق رونا بھی شروع کر دیتا۔

بوڑھا ملک کپڑوں کی گٹھری اُٹھائے کمرے میں آیا۔

''باہر زور کی بارش ہے۔''

اُس نے کپڑے ایک کونے میں رکھے، کافی دان کو واپس چولہے پر رکھا اور اپنا اپنا

سگریٹ سلگا لیا۔

کمرہ خاصا گرم تھا۔ وہ صدری کے دھیمے دھیمے خراٹوں کو سن رہے تھے۔ بوڑھا ملک ہمیشہ کی طرح اپنے بچوں کے متعلق سوچ رہا تھا۔ وہ سمجھتا تھا کہ اُسے بچوں کو کارخانے میں کام کرنے سے روکنا ہے۔ وہ کسی حد تک بے چین بھی ہو جاتا جیسے کہ اُس نے دیر کر دی ہو۔ جنابِ عزت کو بھی خدشہ تھا اور اُسے پریشانی کہ کارخانے کا سپروائزر کوئی نامناسب حرکت نہ کر دے۔ وہ کہیں اُس کے بیٹے کی پٹائی نہ کر دے یا کسی سے پٹائی نہ کروا دے۔

اُس نے موئی کی طرف دیکھا۔ وہ آگے پیچھے جھول رہا تھا۔ اُس نے سوچا کہ اُس کے دوست کے ساتھ کیا ہو گیا اور اُسے خیال آیا کہ کسی دِن کوئی جمیلہ کو بھی اغوا نہ کر لے جیسے کہ موئی کی بیٹی کے ساتھ ہوا۔

موئی نے اپنا سر اُٹھایا اور دونوں نے ایک دوسرے کی آنکھوں میں جھانکا۔ اُن کی نظروں نے ڈھیروں باتیں کیں۔ اُنھوں نے پارچہ باف موسیٰ کی بھاری کھانسی سنی اور اُس کی باتوں کی آواز بھی سنی۔ ملک نے کمرے میں اِدھر اُدھر دیکھا۔

''نہیں، ایسے نہیں۔'' جمیلہ نے نیند میں باتیں کرتے ہوئے کہا، ''اگر میرے باپ نے سن لیا!'' بوڑھوں نے ایک دوسرے کو شک بھری نظروں سے دیکھا۔ ملک کو یقین تھا کہ اس کے بچے کسی گہری مشکل میں تھے۔

''موئی! میں خوف زدہ ہوں۔ میں اندر سے کانپ رہا ہوں۔ یہ بچے کسی مشکل میں ہیں، وہ کچھ چھپا رہے ہیں۔ میں جانتا ہوں کہ وہ مجھ سے کچھ چھپا رہے ہیں۔''

''میں نہیں سمجھتا۔ غالباً یہ ایسے ہی لگ رہا ہے۔ یقیناً کوئی مسئلہ نہیں ہوگا۔''

''پتا نہیں۔ میں خوف زدہ ہوں۔ جب وہ کام پر گئے ہوتے ہیں تو مجھے ایک لمحے کا بھی سکون نہیں ملتا۔ بارہ گھنٹے...... پورے بارہ گھنٹے میں ایک ایک منٹ کاٹتا ہوں۔ محسوس ہوتا ہے کہ مَیں اچانک کوئی بری خبر سننے والا ہوں، جیسے اُن میں سے ایک کی موت واقع ہو گئی ہو یا کوئی حادثہ ہو گیا ہو۔ پتا نہیں، مجھے پریشانی رہتی ہے کہ کوئی ہیبت ناک واقعہ ہونے والا ہے۔ میں خوف زدہ ہو جاتا ہوں۔''

”فکر کرنے کی بات نہیں۔ اُنہیں کوئی مسئلہ نہیں۔“

”میں اُن کے لیے دعا کرتا ہوں۔ جب میں نماز پڑھتا ہوں تو اُن کے لیے دعا کرتا ہوں پھر بھی......“

”ٹھیک ہے۔ ہم دونوں دعا کرتے ہیں کہ سب کچھ ٹھیک رہے۔“

ملک چولہے کے اندر شعلوں کو دیکھ رہا تھا۔ اُس صبح صدری پھر بڑبڑا رہا تھا۔ جنابِ عزت نے جو کہا، وہ اُس کے بارے سوچ رہا تھا۔

”وہاں ایک آدمی ہے۔“ اُس نے وضاحت کی، ”وہ میرے بیٹے کو تنگ کرتا ہے، شاید اُسے مارتا بھی ہے۔ وہ اِس عمر میں میرے ہاتھوں کسی کو قتل کروانا چاہتے ہیں۔“

اُس کی آنکھوں میں ایک خوفناک چمک تھی۔

”موئی، خدا میرا گواہ ہے۔ جس نے میرے بچوں کے بال تک کو چھوا، میں اُس کا پیٹ چاک کر دوں گا۔“

بوڑھا موئی سکتے میں آ گیا۔ اچانک اُس کے سامنے برسوں پہلے والا ملک تھا۔ اسے اپنے اندر بھی تبدیلی محسوس ہوئی۔ اشتعال کی پھڑ پھڑاہٹ...... اُسے اپنے اندر ایک سرسراہٹ محسوس ہوئی۔

اُس نے ملک پر نظر رکھتے ہوئے اپنا ساز اُٹھایا۔ ملک کے چہرے پر ابھی تک ڈرا دینے والا تاثر تھا۔ اُس نے ساز بجانا شروع کر دیا۔ اُس کی موسیقی فضا میں پھیل گئی۔ کمرے میں بھر گئی اور پھر باہر کو اُمڈنے لگی، اوپر کی طرف، بغلی اطراف کو، صحن کو ڈھانپتے ہوئے آہستہ آہستہ اردگرد پھیلنے لگی۔

بوڑھا موئی پرانے وقتوں میں چلا گیا۔ وہ اپنے صحت مند گھوڑوں پر کتنے فخر کے ساتھ بیٹھا کرتے تھے! قصبے کے لوگوں کی ہیبت ناک باتیں سن کر وہ غصے سے کانپنے لگتے تھے۔ وہ اپنے تصور میں سر بریدہ لاشیں دیکھ سکتا تھا۔ اُن کے گھوڑے اپنے سموں سے زمین کو کھرچ رہے ہوتے۔ وہ اچانک اپنے گھوڑوں کو ایڑ لگاتے اور اندھیرے میں غائب ہو جاتے!

موسیقی نفرت اور نامکمل انتقام سے بھری ہوئی تھی!

موسیقی میں اداسی تھی!

موسیقی میں کھوئے ہوئے پیاروں کی یاد تھی!

موسیقی......

اُنھوں نے آہستگی کے ساتھ دروازہ کھولے جانے اور چند لوگوں کے چپکے سے اندر آنے پر دھیان نہیں دیا۔

مزید لوگ آئے، پھر اور یہاں تک کہ کمرہ بھر گیا۔

بوڑھا موئی ساز بجائے جا رہا تھا۔ اُس کا ساز جنگلوں، دریاؤں، ندیوں، چاندنی، عاشقوں اور اُداسی کی دھن بجا رہا تھا۔ اُس کا ساز بلند آواز میں چیختا، روتا، دانت نکوستا، ماتم کرنے لگتا اور پھر مسرور ہو جاتا۔ ساز میں روشنی تھی، اندھیرا تھا، طوفان تھے، ہواؤں کی کراہیں تھیں، برف باری تھی، اِس میں کل تھا اور آج تھا، اِس میں غصہ تھا، اُداسی تھی اور بے بسی تھی۔

بارش کھڑکی پر تیز ہوا کے زور پر تازیانے لگا رہی تھی۔ تمام ہمسائے بوڑھے موئی کے ساز کو سن رہے تھے۔ اُنھوں نے ساز سننے کے لیے اپنے کام بند کر دیے تھے۔ وہ اپنی روز کی پریشانیاں بھول چکے تھے اور کیچڑ سے اٹے اُن راستوں کو بھی جن پر اُنھیں جلد چلنا ہوگا۔ اُنھیں موئی کا جادو مدہوش کر گیا تھا، وہ اُس کے ساتھ آنسو بہا رہے تھے۔

پھر ہر طرف گھڑیوں کے الارم بجنے لگے۔ اِس وجہ سے موئی کو رکنا پڑا۔ اردگرد اچانک زندگی لوٹ آئی اور لوگ دوبارہ حرکت میں آ گئے۔ کھڑکیوں میں لالٹینوں کی روشنی ہو گئی اور انسانی آوازیں گلیوں میں گونجنے لگیں۔

بوڑھے ملک نے دیکھا کہ جنابِ عزت بھی کمرے میں تھے۔ اُس نے اُنھیں روک لیا۔

''شکریہ!'' جنابِ عزت نے کہا، ''مجھے سونا ہے۔ موئی، تم نے بہت عمدہ بجایا، بیان سے باہر۔ شکریہ۔''

بوڑھے موئی نے یہ بات سنی بھی نہیں۔

جنابِ عزت، موسیقی سے لبریز، اپنے کمرے میں چلا گیا۔

بوڑھے ملک نے پہلے اپنے بیٹے کو جھنجھوڑا۔

''صدری، سنو، صدری!''

لڑکا ہمیشہ گہری نیند سوتا تھا۔ اُس نے ناقابلِ فہم الفاظ ادا کیے۔

''جاگو، صدری!''

صدری نے منہ دوسری طرف کر لیا۔

جمیلہ جاگ چکی تھی اور اُس نے پلنگ پر سے چھلانگ لگائی۔ اُس نے جلدی سے بالا پوش پہنا اور سر پوش کو گانٹھ لگائی۔

چولہے میں چائے دانی میں پانی اُبل رہا تھا۔ جمیلہ نے فرش پر چادر بچھائی، روٹی کے ٹکڑے کاٹے اور پیالوں میں چینی ڈالی۔

آخر کار صدری جاگ گیا۔ وہ بستر میں سیدھا ہوا، انگڑائی لی، جماہی لی۔ پھر ایک اور جماہی لی۔ پھر اُس نے موزے پہنے۔ آنکھیں ملیں اور کھانے کے لیے آ گیا۔

''تمھیں جاگ جانا چاہیے!'' جمیلہ نے کہا۔

صدری نے غصے سے اُس کی طرف دیکھا۔

اوپر چھت کو بجایا جانے لگا۔ موسیٰ کی آواز نیچے آئی۔

''آخر تم جاگ گئے ہو، لڑکے؟''

کسی نے جواب نہ دیا۔ جمیلہ غصے سے بڑبڑائی۔

بہن بھائی نے چائے اور روٹی اور بھوک نہ ہونے کے باوجود کالے زیتون کے ساتھ ناشتہ کیا۔ جمیلہ، صدری سے زیادہ شوق کے ساتھ کھا رہی تھی۔ اُس کے سفید دانت روٹی کو کاٹتے، پھر وہ زیتون منہ میں ڈالتی اور چائے کے گھونٹ کے ساتھ حلق سے نیچے اُتارتی۔

صدری کے چائے کا پہلا پیالہ ختم کرنے سے پہلے جمیلہ اپنا دوسرا پیالہ پی چکی تھی۔ اُس نے اپنا چہرہ صاف کیا اور کھڑی ہو گئی۔

صدری نے ابھی چائے ختم ہی کی تھی کہ چھت کو پھر بجایا گیا۔

''ابھی تک تیار نہیں ہوئے، لڑکے؟''

''میں تیار ہوں، موسیٰ!''

اُس نے نیچے اُتر کر اپنے بوٹ پہنے۔

مزدوروں کی بستی کام پر جانے کی تیاری میں تھی۔

صدری نے دروازہ کھولا، ٹھنڈی ہوا کمرے میں آگھسی۔ تیز بارش نے صحن کو پانی سے بھر دیا تھا۔ مختلف کمروں کے دروازے صحن میں کھلے تو اندھیری رات اور گیلی زمین لالٹینوں کی زرد روشنی میں چمک اُٹھی۔

جمیلہ نے اپنے سفید فلیٹ بوٹ پہنے اور اپنے بھائی کے پیچھے باہر نکل گئی۔ اُس کا باپ اُن کو الوداع کہنے کے لیے لالٹین لے کر دروازے میں کھڑا ہو گیا۔

عمارت کے مزدور آدمی، عورتیں اور بچے بارش سے بچنے کے لیے موسیٰ کی برساتی میں کھڑے ہو گئے۔ چھوٹا سا مجمع پرشور اور بے چین تھا۔

''چلیں؟'' اُن میں سے ایک نے پوچھا۔

''ہم تیار ہیں، ہم تیار ہیں، ہم تیار ہیں۔'' مجمع میں گونج اُٹھی۔

''چلو چلیں!'' موسیٰ نے کہا۔

عورتیں، آدمی اور بچے اکٹھے ہو کر بارش میں چل پڑے۔

''خدا تم لوگوں کو ہمت دے۔'' بوڑھے ملک نے، جو دروازے میں لالٹین تھامے ہوئے کھڑا تھا، بوسنیائی زبان میں کہا۔

مجمع احاطے سے نکل گیا۔ دوسرے احاطوں سے آنے والے لوگوں کے ساتھ مل کر مجمع تعداد میں اضافے کے ساتھ آگے بڑھتا رہا۔

شمال سے آنے والی ٹھنڈی ہوا مجمع کو کاٹے دے رہی تھی۔ آدمی آگے آگے تھے اور عورتیں سفید سرپوشوں میں پیچھے چل رہی تھیں۔ وہ بل کھاتی کچھ گلیوں میں کیچڑ میں شڑپ شڑپ کرتے ہوئے باتیں کرتے چلے جا رہے تھے اور اُن کے بلند قہقہے عمارتوں سے اوپر اُٹھ رہے تھے۔ کبھی کبھار کوئی چھوٹی سی چڑھائی چڑھتے ہوئے پھسل کر زمین پر گر جاتا اور باقی ہنستے ہوئے اس کا مذاق اُڑانے لگتے اور ''خیال سے''، ''احتیاط سے'' کا شور مچ جاتا۔

جمیلہ سب سے آخر میں تھی۔ اُس کے ایک طرف حلیمہ تھی اور دوسری طرف گولو۔

''لڑکی کا کیا بنا؟'' جمیلہ نے پوچھا۔

''کون سی لڑکی؟''

''قرہ کز......''

''مجھے مزید پتا نہیں۔ وہ میرے بھائی کے گھر بے ہوش ہو گئی تھی۔''

وہ ایک باغیچے کے پاس سے گزر رہے تھے۔ وہاں ایک کھائی تھی جو پانی سے بھری ہوئی تھی۔ انھوں نے تنگ گلی میں پھسلنے سے بچنے کے لیے ایک دوسرے کے ہاتھ پکڑ لیے۔ اِس طرح اُنھوں نے ایک دوسرے کو گرنے نہیں دیا۔

جمیلہ بالکل گولو کے پیچھے تھی اور اُس کے پیچھے حلیمہ تھی۔ جمیلہ اچانک پھسلی اور کھائی کا پانی اُس کی کہنیوں تک تھا۔ یہ اتنی تیزی سے ہوا کہ گرنے کے ساتھ ہی وہ پھر چل پڑی۔ وہ مکمل طور پر بھیگ چکی تھی۔

اُس نے کسی فوجی کی طرح گالی دی۔

''لعنت ہو ایسی زندگی پر۔''

''آمین!'' دوسری دونوں نے مل کر کہا۔

جمیلہ نے اپنے سیاہ بالاپوش پر ہاتھ صاف کیے۔ اُن کے علاقے کی بل کھاتی گلیاں ختم ہونے والی تھیں۔ کھلے علاقے میں آ کر اُنھوں نے چوڑی اور پکے راستے والی گلیوں میں آ جانا تھا۔ ہر طرف پانی تھا۔ وہ چوک میں سے گزرے جہاں اردگرد کے بچے گرمیوں میں فٹ بال، مقامی جواری جوا اور سکول کے بچے اکثر گنے چوستے اور چوکلیٹ کے ساتھ نکلنے والے پتوں کے ساتھ خودساختہ پیچیدہ کھیلیں کھیلتے تھے۔

جمیلہ گیلے کپڑوں میں ٹھٹھر رہی تھی۔

''خدایا!'' وہ چیخی۔

''خدا سے دعا مانگو لڑکی!'' آدمیوں میں سے ایک نے کہا، ''دعا مانگو کہ تمھیں اِس زندگی سے چھٹکارا حاصل ہو۔''

''شرم کرو!'' ایک اور آدمی نے کہا، ''تم جیسی باہمت کام کرنے والی، تمھیں سردی محسوس نہیں ہونی چاہیے۔''

''سب میری بات سنو۔'' پارچہ باف موسیٰ نے کہا، ''تم لوگ جانتے ہو کہ اتنی سردی کیوں ہے؟''

''نہیں، کیوں؟'' سب نے کہا۔

''اِس کی وجہ یہ ہے کہ گرمی نہیں۔''

''بکواس بند کرو۔''

موسیٰ نے اُنھیں گالی دی۔ کسی نے اُسے گالی دی۔ موسیٰ اُس کے پیچھے بھاگنے لگا۔ ہر کوئی چھپڑوں اور کیچڑ میں یہ دوڑ دیکھ رہا تھا۔ ہر طرف مسکراہٹیں، قہقہے اور شور تھا۔ ہر کوئی اِس ہنگامے میں شامل تھا اور اِس طرح چلتے ہوئے وہ کیچڑ والے راستے کے اختتام تک پہنچ گئے۔ پھر اُنھوں نے اپنے بائیں طرف کار کے انجن کی آواز سنی۔ اِس کے بعد اونچی آواز کی سیٹی سنائی دی۔ مجمع خاموش ہو گیا۔

''اِس کا کیا مطلب ہے؟'' جب سیٹی دہرائی گئی تو موسیٰ نے پوچھا۔

''جمیلہ!'' صدری نے آواز دی۔

جمیلہ، حلیمہ اور گولو کے درمیان میں تھی۔

''میں یہاں ہوں......''

انجن کی آواز اچانک بلند ہو کر شور میں تبدیل ہو گئی۔

''جمیلہ!'' صدری نے پھر آواز دی۔

''میں یہاں ہوں!''

تیسری سیٹی بجی اور انجن کو پھر تیز کیا گیا اور 1927ء ماڈل کی سیاہ رنگ کی فورڈ کار نظر آئی۔ کار رُک گئی اور مزدوروں کے آگے جانے والا راستہ بند کر دیا گیا۔

''اب کیا ہو گا؟'' موسیٰ نے پوچھا۔

''تم دیکھ لینا کہ کیا ہوتا ہے!'' کار میں کسی نے غصے کے ساتھ کہا۔

''میں تمھیں بتاؤں گا کہ کیا ہونے والا ہے.....''

''بکواس بند کرو اور مجھے کار میں سے باہر نکلنے پر مجبور نہ کرو۔''

شیشہ چشم صادق کی آواز پہچانتے ہوئے صدری فوراً جمیلہ کے پاس چلا گیا۔

''خوف زدہ ہو؟''

''میں خوف زدہ نہیں۔ خوف زدہ ہونے کی کیا وجہ ہے؟''

''تم کانپ رہی ہو......'' گولو نے مشاہدہ کیا۔

''یہ غصے کی وجہ سے ہے۔ کسی کو اُس آدمی کا بندوبست کرنا چاہیے۔''

''لعنت بھیجو۔'' حلیمہ نے کہا، ''چلو چلیں......''

وہ کار کے پاس سے گزرنے میں کامیاب ہوگئیں۔ وہ موسیٰ کی غصیلی آواز سن سکتی تھیں۔

''موسیٰ ہاتھا پائی میں نہ الجھ جائے!'' جمیلہ نے کہا۔

''تم صرف اپنے راستے پر توجہ دو۔'' صدری نے اُسے پیچھے سے دھکیلتے ہوئے کہا۔

''میں چلے جا رہی ہوں۔'' جمیلہ نے غصے کے ساتھ کہا، ''مجھے دھکیل کیوں رہے ہو؟''

''جھگڑا نہ شروع کر دینا پھر سے......''

''تم کیا توقع رکھتے ہو؟ وہ ہمارے لیے جھگڑا مول لے رہا ہے۔ قدرتی سی بات ہے کہ مجھے اُس کے لیے پریشانی ہے۔''

''ہمارے تمام ساتھی اُس کے ساتھ ہیں۔ وہ اُسے چھوڑ تو نہیں جائیں گے!''

فورڈ کار آہستہ آہستہ اُن کے پیچھے رینگ رہی تھی۔ اُنھوں نے اپنی رفتار بڑھا دی۔ صدری رک کر موسیٰ کے ساتھ چلنے لگا۔

''جانتے ہو کیا ہو رہا ہے؟''

صدری نے اثبات میں سر ہلایا۔

''وہ شیشہ چشم صادق نہیں تھا؟''

''یقیناً......''

''باقی کون لوگ تھے؟''

''اندھیرے کی وجہ سے اُنھیں پہچان نہیں سکا۔لیکن شیشہ چشم صادق کو میں نے پہچان لیا تھا۔''

''میں اپنے باپ کو کیا بتاؤں گا؟''

''کیا مطلب؟''

''اُسے کلرک کے ساتھ اُس کی شادی کرا دینی چاہیے۔ ہم سب سکھ کا سانس لیں گے۔''

''ہاں...... اسے تعطل میں ڈالنا غلطی ہوگی۔ اگر ہم نہ ہوتے تو اُنھوں نے اُسے یقیناً لے جانا تھا۔''

''یقیناً......''

''صدری غور سے سنو۔ میرے خیال میں مجھے کلرک سے بات کرنی ہوگی۔ کیا خیال ہے؟''

''اُسے کیا کہو گے؟''

''میں اُسے کہوں گا کہ دوست اپنے خاندان میں سے کسی کو بھیجو کہ وہ تمھارے لیے لڑکی کا رشتہ مانگیں۔ اور یہ جلد کرو!''

''تو؟''

''وہ لڑکی کو اغوا کرنا چاہتے ہیں، میں کہوں گا۔''

صدری نے جواب نہیں دیا۔ اُنھیں کارخانے کی مشینوں کی آواز ہوا پر تیر کر آتی ہوئی سنائی دی۔

''مجھے اُس کے ساتھ بات کرنی پڑے گی۔'' موسیٰ نے مضبوطی کے ساتھ کہا، ''وہ اُسے آج اُٹھا نہیں سکے لیکن وہ کل پھر کوشش کریں گے۔ اگر کل کامیاب نہ ہوئے تو اُس سے اگلے دن کوشش کریں گے...... تم نے موسیٰ کی بیٹی کا قصہ نہیں سنا؟ مجھے ہر قیمت پر اُس کے ساتھ بات کرنی ہے۔ میں چاہتا ہوں کہ یہ مسئلہ جلد طے ہو جائے...... اُن کی شادی پر خوب پیوں گا......''

صدری کا قہقہہ کھوکھلا سا تھا۔

''دوست، میں مکمل طور پر رضا مند ہوں۔'' اُس نے کہا، '' مجھے کوئی اعتراض نہیں۔ اُس کی وجہ سے یہ تمام لفنگے مجھے سارا دِن تنگ کرتے ہیں۔ یہ سب نا قابلِ برداشت ہے۔ تم میرا مطلب سمجھتے ہو؟''

جب وہ آخری موڑ مڑے تو فیکٹری کی روشنیاں نظر آنا شروع ہو گئیں۔ یخ اور تیز ہوا چمنیوں سے نکلتے دھوئیں کو چاروں طرف بکھیر رہی تھی۔

(XVII)

اس وقت صبح کے دو بجے تھے جب نجاتی (Nejati) بار میں سے لڑکھڑاتے ہوئے نکلا۔ اُس نے اپنے پستہ قد دوست سے کہا، ''میں فیکٹری میں جارہاہوں۔''

اُس کا دوست میجر کا بیٹا تھا۔ اُس کی ماں نے جو جائیداد چھوڑی تھی وہ اُسے بیچے جارہا تھا تاکہ بار پر شراب نوشی جاری رکھ سکے۔ اُسے نجاتی سے بے پناہ محبت تھی۔

''فیکٹری میں کیا رکھا ہے؟''

''فیکٹری میں کیا رکھا ہے؟ تم میرے گہرے دوست ہو۔ جانتے نہیں؟''

''وہ......وہ بوسنیائی لڑکی......؟''

''ہاں......''

''وہ اِس وقت فیکٹری میں ہوگی؟''

''اُس کی شفٹ دو گھنٹے پہلے شروع ہوگئی ہوگی۔ میرے خیال میں اِس حال میں مَیں اُس کے ساتھ بات چیت کرسکوں گا۔''

''مجھے تمھارے شرمیلے ہونے کی وجہ سمجھ میں نہیں آرہی۔ وہ ایک مزدور کی بیٹی ہے۔ تمھیں اتنی جھجک کیوں ہے؟''

''لعنت ہو تم پر......''

''کیوں؟''

''تم میری دادی کی طرح ہو۔ وہ بھی اُسے مزدور کی بیٹی کہتے ہوئے اُس کا مذاق اڑاتی ہے۔''

''تم اِس بات سے پریشان ہو جاتے ہو؟''

''ہو جاتا ہوں......''

''اگر یہ بات ہے تو دوست معذرت۔''

اُس نے نجاتی کو پکڑ کر اُس کے دونوں رخسار چومے۔

''مجھے معاف کر دیا؟''

''اِس شرط پر کہ دوبارہ ایسی بات نہیں کرو گے......''

وہ گیلی سڑک پار کر گئے۔ شہر کی یہ سب سے بڑی سڑک مکمل طور پر خالی تھی۔ زیادہ تر روشنیاں بجھا دی گئی تھیں۔ چوکیدار کی سیٹیاں کہیں دور سنائی دے رہی تھیں۔ تھوڑی دیر بعد ایک کار، بار کی لڑکیوں کو لے کر گزری۔ وہ بھڑکیلے کپڑے پہنے ہوئے تھیں۔ کار سے شرابی مردوں کے قہقہے باہر تک سنائی دے رہے تھے۔

کلرک نجاتی اپنے دوست سے جدا ہو کر فیکٹری کی طرف چل پڑا۔ اُس کے سر میں درد تھا۔ اِس مرتبہ بھی اُس نے بار میں کئی آدمیوں کے ساتھ دوستی کی تھی اور شراب کی وہ اقسام پی تھیں، جن کا اُس نے کبھی نام بھی نہ سنا تھا۔ وہ یہ ساری شرابیں پینا نہیں چاہتا تھا لیکن اُن اچھے لوگوں کو انکار نہیں کر سکا جن سے وہ متعارف ہوا اور جو اُسے پلانے پر بضد تھے۔ اُسے بار قطعاً پسند نہیں تھی اور نہ ہی وہ لوگ جو چند گھنٹوں کے لیے اُس کے دوست بنے اور اُٹھتے ہی جنھیں وہ بھول بھی چکا تھا۔ وہ تو صرف جمیلہ کے ساتھ شادی کر کے گھر بسانا چاہتا تھا جہاں شراب، مکر اور بے یقینی نہ ہو۔ اُس کی خواہش تھی کہ بیوی اُس کے کام پر جانے سے پہلے الوداع کہے اور شام کو جب واپس آئے تو دروازے پر استقبال کرے۔ ترتیب سے سجا گھر، صاف ستھری بیوی جس کا دِل صاف ہو اور جو اُس سے محبت کرے۔ وہ فیکٹری کے تالہ لگے لوہے کے پھاٹک کے سامنے رکا۔ اِس وقت فیکٹری میں اس کا کوئی کام نہیں تھا۔ وہ کئی لوگوں کو جانتا تھا، لوگ جو سپننگ سپروائزر کے ماتحت تھے اور جانتے تھے کہ اِس وقت اُس کا وہاں کوئی کام نہیں تھا اور جو سپروائزر کو صبح اطلاع کر دیں گے۔ اُسے کوئی پروا نہیں تھی۔ اُسے فیکٹری کے مالک مسٹر نعمان نے اپنے ساجھے دار قادر کے احتجاج کے باوجود ملازم رکھا تھا۔

اُس نے لوہے کے پھاٹک کو زور زور سے پیٹا۔ اُس نے یہ عمل پھر دہرایا۔ دروازہ کھلا تو بوسنیائی سنتری نے دروازہ کھولا، ''سلام دوست، اندر آ جاؤ۔''

نجاتی، دربان اور دوسرے ملازموں کے ساتھ خاصا بے تکلف تھا۔ اُسے اُن کے ساتھ گفتگو اور مذاق کرنا پسند تھا۔

''ہیلو!'' اُس نے کہا۔

وہ اندر داخل ہو گیا۔

''اِس وقت آنے کی کیا وجہ ہے؟''

''میرا کچھ کام رہ گیا تھا......''

سنتری نے آنکھ ماری، ''کون سا کام؟''

نجاتی صرف مسکرا دیا۔

وہ سنتری کے کمرے میں چلا گیا اور دونوں نے سگریٹ سلگا لیے۔ اُس کے سر میں شدید درد تھا۔ اُس نے دیوار کے ساتھ لٹکتے آئینے میں اپنا عکس دیکھا، یہ ایک ڈاڑھی منڈا، پھولا ہوا گلابی رخساروں والا چہرہ تھا۔ تیل لگے بالوں کی ایک طرف سے مانگ نکلی ہوئی تھی اور اُس کی باریک مونچھیں تھیں۔ اُس کی قلمیں گالوں تک تھیں۔ اُس نے اپنی زبان باہر نکالی...... کھردری اور زنگ آلود زبان۔

وہ آئینے کے سامنے سے ہٹ گیا۔

''میرے سر میں شدید درد ہے!''

''اسپرین کھاؤ۔'' سنتری نے مشورہ دیا۔

دونوں کچھ دیر خاموشی کے ساتھ سگریٹ پیتے رہے۔

''وہ اندر ہے۔'' سنتری نے کہا۔

''وہ کون؟''

''چھوڑو نجاتی۔ تم کیا سمجھتے ہو کہ کون ہے؟''

''میں نہیں جانتا، وہ کون ہے؟''

''مذاق اڑا رہے ہو؟'' نجاتی ہنسا۔

''اُس کے باپ کو جانتے ہو۔'' سنتری نے پوچھا

''نہیں......''

''اُس کا باپ کمال کا آدمی ہے۔''

سنتری نے اُس کے متعلق بتانا شروع کر دیا۔ اُس نے اپنے ہونے والے سسر کے بارے میں لوگوں سے بہت کچھ سن رکھا تھا۔ لیکن نجاتی کے لڑکی کی محبت میں گرفتار ہونے کی وجہ نہ تو اُس کے باپ کی اچھائی تھی اور نہ ہی اس کے خاندان کی خوبیاں تھیں۔ وہ ایک غیر اہم کلرک تھا اور اُس کی تنخواہ بھی قلیل تھی، اُسے تو ایسی لڑکی چاہیے تھی جو اُس کی قلیل تنخواہ کو بھی کافی سمجھے۔ اُس کے رشتے داروں میں امیر لڑکیاں بھی تو تھیں۔ اگر چاہتا تو وہ اُن میں سے کسی ایک کے ساتھ شادی کر سکتا تھا لیکن اُسے ایسی کوئی خواہش نہیں تھی۔

وہ کمرے سے باہر نکل آیا۔ وہ فیصلہ نہیں کر پا رہا تھا کہ فیکٹری میں جائے یا نہ جائے۔ اُسے یاد تھا کہ اُسے وہاں سے بھگا دیا گیا تھا۔ اُس نے تصور کیا کہ لڑکیوں کو وہ واقعہ یاد ہو گا اور وہ اُس کی پیٹھ پیچھے مذاق کرتے ہوئے ہنسیں گی۔ پھر بھی وہ ورکشاپ کی طرف چل پڑا۔

جب ویوری کے پاس سے گزر رہا تھا تو چھوٹے قد کے بھاری بھر کم آدمی نے اُسے روکا۔ اُس آدمی کے ساتھ ایک دبلا سا، دراز قد نوجوان تھا۔ نوجوان قدرے بے چین سا نظر آیا۔ کچھ لمحوں کے بعد وہ اُنھیں چھوڑ کر چلا گیا۔

''دیکھو دوست۔'' موٹے آدمی نے کہا،''میں جمیلہ کا مالک مکان ہوں۔ مجھے تمھارے ساتھ بات کرنی ہے۔''

نجاتی نے حیرت کے ساتھ اُسے دیکھا۔

''میرے ساتھ کس سلسلے میں بات کرنی ہے۔''

''موسیٰ میرا نام ہے۔ غسل خانوں کی طرف چل کر اپنا اپنا سگریٹ سلگاتے ہیں۔''

نجاتی کو پارچہ باف موسیٰ کا پر اعتماد رویہ پسند آیا۔

''ٹھیک ہے۔''

وہ غسل خانوں کی طرف چل پڑے۔ موسیٰ نے سگریٹ کی ڈبیا نکالی۔ وہاں شہد کی مکھیوں کے چھتے جیسی بھنبھناہٹ تھی۔

''دیکھو دوست، مَیں تمھارے ساتھ صاف صاف بات کروں گا۔'' موسیٰ نے نجاتی کو سگریٹ پیش کرتے ہوئے کہا، ''مجھے تمھارے استعمال میں آنے والے مہذب الفاظ نہیں آتے۔ اس لیے تمھیں مجھے معاف کرنا ہوگا...... نوجوان جو میرے ساتھ یہاں کھڑا تھا، وہ جمیلہ کا بڑا بھائی ہے، اُس کا نام صدری ہے۔ میں نے اُس سے پوچھا کہ وہ یہاں ہمارے ساتھ آنا چاہتا ہے تو وہ کچھ گھبرا سا گیا...... وہ ابھی بچہ ہی تو ہے...... لیکن وہ تمھیں پسند کرتا ہے۔ اگر اُس کا باپ رکاوٹ نہ ہوتو اپنی بہن کی تمھارے ساتھ شادی کر چکا ہوتا۔''

نجاتی کو پارچہ باف موسیٰ پسند آیا۔

''دوست! یہاں بیٹھ جاتے ہیں۔'' موسیٰ نے مشورہ دیا۔

وہ دیوار کے ساتھ ٹیک لگا کر بیٹھ گئے۔

''مجھے کیا کرنا چاہیے؟'' کلرک نے پوچھا۔

''یہ تم پر منحصر ہے لیکن میں ایک برادرانہ مشورہ دے سکتا ہوں۔ اگر تم اِس لڑکی کے معاملے میں سنجیدہ ہو اور اپنا گھر بسانا چاہتے ہو تو تمھیں حرکت میں آنا ہوگا۔ اِدھر اُدھر وقت ضائع نہ کرو۔ کسی کو بھیج کر رشتہ مانگو، ورنہ......''

نجاتی کو یہ لہجہ پسند نہیں آیا۔

''ورنہ کیا؟''

''حالات کوئی بھی رخ لے سکتے ہیں......''

''مثلاً؟''

پارچہ باف موسیٰ نے اُسے کار کے بارے میں بتانا شروع کر دیا جس نے صبح راستہ روکا تھا۔ وہ ہر بات مبالغے کے ساتھ بیان کر رہا تھا۔ نجاتی خاصا پریشان ہوگیا۔ وہ گھبراہٹ میں موسیٰ کو دیکھے جا رہا تھا۔ اُس کے ہاتھ کانپنے لگے۔

''یہ لوگ کون ہیں؟''

''تم کون سمجھتے ہو؟ ویوری سے شیشہ چشم صادق اور اُس کے ساتھی ہیں......''

''وہ لوطی اپنے آپ کو سمجھتے کیا ہیں؟''

''وہ یہ اپنے لیے نہیں کر رہے۔ اِس کے پیچھے کوئی اور ہے۔ یہ اونٹوں کے مالک خلیل کے لیے ہو رہا ہے۔''

''یہ کون ہے؟''

''دراصل وہ خاصا امیر آدمی ہے اور وہ پیسہ لگانے سے بھی نہیں گھبراتا۔ اِس لیے تمھیں بہت جلد حرکت میں آنا ہو گا دوست۔''

نجاتی کا سر چکرا رہا تھا۔ اُس نے ایک اور سگریٹ سلگایا۔ اُسے اچانک اپنی دادی سے نفرت ہو گئی۔ اُس نے بار بار درخواست کی تھی کہ وہ ایک مرتبہ جا کر لڑکی کو دیکھ آئے تا کہ لڑکی کا ہاتھ مانگا جا سکے۔ اُس کی دادی نے ہر بار کہا تھا، ''تم ایک نامی گرامی خاندان سے تعلق رکھتے ہو، تم کارخانے میں کام کرنے والی کسی عام سے لڑکی کے ساتھ شادی نہیں کر سکتے۔ اگر چہ تم میں غیرت نہیں لیکن تمھارا باپ ایک غیرت مند آدمی ہے۔ شادی کے بعد تمھارے خاندان والے غیروں کی موجودگی میں اپنا سر کیسے بلند رکھ سکیں گے؟ میں کارخانوں میں کام کرنے والی لڑکیوں کے رشتے مانگنے نہیں جا سکتی۔'' اُس نے تمام معاملہ ختم کر دیا تھا۔ اگر اُس نے دادی کی مدد کے بغیر یہ معاملہ طے کرنا ہے تو اُسے خود اُس کے باپ سے بات کرنا ہو گی۔

وہ اِن خیالوں میں گم تھا۔

''دیکھو!'' موسیٰ نے اچانک کہا، ''وہ وہاں ہے!''

نجاتی نے اُدھر دیکھا۔ اُس کی محبوبہ دوسری طرف لگے نلوں میں سے پانی پینے جا رہی تھی۔ وہ اپنے کالے رنگ کا پیش بند اور سفید سر پوش پہنے ہوئے تھی۔ اُس کے ساتھ اس کی دو دوست تھیں۔

سگریٹ ایک طرف پھینک کر وہ جلدی کے ساتھ اُٹھا اور لڑکیوں کی طرف چل دیا۔ اُس کا سر چکرا رہا تھا اور نظر ایک جگہ پر مرتکز نہیں ہو رہی تھی۔ وہ لڑکیوں کے بالکل پیچھے پہنچ گیا۔ اُنھیں اُس کی موجودگی کا علم نہیں تھا۔ نجاتی کو اچانک احساس ہوا کہ اُسے یہاں نہیں آنا چاہیے تھا۔

وہ ابھی مڑنے کو ہی تھا کہ اُس کی محبوبہ نے اُس طرف دیکھا اور ایک لمحے کے لیے اُن کی نظر ملی۔ لڑکی چیختے ہوئے پیچھے مڑی اور سرپوش کے نچلے حصے کے ساتھ اپنا منہ ڈھانپ لیا۔ جمیلہ کے ساتھ والی لڑکی نے بھی اُسے دیکھ لیا تھا۔

''تم یہاں بات نہیں کر سکتے۔ وہ تمھیں دیکھ لیں گے۔'' مشین چلانے والی زرد رنگت والی گولو نے کہا۔

''میں صرف کچھ پوچھنا چاہتا تھا۔'' نجاتی ہکلایا۔

''تم نے کیا پوچھنا تھا؟''

''میں اِس کے باپ سے رشتہ مانگنے کے لیے کسی کو بھیجنے کا سوچ رہا ہوں۔ میں جاننا چاہتا تھا کہ اِس کی کیا رائے ہے؟''

''لڑکی! جواب دو!'' گولو نے کہا۔

جمیلہ دبی دبی سی ہنسی ہنسی۔

''احمق لڑکی! آدمی کو جواب دو!!''

جمیلہ نے غصے کے ساتھ اوپر دیکھا۔

''اگر ایسا ہی کرنا ہے تو پھر انتظار کیسا؟''

''اگر تم جلد نہیں کرو گے تو کچھ بھی ہو سکتا ہے۔'' گولو نے کہا۔

''تم کیا کہنا چاہتی ہو؟'' جمیلہ نے پوچھا۔

''تم رات بھول گئی ہو؟ کار؟''

''میں کسی سے نہیں ڈرتی۔'' جمیلہ نے کندھے اُچکائے۔

وہ ورکشاپ کی طرف چل پڑی۔ حلیمہ اُس کے پیچھے تھی۔

''میں جنابِ عزت کی بہن ہوں۔'' گولو نے پیچھے رہتے ہوئے کہا، ''بہتر ہو گا کہ تم اُس سے ملو۔ جمیلہ کا باپ میرے بھائی کی رائے کو اہمیت دیتا ہے...... ٹھیک؟''

وہ پھر جمیلہ کے پیچھے بھاگ گئی۔

نجاتی نے دیکھا کہ موسیٰ تھوڑے فاصلے پر کھڑا ہے۔

''تمھاری اُس کے ساتھ بات ہوئی؟''موسیٰ نے قریب آتے ہوئے پوچھا۔

''ہاں!''نجاتی نے جواب دیا۔

''کیا فیصلہ ہوا؟''

''اُن میں سے ایک لڑکی غالباً جنابِ عزت کی بہن ہے......''

''ہاں، اُس کا نام گولو ہے......اُس نے کیا کہا ہے؟''

''اُس نے کہا کہ اُس کا بھائی جمیلہ کے باپ سے بات کرے گا۔''

''یہ ہوئی نا بات......اب معاملات حرکت میں آ جائیں گے۔ بوڑھا ملک، جنابِ عزت کو پسند کرتا ہے۔ اُن کی کافی دوستی ہے۔ میں اب چلتا ہوں۔''

موسیٰ ویوری کی طرف چلا گیا۔ صدری دروازے میں اُس کا منتظر تھا۔

''کیا بات ہوئی؟''اُس نے پوچھا۔

''تمھارا کیا خیال ہے؟''موسیٰ نے پوچھا۔

''تم نے اُس کے ساتھ بات کی؟''

''بالکل......وہ اچھا آدمی لگتا ہے۔ مضبوط......تم میرا مطلب سمجھتے ہونا؟''

''یہ تم کیسے کہہ سکتے ہو؟''

''میں نے سگریٹ پینے کا مشورہ دیا تو کہنے لگا کہ ٹھیک ہے۔ ہم غسل خانوں کی طرف چلے گئے اور وہ ٹیک لگا کر زمین پر بیٹھ گیا۔ اگر دفتر کا کوئی اور کارندہ ہوتا......''

وہ ویوری میں چلے گئے۔

(XVIII)

صبح کے آٹھ بجنے کو تھے کہ قرہ کز نے آخر کار آنکھیں کھولیں۔ جنابِ عزت نے اُسے جاگتے ہوئے دیکھ لیا۔

''صبح بخیر!'' اُس نے کہا۔

قرہ کز نے تیوری کے ساتھ اُس کی طرف دیکھا، پھر اُس نے گھبراہٹ کے عالم میں چاروں طرف نظر دوڑائی۔

''مجھے یہاں کون لایا ہے؟''

جنابِ عزت نے مختصراً اُسے تفصیل بتائی۔

''او خدایا...... '' قرہ کز نے کہا۔

اُسے سب کچھ یاد آنے لگا۔ اُس نے پریشانی کے ساتھ جنابِ عزت کی طرف دیکھا۔

''میں کل سہ پہر سے یہیں لیٹی ہوئی ہوں؟''

''ہاں۔''

''او خدایا...... یہ میں نے کیا کیا؟''

''کیوں؟ کیا ہوا؟''

وہ سراسیمگی میں اُٹھ کر کھڑی ہوگئی۔ اُس نے فوراً جانا چاہا۔

تمھیں ناشتہ کیے بغیر نہیں جانا چاہیے۔'' جنابِ عزت نے کہا۔

''شکریہ...... میں ناشتہ نہیں کروں گی۔ میں کام پر بھی نہیں گئی۔ میں نے گڑ بڑ کر دی

ہے۔ مجھے جگایا کیوں نہیں۔"

"کوشش کی مگر کامیابی نہیں ہوئی۔تم نشے میں دھت تھیں۔"

وہ اُس کے لیے روٹی، پنیر اور چائے کا پیالہ لے آیا۔ قرہ کز اتنی پرخلوص توجہ کی عادی نہیں تھی۔ وہ قدرے بے چین تھی اور اپنے کیے پر پشیمان بھی۔ جنابِ عزت چھوٹی ٹرے اُس کے پاس رکھ کر اپنی بیمار بیوی کے پاس بیٹھ کر کتاب پڑھنے میں مشغول ہو گیا۔

"تمھارے پاس کافی کتابیں ہیں؟" قرہ کز نے پوچھا۔

"تم نے دفتری ملازمت کیوں نہیں کی؟"

جنابِ عزت نے قہقہہ لگایا۔

"صحیح بات ہے۔ دفتری کام کیوں نہیں کرتے؟ موسم جیسا بھی ہو، تم آرام سے میز کے پیچھے بیٹھے ہو گے۔"

"وہ مجھے ایسی نوکری نہیں دیں گے۔ وہ یقیناً مجھے ایسی نوکری نہیں دیں گے۔ آرام دہ زندگی کسے پسند نہیں؟"

"اگر وہ تمھیں ایسی نوکری نہیں دیں گے تو اتنی کتابیں کیوں پڑھتے ہو؟ یہ تمھاری آنکھوں کو خراب نہیں کرتیں؟ اگر تمھیں میز کرسی والی نوکری مل جائے......"

جنابِ عزت نے جواب دینا مناسب نہ سمجھا۔

قرہ کز نے آنکھوں کے گوشوں سے کچھ دیر اُنھیں دیکھا اور پھر ہونٹوں کے کنارے صاف کیے۔

"ناشتے کا بہت شکریہ، جنابِ عزت۔ میری دعا ہے کہ خدا تمھاری میز بھری رکھے۔"

"تم ہمیشہ خوش آمدید ہو۔ پیٹ بھر کر کھا چکیں؟"

"ہاں، شکریہ۔ میں بالکل ٹھیک ہوں، شکریہ۔"

وہ اُٹھ کر اپنے جوتے پہننے لگی۔

"الوداع جنابِ عزت۔"

"الوداع...... پھر کبھی ملنے آؤ۔ تمھیں راستہ تو آتا ہے۔"

''شکریہ!''

دروازہ بند کر کے وہ چلی گئی۔ لوگ جو بھی کہیں، اُسے وہ آدمی اچھا لگا۔ اُسے معاً خیال آیا کہ رات کو اُس کی نیت میں فتور تو نہیں آ گیا تھا لیکن پھر اُس نے فوراً یہ خیال ذہن سے جھٹک دیا۔ اُسے یقین تھا کہ جنابِ عزت ایسا کچھ نہیں کریں گے۔ وہ کبابوں کی دکان پر گئی۔ شیشہ چشم صادق اکیلے بیٹھے ہوئے پھر پی رہا تھا۔

''تم کہاں تھیں؟'' اُس نے قرہ کز کو دیکھتے ہی پوچھا، ''تمھیں کیا ہو گیا تھا؟''

''مت پوچھو! میں نشے میں بے ہوش ہو گئی تھی۔''

وہ کرسی کھینچ کر بیٹھ گئی۔

''تم نے سب کچھ تباہ کر کے رکھ دیا۔'' شیشہ چشم صادق نے کہا، ''تم یہ کیسے کر سکتی تھیں؟ مجھے تمھارے چھوٹے چھوٹے ٹکڑے کر دینے چاہییں۔''

''میں کیا کرتی؟ میں بے ہوش ہو گئی تھی۔ اگر مجھ سے کچھ کروانا تھا تو اتنی پینے کو کیوں دی؟ تم تو شراب میرے اندر انڈیلے جا رہے تھے۔''

''ہمارا خیال تھا کہ تم ایک آدمی کی طرح ہضم کر جاؤ گی۔ ہمیں کیا معلوم تھا؟''

''میں ایک آدمی کی طرح ہی ہضم کر سکتی ہوں لیکن ......''

''لیکن کیا؟''

''پتا نہیں، شاید وائن میں افیون ڈال دی گئی تھی۔ وہ میرے سر کو چڑھ گئی۔''

اُس نے تفصیل بتائی۔ شیشہ چشم صادق غصے میں آ گیا۔

''تم کہنا چاہتی ہو کہ تم عزت کے گھر رہیں؟''

''میں اتنا جانتی ہوں کہ جب میری آنکھ کھلی تو میں وہاں تھی۔ میں وہاں تھی، صبح کے آٹھ بجے تھے اور جنابِ عزت کتاب پڑھ رہے تھے۔ شروع میں ......میرا مطلب ہے مجھے پریشانی ہوئی۔ تم لوگ اُس کے متعلق مختلف قسم کی باتیں کرتے ہو۔ میرا یقین کرو، وہ ایک شریف آدمی ہے۔''

''بس، بس، شریف آدمی! میں جانتا ہوں کہ وہ کیسا شریف آدمی ہے؟ کیا ہوا؟ اُس

نے تمھاری تعریف کردی؟ رات منصوبہ تیار تھا، ہم اُن کا راستہ روک کر کھڑے ہو گئے۔ ایک سیٹی بجائی، پھر دوسری...... ہمارا خیال تھا کہ تم موجود ہو گی...... ہمیں اشارہ کرنے کے لیے......"

"میں کیا کر سکتی تھی؟ تمھیں بتایا ہے کہ میں نشے میں دھت تھی۔ بہر حال، خلیل کہاں ہے؟"

"وہ چلا گیا ہے۔"

"اپنے گاؤں؟"

"ہاں، لیکن دو دن بعد واپس آ رہا ہے۔ لگتا ہے کہ اتنی جلدی بھی نہیں۔ میں مانتا ہوں کہ رات ہم بچ گئے لیکن اب دیکھنا ہے کہ جب تم ہوش میں ہو تو کیا نتیجہ نکلتا ہے۔"

قرہ کز نے اس بات پر غور کیا۔ اُس کے ذہن میں جنابِ عزت کا خیال آیا۔ وہ خاموش رہی۔

"تم کچھ بول نہیں رہیں؟" شیشہ چشم صادق نے پوچھا۔

"ایمانداری کی بات یہ ہے کہ میں کچھ ڈانواں ڈول ہوں۔"

"ڈر گئی ہو؟"

"میں ڈری نہیں ہو۔"

"اگر ڈری نہیں تو پھر ڈانواں ڈول کیوں ہو؟"

"لڑکی خلیل کو پسند نہیں کرتی۔"

"سمجھا! کیا اُنھوں نے تمھیں اپنی طرف کر لیا ہے؟ حرامی عزت نے تمھیں کیا کہا ہے؟"

"مجھے کسی نے کچھ نہیں کہا۔ میری اپنی بھی سوچ ہے۔ تم مجھے احمق سمجھتے ہو؟"

"ہرگز نہیں! صرف یہ کہ تم کل "ٹھیک ہے" کہہ رہی تھیں۔ آج تم نے اپنا ارادہ بدل لیا ہے۔"

قرہ کز نے کوئی جواب نہیں دیا۔

شیشہ چشم صادق نے ویٹر کو اشارہ کیا۔ ویٹر بھاگ کر آیا۔

''پوچھو کہ خاتون کیا کھانا چاہتی ہیں؟ اسے کہوں کہ تمھارے لیے چھوٹے گلاس میں انڈیلے؟''

''نہیں، شکریہ، ابھی تک میری طبعیت ٹھیک نہیں ہوئی۔ ایک قطرہ بھی نہیں پیوں گی۔ مجھے اتنا نشہ تھا!''

''پھر ہم کباب کھاتے ہیں۔''

''اگر تم مجبور کرتے ہو تو میں ایک کباب لوں گی۔''

ویٹر چلا گیا۔

''کیا تم پیچھے ہٹ رہی ہو؟'' شیشہ چشم صادق نے پوچھا۔

''کہاں سے پیچھے ہٹ رہی ہوں؟''

''جمیلہ والے معاملے سے۔''

''میں کچھ کہہ نہیں سکتی، صادق! کیا یہ اچھا ہوگا؟ تم جانتے ہو کہ ہم جیل بھی جا سکتے ہیں۔''

''دیکھو! تمھیں پریشان ہونے کی ضرورت نہیں۔ ہم سیٹی بجائیں گے اور تم نے صرف کھانسنا ہے۔ باقی معاملات کے لیے تمھیں پریشان ہونے کی ضرورت نہیں۔ وہ ہمیں کافی رقم دے رہا ہے۔ تمھارا حصہ تین دس ہے۔ بدھو مت بنو۔''

قرہ کز کے ذہین میں سرخ رنگ کے تین کھڑکتے ہوئے نوٹ آئے۔ نوٹ اُس کی آنکھوں کے سامنے لہرا رہے تھے۔ دس لیرا کے نوٹ اتنے پرکشش، اتنے طاقت ور تھے...... کہ اُنھوں نے آہستہ آہستہ جنابِ عزت کی یاد اور مہربانی کو مٹانا شروع کر دیا۔ کباب ختم ہونے تک وہ اپنے اصل روپ میں آ چکی تھی۔

''ہم اتفاق کرتے ہیں؟'' شیشہ چشم صادق نے پوچھا۔

''دیکھیں گے۔'' اُس نے جواب دیا، ''دیکھیں گے کہ کیا ہوتا ہے۔''

شیشہ چشم صادق اپنی کزن کو اتنا تو جانتا تھا کہ اُس کا مطلب سمجھ سکے۔ وہ ایک دم چہکنے لگا۔

”بہت خوب! میری پسندیدہ ترین کزن کون ہے؟ ویٹر! ایک آدھا اور لاؤ۔“

قرہ کز آدھ کلو وائن کی بوتل میں سے گلاس پی کر اُٹھ کھڑی ہوئی۔

”کہاں جا رہی ہو؟“

”میں فیکٹری کا چکر لگانا چاہتی ہوں۔“

”لڑکی سے بات کرو۔ اُسے یقین دلاؤ کہ وہ میں نہیں تھا۔ اُسے قریب لانے کی کوشش کرو۔“

”یہ مجھ پر چھوڑ دو۔ تمھیں اب تک اپنی کزن کو اتنا تو جان جانا چاہیے تھا کہ میں گڑبڑ نہیں کرتی۔“

وہ کباب کی دکان سے نکل گئی۔

نو بجنے والے تھے۔ شفٹ ساڑھے گیارہ بجے ختم ہونا تھی۔ وہ یہ جانتی تھی۔ وہ جلدی میں تھی کہ جمیلہ کے ساتھ بات کر سکے اور اُس کے قریب ہو سکے۔

....

جس وقت قرہ کز سپنری میں داخل ہوئی تو موٹا سپروائزر دروازے میں کھڑا تھا۔

”جی میڈم! آپ کہاں تھیں؟“

”فیکٹری کے پھاٹک پر!“ قرہ کز دبی دبی سی ہنسی ہنسی۔

”سچ سچ بتاؤ، کہاں تھیں؟“

”چھپی ہوئی تھی۔“

”سچ بتاؤ۔“

”کزن کے ساتھ پیتی رہی تھی۔ میرے خیال میں زیادہ ہی پی گئی۔“

”مذاق کر رہی ہو۔“

”مذاق کیوں کروں گی؟ جو ہوا، بتا دیا۔“

”میرے کمرے میں جاؤ۔ ایک منٹ میں آتا ہوں۔“ سپروائزر ہنسا۔

”وہاں کیا ہوگا؟“ قرہ کز نے آنکھ مارتے ہوئے کیا۔

"وہاں پہنچو۔ ایک منٹ میں آتا ہوں۔"

"میرے خیال میں تمھارے دفتر میں میرا کوئی کام نہیں۔"

"میں تمھیں کچھ بتانا چاہتا ہوں۔"

"یہاں پر بتا دو۔"

"وہاں جاؤ لڑکی۔ مجھے غصہ نہ دلاؤ۔"

"میں مصروف ہوں، وہاں نہیں جاسکتی۔ اس کے علاوہ میرے خیال میں تم میرے ساتھ بات نہیں کررہے تھے۔"

وہ چلی گئی۔

جمیلہ نے اُسے اُن لوگوں کی طرف آتے دیکھا۔

"وہ آرہی ہے۔"

حلیمہ نے بھی اُس طرف دیکھا۔

"گندی گائے......"

گولو نے بھی اُس طرف دیکھا۔

"بہتر ہوگا کہ تم اُس کے ساتھ بات نہ کرو۔" گولو نے رائے دی۔

"میں اُسے دن کا کوئی وقت بھی نہیں دوں گی۔"

قرہ کز، جمیلہ کے قریب آتے ہی بولنے لگی:

"اچھی لڑکیو! پتا نہیں کہ میں تم لوگوں سے نگاہیں دوبارہ کیسے ملا پاؤں گی۔ مجھے معاف کردو۔ میں کیسی حالت میں تھی؟"

جمیلہ نے کوئی جواب نہیں دیا۔ اُس کے ماتھے پر بل تھے۔

"تم لوگوں نے میرے ساتھ بات چیت ختم کردی ہے؟" قرہ کز نے پوچھا۔

"قدرتی سی بات ہے۔ وہ تمھارے ساتھ بات نہیں کرے گی۔"

"کیوں نہیں کرے گی؟ میں نے اُسے کیا نقصان پہنچایا ہے؟"

"تم اِس سے زیادہ کر بھی کیا سکتی تھیں؟"

”لیکن مجھے نہیں معلوم کہ میں نے کیا کیا ہے؟ اگر میں نے کچھ غلط کیا ہے، کسی کو ناراض کیا ہے تو مجھے بتاؤ!“

”دیکھو! اِس بات کو ختم کرو۔“ جمیلہ نے کہا، ”اگر تم نے دوبارہ میرے ساتھ بات کی، اگر مجھے کچھ کہا، اگر کسی کام کے لیے میرے پاس آئیں تو تمھیں پتا چل جائے گا کہ میں کیا کر سکتی ہوں۔“

قرہ کز نے اُسے غصے سے گھورا۔ وہ اُسی وقت جمیلہ کو نیچے گرا کر اُس کے بال جڑوں سے اکھیڑ سکتی تھی لیکن وہ تین کڑکڑاتے ہوئے نوٹوں کے بارے میں سوچ رہی تھی۔ چناں چہ اُس نے بات کو مذاق میں ڈالنے کا فیصلہ کیا۔

”میں نے سچ مچ تمھیں ناراض کر دیا ہے۔ خدا ہی جانتا ہے کہ میں کیا کر بیٹھی ہوں۔ اگر گھڑی کو اُلٹا چلانا میرے بس میں ہوتا تو میں کر دیتی......“

وہ خاموشی سے چلی گئی۔

”وہ کچھ کرنے پر تلی ہوئی ہے۔“ گولو نے کہا، ”ورنہ وہ اُن لفظوں کی قیمت ڈالتی۔ جمیلہ، تم اپنا خیال رکھنا۔“

”میں محتاط رہوں گی۔“

اُنھوں نے اپنی توجہ کا رخ کام کی جانب کر دیا۔

(XIX)

جمیلہ جب دوپہر کے کھانے کے وقفے کے لیے گھر گئی تو اُس کا باپ ایک غریب بوسنیائی کے بال کاٹ رہا تھا۔ اگر اس کا باپ حد سے زیادہ مصروف بھی ہوتا، پھر بھی وہ ایک مسکراہٹ کے ساتھ خوش آمدید کہے جانے کی عادی تھی۔ اُسے عجیب سا لگا کہ اُس نے سر اُٹھا کر بھی اسے نہ دیکھا تھا۔ وہ خاموشی کے ساتھ سیڑھیاں چڑھ گئی اور اُس نے گرد آلود بالا پوش اور سرپوش کو اتارا۔ اُس کے باپ نے دوپہر کا کھانا تیار نہیں کیا تھا۔ وہ پکتے ہوئے کھانے کی خوشبو میں گھر آنے کی عادی تھی۔ اُسے تھوڑی پریشانی ہوئی۔

بال کٹوانے کے بعد بوسنیائی نے بوڑھے کا بار بار شکریہ ادا کیا۔ جب وہ جانے لگا، صدری کمرے میں داخل ہوا۔ ''میں نے آج تمھارا انتظار نہیں کیا۔'' اُس نے جمیلہ سے کہا، ''خوش ہو گئیں؟''

جمیلہ نے اُس کی طرف نگاہ نہ اُٹھائی۔

ملک نے اپنے اوزار ٹھیک کیے، جو برتن استعمال کر رہا تھا اسے اُگھالا، وٹّی، چمڑے اور اُسترے کو ترتیب کے ساتھ جھولے میں رکھا۔

صدری یہ سب دروازے میں کھڑے دیکھ رہا تھا۔

''تو ہم آج دوپہر کا کھانا نہیں کھائیں گے؟'' اُس نے پوچھا۔

بوڑھے ملک نے کوئی جواب نہیں دیا۔

''میں غلط تو نہیں؟ آپ نے کھانا نہیں بنایا؟''

''نہیں......''

اور صدری نے نظروں کا تبادلہ لیا۔ کچھ گڑ بڑ تھی۔ اپنا کام ختم کر کے بوڑھے ملک نے تھکے تھکے انداز میں کمرے کی سیڑھیاں چڑھیں اور اپنے کونے میں بیٹھ کر باہر دیکھنے لگا۔

صدری بوٹ اُتار کر اپنے باپ کے پاؤں کے پاس بیٹھ گیا۔

''کیا بات ہے، ابو؟''

بوڑھا کھڑکی سے باہر دیکھتا رہا۔

''ہم سے کوئی غلطی سرزد ہو گئی یا کسی نے کچھ کہہ دیا ہے؟ میرے متعلق کوئی بات ہے؟''

بوڑھا اچانک اپنی بیٹی کی طرف مڑا۔

''جنابِ عزت صحیح کہتے ہیں؟''

جمیلہ کا رنگ زرد ہو گیا۔

''میں تم سے بات کر رہا ہوں۔''

''......''

''میں تمہارے ساتھ بات کر رہا ہوں۔ جواب دو۔''

جمیلہ کا سر اوپر اُٹھ گیا اور اُس نے بھیگی پلکوں سے گستاخی کے ساتھ باپ کی طرف دیکھا۔

''ہاں...... یہ سچ ہے۔''

وہ اُٹھی اور اپنے بستر پر گر کر زاروقطار رونے لگی۔ نازک سی نوجوان لڑکی کے کندھے سسکیوں کے ساتھ ہل رہے تھے اور سسکیوں کی شدت کے ساتھ اُس کے کندھے تیزی کے ساتھ ہلنے لگے، جیسے وہ طوفان میں گھِر گئے ہوں۔ پندرہ برس کی عمر میں پہلی مرتبہ تھا کہ بوڑھے نے لڑکی کو اس طرح روتے ہوئے دیکھا تھا، اُس کا دل پسیج گیا۔ وہ اُسے اپنی گود میں بٹھا کر اُس کے آنسو صاف کر کے اُس کا منہ چومنا چاہتا تھا۔ لیکن اُس نے اپنے آپ کو قابو میں رکھا۔

''تم بہت آگے بڑھ گئی ہو! جمیلہ نام کی میری کوئی بیٹی نہیں ہے۔ میں ابھی اپنے گاؤں واپس جانا چاہتا ہوں۔''

وہ اپنے بیٹے کی طرف مڑا، ''میرے لیے میرا بیٹا ہی کافی ہے۔ ہم اکٹھے جائیں گے۔ لڑکیاں ایسی ہی ہوتی ہیں۔ سب سے اچھی لڑکیوں سے بھی اچھائی نہیں ملتی! جب وہ کسی لڑکے پر اپنی نظر رکھ لیں تو وہ بے کار ہو جاتی ہیں۔ وہ اپنے خاندان کو بھول جاتی ہیں۔ لیکن کوئی بات نہیں۔ آج کے بعد میں سب کو بتا دوں گا کہ جمیلہ نام کی میری کوئی بیٹی نہیں بس یہی ہوگا۔ میرا ایک بیٹا ہے، ہے کہ نہیں؟ میرے لیے وہ کافی ہے۔ ہم اکٹھے ہل چلائیں گے اور فصل اکٹھی کریں گے۔ ہم اپنے لیے دو کمروں کا گھر بنائیں گے۔ ادھر آؤ، میرے وفادار بیٹے۔''

اُس نے صدری کو بازوؤں میں لے کر ترچھی نظروں سے جمیلہ کو دیکھا۔ وہ ابھی تک سسکیاں لے رہی تھی۔ بوڑھے ملک کو لڑکی کی سسکیوں سے عجیب سا لطف آ رہا تھا۔ وہ اُسے اِسی طرح پریشان کرنا چاہتا تھا۔

''صدری میرا تنومند بیٹا ہے۔ آنے والی سردیوں میں ہم چولہے کو لکڑیوں سے بھر لیں گے اور پھر وہاں چائے دانی رکھیں گے۔ بوڑھا موسیٰ بھی ہمارے ساتھ رہ سکتا ہے۔''

''موسیٰ۔'' صدری نے کہا، ''میں جانتا ہوں کہ وہ ایک احمق آدمی ہے لیکن کبھی کبھار وہ پتے کی بات کرتا ہے۔''

''اِس مرتبہ اُس نے کیا کہا؟''

''اُس نے کہا کہ عورتیں ایک سی ہوتی ہیں۔''

''یہ سچ ہے۔ سب سے اچھی بھی۔'' اُس کے باپ نے آنکھ کے گوشے سے جمیلہ کو دیکھتے ہوئے اتفاق کیا، ''وہ کسی اجنبی سے ملتی ہیں اور اُنھیں اپنی ماں، باپ یا بھائی کی پروا نہیں ہوتی۔''

جمیلہ نے غصے کے ساتھ اوپر دیکھا۔

''میں ابھی جا کر دریا میں چھلانگ لگا دوں گی۔'' وہ چیخی، ''تم لوگ مجھ سے کیا چاہتے ہو؟''

صدری قہقہہ لگا کر ہنس پڑا۔ بوڑھا ملک مزید باتیں نہ کر سکا۔ وہ اپنی بیٹی کے پاس گیا اور اُسے گود میں بٹھا کر ساتھ لگایا، آنسوؤں سے تر چہرے کو چوما، پرانے دنوں کی طرح۔ لیکن وہ

اب اُس کی جمیلہ نہیں تھی۔ وہ اُس کی پیاری سی چھوٹی بیٹی نہیں تھی...... پیاری جمکا...... ایک لمحے کے لیے وہ بے چین ہو گیا۔ اُسے لگا کہ اُس نے ایک اجنبی کو گلے سے لگایا ہوا ہے۔ اُس نے ذہن سے منتشر خیالات نکالے اور بیٹی کو زور سے اپنے ساتھ لگالیا۔

''میری ننھی جمکا، پیاری پیاری، کبوتری......''

وہ بیٹی کو زور سے بازوؤں میں تھامے اُٹھا اور اپنی جگہ پر بیٹھ گیا۔ جمیلہ اب رو نہیں رہی تھی۔ وہ بھیگی آنکھوں سے سامنے دیکھ رہی تھی۔ اُس کا سر باپ کے سینے پر تھا۔ اُس کا باپ اُس کے بالوں میں انگلی پھیر رہا تھا اور آہستہ آہستہ باتیں کیے جا رہا تھا...... گود میں بیٹی کے وزن سے خوش۔

''اور تم میرے نواسے نواسیوں کو اُٹھائے گاؤں آؤ گی۔ صدری کی بیوی گایوں کا دودھ نکال کر دہی بنائے گی۔ میں اپنا چشمہ لگا کر پوتے پوتیوں اور نواسے نواسیوں کے لیے کھلونے بناؤں گا۔ اگر تم اپنے آنے کی اطلاع تار سے دو گی تو ہم ریلوے سٹیشن پر تمھیں لینے آئیں گے۔ لیکن ہم صدری کی بیوی کو ساتھ نہیں لائیں گے......''

''کیوں نہیں؟'' صدری نے پوچھا، ''میری بیوی کے ساتھ کیا مسئلہ ہو گا؟''

جمیلہ قہقہہ لگا کر ہنس پڑی۔

''تمھاری بیوی گندی ہو گی اور اُس کے ہاتھوں سے گوبر کی بو آ رہی ہو گی۔''

''ایسے ہی ہو گا۔''

''مجھے یقین حاصل کرنا ہو گا کہ میری بیوی آپ دونوں کو پسند کرے۔ ابو، مجھے بھوک لگی ہے۔ ہم کیا کھائیں گے؟''

''میں کوئی بندوبست کرتا ہوں۔ لڑکی، تم وہاں بیٹھو۔'' اس نے اُٹھتے ہوئے کہا۔

وہ نیچے کی طرف چل پڑا۔

''میں خشک کیا ہوا بڑا گوشت اور انڈے لاتا ہوں۔'' اُس نے اعلان کیا۔

وہ دروازہ آہستہ سے بند کرتے ہوئے باہر چلا گیا۔ وہ اُداس تھا کہ اُس کی بیٹی نے جلدی رخصت ہو جانا تھا۔

"تمھارے دوست نے رات کیا کہا؟" صدری نے پوچھا۔

جمیلہ نے بیسویں مرتبہ اپنی آنکھیں خشک کیں۔

"تمھیں کیسے پتا چلا؟"

"مجھے ایسی باتوں کے متعلق علم ہوتا ہے......"

یہ چھوڑو، مجھے بتاؤ کہ کیسے پتا چلا؟"

"میں موسیٰ کے ساتھ تھا۔ وہ ہمیں فیکٹری میں نظر آیا۔ موسیٰ نے کہا کہ وہ اُس کے ساتھ بات کرے گا اور اُس نے بات بھی کی۔ پھر موسیٰ نے اُسے تمھاری طرف بھیجا۔"

جمیلہ نے متشکر نظروں سے چھت کی طرف دیکھا۔

"کیا موسیٰ اچھا آدمی نہیں؟"

باہر کا دروازہ کھلا اور جنابِ عزت اندر داخل ہوئے۔

"آئیں، آئیں۔" صدری اور جمیلہ دونوں نے کہا۔

"میں بیٹھوں گا نہیں۔" جنابِ عزت نے کہا، "میری تم لوگوں کے باپ سے بات ہوئی تھی۔ اُسے بالکل حیرت نہیں ہوئی تھی۔ وہ کسی ایسی ہی بات کی توقع کر رہا تھا۔ جمیلہ، فکر مت کر۔"

"واقعی؟"

"ہمارے اپنے طوفان تھے، گھن گرج تھی، بجلی کی چمک تھی، لیکن اب طوفان ختم ہو گیا ہے۔"

"سب ٹھیک ہو جائے گا...... میں تمھیں یہ بھی بتانا چاہتا ہوں کہ میں نے نجاتی کو سب تفصیل بتا دی ہے۔ جیسے بھی ہو سکے اُسے اپنی دادی کو بھیجنا ہو گا۔" پھر وہ جمیلہ سے مخاطب ہوا، "خیال رکھنا کہ ہر چیز صاف ستھری اور ترتیب سے ہو۔ ایسے لوگوں کو نقص ڈھونڈنے کی عادت ہوتی ہے۔" پھر وہ صدری کی طرف مڑا، "نئی تازی سناؤ؟ فیکٹری پر کیا ہو رہا ہے؟"

اچانک صدری کو سب کچھ یاد آ گیا۔

"بہت گند ہو رہا ہے!"

''یہ بری خبر ہے۔''

''جنابِ عزت! ہر کوئی بے چین سا ہے۔ مجھے خوف سا ہے کہ تنخواہ والے دن کچھ ہوگا۔ سپروائزر کے آدمی حالات خراب کر رہے ہیں۔''

''اور مسٹر قادر؟''

''وہ بھی!''

جنابِ عزت نے اس سب پر غور کیا۔

''یہ اچھی بات نہیں، تم ملوث نہ ہونا۔''

''کس کے ساتھ؟''

''وہ شاید اطالوی کی ٹھکائی کرنا چاہیں...... کچھ کہا نہیں جا سکتا۔''

صدری نے خوف زدہ ہو کر اُس کی طرف دیکھا۔ وہ ایک دوسرے کو دیکھتے رہے۔

''کیا مطلب، جنابِ عزت؟'' جمیلہ نے بے چینی سے پوچھا۔

جنابِ عزت نے جواب نہیں دیا۔ وہ اپنے خیالوں میں گم تھے۔ وہ مڑے اور باہر نکل گئے۔

''جنابِ عزت کی بات کا مطلب کیا تھا؟'' جمیلہ نے صدری سے پوچھا۔

''وہ سوچ رہے تھے کہ وہ لوگ اطالوی کو جان سے مارنے کی بھی کوشش کر سکتے ہیں۔ میں ایسا نہیں سوچتا۔ وہ اُس حد تک نہیں جائیں گے لیکن کچھ کہا بھی نہیں جا سکتا۔''

''تنخواہ والے دن ہمیں تنخواہ تو ملے گی؟''

''یقیناً! یہ فکر نہ کرو۔''

وہ ہنسا۔ اُس نے اُمید بھری نظر سے اپنی بہن کو دیکھا۔

''اب کیا؟'' جمیلہ پوچھا۔

''میں چاہتا ہوں کہ ایک احسان کرو۔''

''مجھ سے کیا چاہتے ہو؟'' جمیلہ نے شک بھرے لہجے میں پوچھا۔

''دیکھو! میرا کسی گاؤں وغیرہ میں جانے کا کوئی ارادہ نہیں۔ ابو کی باتوں کو زیادہ اہمیت

نہ دو۔ ہر کوئی گاؤں چھوڑ کر شہر آ رہا ہے، میں شہر سے گاؤں واپس جانے کو تیار نہیں۔ میں گاؤں جا کر کیا کروں گا؟ گاؤں میں کوئی بھی ساری زندگی نہیں گزار سکتا۔ فیکٹری میرا گاؤں، میرا شہر اور میری زندگی ہے...... مجھے کچھ اور کرنا ہی نہیں آتا...... میں کہیں اور نہیں جا سکتا۔ چناں چہ......"

اُس نے پھر اُمید بھری نظروں کے ساتھ جمیلہ کو دیکھا اور مسکرایا۔ اُس کی آنکھیں چمک رہی تھیں۔

"چناں چہ؟"

"چناں چہ میں یہاں رہنا اور تمھاری جگہ کسی اور کو لانا چاہتا ہوں!"

جمیلہ پر راز کھلا۔

"تمھارے ذہن میں کون ہے؟"

"کون؟ میری طرح کوئی مزدور...... کچھ کہہ نہیں سکتا...... میں کس کا سوچ سکتا ہوں؟"

"کیا کہہ سکتی ہوں!"

"سوچنا پڑے گا۔ اندازہ لگانے کی کوشش کرو......"

جمیلہ نے سوچا اور اُس نے اُن لوگوں کے متعلق سوچا جنھیں وہ جانتی تھی۔ اُس کے بھائی کے لیے کون مناسب رہے گا؟ اُس نے کچھ نام لیے۔

"نہیں...... ان میں سے کوئی نہیں۔"

"پھر کون؟"

"کون؟ تمھاری دوست!"

جمیلہ نے چھوٹی سی ایک چیخ لگائی۔

"حلیمہ؟ نہیں۔"

صدری نے ہلکا سا قہقہہ لگایا۔

"بالکل نہیں!" جمیلہ نے اعتراض اٹھایا۔

"کیوں نہیں؟"

"اُس کی ماں جادوگرنی ہے......"

''پریشانی کی بات نہیں ہے۔ میں جانتا ہوں کہ اُس کی ماں کون ہے اور اُس کے باپ کو بھی......''

''میں جانتی ہوں کہ تم اُنھیں جانتے ہو۔ کیا یہ بھی جانتے ہو کہ وہ اپنی بیٹی کی تب تک شادی نہیں کریں گے جب تک اُنھیں پانچ سولیرا نہ دیے جائیں؟''

''اِس بات سے پریشان نہ ہو۔ اُس کی ماں مجھے پسند کرتی ہے اور اپنے گھر بلاتی رہتی ہے۔ اُس کا باپ اچھا آدمی ہے، خرابیٔ صحت کی وجہ سے وہ چل پھر نہیں سکتا......وہ پڑھا لکھا آدمی ہے اور اُس کے پاس ڈھیروں کتابیں ہیں۔ اُس کی ماں کو یہ رشتہ پسند ہے اور وہ اپنی بیٹی کی شادی کر دینا چاہتی ہے۔ اِس لیے تم کسی بات سے پریشان مت ہو؟ تم صرف ہماری بچولی بنو اور باقی تفصیلات مجھ پر چھوڑ دو۔''

جمیلہ نے اِس بات پر غور کیا۔ اُسے اپنا حصہ نبھانے میں کوئی اعتراض نہیں تھا۔ لیکن وہ حلیمہ کی ماں کو اچھی طرح جانتی تھی۔ زینب نمک کے تھوک فروش کے ہاں بوریوں کی مرمت کرتی تھی۔ اُس کی عمر چالیس کے پیٹے میں تھی۔ وہ ایک بھاری عورت تھی اور ہر وقت نامناسب طریقے سے بنی ٹھنی رہتی۔ جمیلہ کو اچھی طرح معلوم تھا کہ وہ اُس کے بھائی کے سے کیوں ملتی ہے، اُس کے ساتھ اچھی طرح پیش کیوں آتی ہے اور اُس کا ارادہ کیا ہے؟ اُس نے کھڑکی کے باہر دیکھا، وہاں دھوپ چمک رہی تھی۔

''ٹھیک ہے؟'' صدری نے پوچھا۔

''مجھے کوئی اعتراض نہیں۔'' جمیلہ نے لمبا سانس لیتے ہوئے کہا۔

(XX)

وہ تنخواہ والے دن کی صبح تھی۔ پورا علاقہ بے چینی میں مبتلا تھا۔ اُنھیں فیکٹری سے آنے والی خبر کا انتظار تھا۔ کپڑے دھوئے نہیں جا رہے تھے، بچوں کے بال بھی نہیں دھوئے جا رہے تھے اور کوئی بھی گلیوں میں مشکوک قسم کے لین دین میں نہیں لگا ہوا تھا۔

ہر ایک کو فیکٹری سے آنے والی خبر کا انتظار تھا۔

''دوستو اور بھائیو!'' جنابِ عزت نے کہا تھا، ''اُس آدمی اور اُس کے سپروائزروں کی باتوں کے دھوکے میں مت آؤ۔ اُن کی چالوں کا حصہ مت بنو۔''

اُس کی باتوں پر کوئی توجہ نہیں دے رہا تھا۔

''بہت ہو چکا!'' لوگ کہہ رہے تھے، ''جتنا برداشت ہو سکتا تھا، ہم برداشت کر چکے۔ اب یہ ختم ہونا چاہیے۔''

''تم لوگوں کو پختہ یقین ہے کہ تم کیا چاہتے ہو؟''

''ہمیں یقین ہے۔ ہمیں اُس اطالوی سے چھٹکارا حاصل کرنا ہوگا۔''

''اگر اطالوی بے گناہ ہوا تو......؟''

''یہ اور بات ہے۔ اگر اُس کے آنے سے حالات خراب ہو گئے ہیں تو اُسے جانا ہوگا اور یا پھر مسٹر نعمان کو معاملات اپنے قابو میں لینے ہوں گے اور اُس شخص سے چھٹکارا حاصل کرنا ہوگا جو اطالوی نظام کے ذریعے گڑبڑ پھیلا رہا ہے۔ ہمیں پروا نہیں کہ کیا ہوتا ہے۔ کسی بھی حال میں، ہمیں وہ آمدنی چاہیے جو اطالوی کے آنے سے پہلے تھے۔''

''تم لوگ اطالوی کے آنے سے پہلے والی آمدنی سے خوش تھے؟''

''خیر، یہ اور بات ہے......''

لوگ منتظر تھے اور تناؤ بڑھ رہا تھا۔

فیکٹری میں بھی ایسا ہی کھچاؤ تھا۔ تمام دروازوں کو تالے لگا دیے گئے تھے اور فیکٹری میں کام کرنے والے مرد، عورتیں اور بچے اُس جگہ جمع تھے جہاں اُنھیں تنخواہ ملتی تھی۔ لڑکیاں اور عورتیں اپنے سیاہ بالا پوشوں اور سفید سر پوشوں میں ایک طرف اکٹھی ہوگئی تھیں۔ وہ ایک دوسرے کے ساتھ سمٹی ہوئی تھیں۔ اُن کی کھلی آنکھوں میں خوف چمک رہا تھا۔ پارچہ باف، جن کی نیلی ڈانگریاں کپاس کی دھول سے اٹی ہوئی تھیں، قطار میں سب سے آگے تھے۔ وہ منتظر تھے، اُن کے چہروں پر کرختگی تھی اور وہ غصے میں بڑبڑائے جا رہے تھے۔ وہ انتظار میں تھے لیکن انتظار کی بھی تو حد ہوتی ہے۔

''چار بجنے کو ہیں۔'' دراز قد البانین نے، جس کا نام عمر تھا، شکایتاً کہا۔

لوگ اُسے دیکھنے کے لیے مڑے۔ اور کتنا انتظار کرنا پڑے گا؟ عام حالات میں تین بجے تک سب کو تنخواہ مل جانی چاہیے تھی۔ لوگوں نے اپنی زندگیاں آگے چلانا تھیں، اُن کے خاندان اور دیگر مسائل......

''اور کتنی دیر انتظار کرواؤ گے؟'' پارچہ باف شیشہ چشم صادق چیخا۔

تالاب میں پھینکے گئے پتھر سے اُٹھنے والی لہروں کی طرح اُس کھلے صحن میں مزدوروں میں بے چینی پھیل گئی۔ غصے بھری آوازیں بلند ہوگئیں۔ جب یہ آوازیں مسلسل شور میں تبدیل ہو رہی تھیں تو دھاگوں کے گودام کے دروازے سے جو صحن میں کھلتے تھے، دستی ریڑھیاں، جن پر نوٹ رکھے ہوئے تھے، برآمد ہوئیں۔

''شکریہ اور مہربانی۔'' مزدوروں نے کہا۔

''شکریہ کیوں؟'' ایک نے چیخ کر کہا، ''شکریہ کرنے میں ابھی وقت ہے۔''

''صحیح بات ہے۔ ابھی دیکھنا باقی ہے کہ اُن لفافوں میں کیا ہوگا؟''

ریڑھیاں معمول کی جگہ پر لگا دی گئیں۔ اُن کے ڈھکن اُٹھا دیے گئے، کھاتے کھل گئے

اور کلرکوں نے کام شروع کر دیا۔ تین کلرک نمبر پکار رہے تھے۔ جس مزدور کا نمبر پکارا جاتا، وہ اپنا کارڈ تھامے آگے بڑھتا، کھاتے پر دستخط کرتا اور نیلا لفافہ لے کر دوسری طرف چلا جاتا۔

لفافوں کو پریشانی کے ساتھ کھولا جاتا، پیسے ہتھیلی پر رکھے جاتے اور غصے کے عالم میں گنتی کی جاتی۔ گنتی کے بعد اُنھیں معلوم ہوا کہ اُن کی تنخواہ اطالوی کے آنے کے بعد کافی کم ہوگئی ہے۔ وہ غصے میں آگئے اور کھچاؤ میں اضافہ ہوگیا۔

مزدوروں نے خود اپنی تنخواہ گنی اور پھر وہ غصے سے بھری ٹولیاں بنا کر کھڑے ہوگئے۔ تین یا چار لوگ مل کر آٹھ یا دس لوگوں کی ٹولی بنا لیتے اور پھر یہ بیس لوگوں تک بڑھ جاتی۔ اِس طرح ناراض لوگوں کی ٹولیاں بڑھتی رہیں۔

گھنٹے کے اندر اندر ہر مزدور کو تنخواہ مل گئی، ریڑھیوں کے ڈھکنے نیچے ہوگئے، کھاتے بند ہوگئے اور اب کلرک جانے کو تیار تھے۔ وہ جانے کو تیار تھے لیکن نیلے لفافے تھامے مزدور اُنھیں جانے نہیں دے رہے تھے۔

''ہمارے جانے کے لیے، مہربانی کر کے، راستہ چھوڑو۔'' ایک کلرک نے درخواست کی۔

کوئی بھی اپنی جگہ سے نہ ہلا۔

''سب کسی کا انتظار کر رہے ہیں؟'' دوسرے کلرک نے پوچھا۔

شیشہ چشم صادق اور اُس کے دوستوں کی سربراہی میں مزدوروں کے ایک ٹولے نے کلرکوں کو گھیرے میں لے لیا۔

''تم نہیں جانتے؟ تم اندازہ نہیں لگا سکتے ہو؟''

''بھلے لوگو! ہمیں قصوروار نہیں ٹھہرایا جا سکتا۔ ہمارے حالات مختلف نہیں ہیں۔''

''واقعی؟''

''ہم بھی تنخواہ پر ہی کام کرتے ہیں۔''

''کھڑے ہمارے منہ مت دیکھو۔ یہاں سے دفع ہو جاؤ۔''

کلرک خوف زدہ تھے۔ ایک مزدور نے ایک ریڑھی کو زور سے ٹھوکر ماری۔

''یہاں سے دُور ہو جاؤ۔'' وہ چلایا۔

ایک کلرک بھاگ نکلا۔ وہ سیدھا اکاؤنٹنٹ کے ڈیپارٹمنٹ میں گیا اور پھولی ہوئی سانس میں ہیڈ اکاؤنٹنٹ کو ساری تفصیل بتائی۔ اُس نے پارچہ بافوں کی نگاہوں میں قہر کے تاثر کے بارے میں بھی بتایا۔ پریشانی میں ہیڈ اکاؤنٹنٹ، جنرل مینجر مسٹر سلمان کے پاس گیا اور سارے واقعات کہہ سنائے۔

لمبے، بھاری بھرکم مسٹر سلمان نے ہونٹ کاٹتے ہوئے بات سنی اور مسٹر قادر کے دفتر میں چلا گیا۔

مسٹر قادر کمر کے پیچھے ہاتھ باندھے اپنے نرم غالیچے پر آگے پیچھے چکر کاٹتے ایک ڈیوری سپروائزر کی بات سن رہا تھا۔

مسٹر سلیمان کے داخل ہونے پر سپروائزر اپنا فقرہ مکمل کیے بغیر خاموش ہو گیا۔

''کیا معاملہ ہے؟'' مسٹر قادر نے پوچھا۔

''مزدور بغاوت پر تلے ہوئے ہیں، جناب!'' سلمان نے جواب دیا۔

''کیا مطلب؟'' مسٹر قادر نے یوں پوچھا جیسے اُسے کسی بات کا علم نہ ہو۔

سلیمان نے اچٹتی سی نظر سپروائزر پر ڈالی۔

''معمول کی بات ہے جناب، آپ جانتے ہیں!''

مسٹر قادر نے کوئی جواب نہ دیا۔ اُس نے چکر کاٹنا جاری رکھا۔ اُسے کھچاؤ بھری تسکین کا احساس ہوا۔

''اُن کے کسی نمائندے کو بلاؤ۔''

جنرل مینجر چلا گیا۔

مسٹر قادر نے سپروائزر سے کہا، ''تم یہاں دکھائی نہ دو۔ سیدھے اپنے گھر جاؤ۔''

سپروائزر مالک کے سامنے جھکا اور چلا گیا۔

....

مزدوروں کا غصہ لحہ بہ لحہ بڑھ رہا تھا۔ غصے بھرے الفاظ بلند تر ہوتے جا رہے تھے۔

شیشہ چشم صادق چھلانگ لگا کر ایک ریڑھی پر کھڑا ہو گیا۔

''دوستو! تم آج ملنے والی تنخواہ سے مطمئن ہو؟''

''نہیں!'' مجمع نے شیشہ چشم صادق اور اُس کے ساتھیوں نے تائید میں چیخ کر کہا۔

''اِس کافر کے آنے سے پہلے ہمیں مزدوری کی کوئی شکایت تھی؟''

''نہیں، ہم مطمئن تھے۔''

''اُس کے آنے سے پہلے کیا ہم پیداواری ہدف سے پیچھے تھے؟''

''بالکل نہیں۔ سب معاملات گھڑی کی سوئیوں کی طرح درست تھے۔''

''غیر ملکی کا کوئی فائدہ ہے؟''

''بالکل نہیں۔ جہنم میں جائے وہ۔''

''اُس پر اور اُسے لانے والے پر لعنت۔''

''ہمیں اُس غیر ملکی کی ضرورت نہیں۔''

فضا میں کھچاؤ محسوس کیا جا سکتا تھا۔

''ہم کس کا انتظار کر رہے ہیں؟''

اُس نے اطالوی کے دفتر کی طرف اشارہ کیا تو مجمع بے قابو ہو گیا۔ غصے سے بھرے مزدور اُس کے پیچھے پیچھے ویوری میں داخل ہوئے۔ ہر طرف شور، چیخیں اور گالیاں تھیں۔ کسی نے کھڈیوں میں سے نال نکال لیے، کسی نے سریے اور کسی نے لکڑی کے ڈنڈے۔ وہ اطالوی کے دفتر کو فیکٹری سے الگ کرنے والی مضبوط دیوار کی طرف چل پڑے۔

جمیلہ اِس مجمع سے الگ کھڑی خوف سے کانپ رہی تھی۔ اُسے سمجھ نہیں آ رہا تھا کہ کیا کرے، پھر اُس نے اپنے بھائی کو تلاش کرنا شروع کر دیا۔ وہ اُسے نظر نہیں آیا۔

''صدری!'' اُس نے آواز دی۔

وہ ویوری کے دروازے کی طرف بھاگی۔ اندر ایک ہنگامہ تھا۔

''صدری!''

اُس کی چیخیں قابو سے باہر تھیں۔ اُسے اچانک اپنے باپ کا خیال آیا، وہ گھر کی طرف

بھاگی، اُسے اپنے سر پوش کے اُڑ جانے کی بھی پروا نہیں تھی۔

کارخانے کا پھاٹک بند تھا۔ اُس نے اُسے پیٹنا شروع کر دیا۔

”کھولو، دروازہ کھولو!“

”کیوں؟“ بوسنیائی سنتری نے پوچھا، ”تم کہاں جانا چاہتی ہو؟“

”مجھے گھر جانا ہے، فوراً دروازہ کھولو۔“

”مجھے دروازہ کھولنے کی اجازت نہیں!“

”میں کہتی ہوں، اِس دروازے کو ابھی کھولو!“

سنتری نے اندازہ لگایا کہ کوئی سنگین مسئلہ درپیش ہے، اُس نے دروازہ کھول دیا۔

جمیلہ جلدی سے باہر بھاگ گئی۔

(XXI)

بوڑھا ملک اور موئی دروازے کے سامنے بیٹھے تھے۔ جمیلہ کو خوف کے عالم میں بھاگتے ہوئے احاطے میں آتے دیکھ کر دونوں اُٹھ کھڑے ہو گئے۔

جمیلہ کی چیخوں نے آسمان سر پر اُٹھایا ہوا تھا۔

''ابو آئیں! آئیں، آئیں!!!''

بوڑھے ملک نے بیٹی کو اپنے بازوؤں میں لے لیا۔

''کیا بات ہے؟''

''فیکٹری میں لڑائی ہو رہی ہے۔ وہاں مکمل ابتری ہے!''

''تمھارا بھائی کہاں ہے؟''

''مجھے نہیں معلوم!''

''کیوں نہیں معلوم؟''

''مجھے نہیں پتا کہ کیوں، میں نے اُسے ڈھونڈا لیکن وہ نظر نہیں آیا۔''

''کیا وہ لڑنے والوں میں شامل تھا؟''

''مجھے نہیں معلوم۔ پانی...... مجھے پانی پینا ہے۔''

وہ فرش پر جہاں کھڑی تھی وہیں بیٹھ گئی۔

بوڑھے ملک کے ذہن میں اچانک بجلی سی کوندی۔ اُس نے اپنے پرانے ساتھی کی جانب دیکھا اور اُن کی نظروں نے پیغامات کا تبادلہ کیا۔ بوڑھے ملک کی آنکھوں میں ارادے کی

شدت کی آگ تھی۔ اُسے اپنی بیٹی نظر آ رہی تھی اور نہ کوئی اور۔ اُس کا ذہن صدری پر مرتکز تھا۔

وہ کمرے میں گیا اور ایک لمبا ڈنڈا اُٹھائے باہر آیا۔

''موئی! کیا بڑھاپے کی وجہ سے ہم اِسے استعمال کرنے کے قابل نہیں رہے؟''

''ہم ابھی اتنے بوڑھے نہیں ہوئے کہ اِسے استعمال نہ کر سکیں۔'' موئی نے جذبات سے مغلوب ہو کر بوسنیائی زبان میں جواب دیا۔

جمیلہ وہ بری خبر لائی جس کا ہر کوئی صبح سے انتظار کر رہا تھا۔ اب، جب کہ یہ خبر پہنچ گئی تھی تو اردگرد جنگل کی آگ کی طرح خوف پھیل گیا۔ یہ محسوس کرتے ہوئے کہ اُن کے بچے، اُن کے پیارے خطرے میں ہیں، لوگ رہائشی گھروں میں گھس کر لکڑی کے ٹکڑے، ڈنڈے اور پتھر نکال کر ملک اور موئی کے ساتھ چل پڑے۔ وہ تنگ اور بل کھاتی ہوئی گلیوں میں سے گزرتے ہوئے فیکٹری کی طرف چل دیے۔ موٹی حاملہ عورتیں، ننگے پیروں والے بچے، جھریوں والے گنٹھیا کے بوڑھے مریض...... فیکٹری کی طرف جاتے ہوئے ہجوم میں شامل ہوتے چلے گئے۔

جنابِ عزت ایک مقام پر اِس ہجوم کے سامنے آ کر کھڑے ہو گئے۔ اِس لہر کو روکنے کے لیے اُنھوں نے اپنے دوست کا بازو پکڑا۔ اُسے ڈنڈا نیچے کرنے کو کہا۔ لیکن وہ ستر کے پیٹے میں بوڑھے آدمی کا بازو نہیں تھا۔

''راستے سے ہٹ جاؤ عزت!''

اس لہر نے عزت کو دھکیل کر ایک طرف کیا اور آگے بڑھ گئی۔ آخری ساڑھے تین سو میٹر کا فاصلہ تیزی کے ساتھ طے ہوا۔ ہجوم پھاٹک پر زور لگانے لگا۔ بوڑھے ملک نے اپنے ڈنڈے سے پھاٹک کو پیٹنا شروع کر دیا۔

''مجھے میرا بیٹا واپس کرو۔ میرا صدری مجھے دو۔'' وہ چیخ رہا تھا۔

''ہمارے بیٹے، ہمارے خاوند، ہمارے بچے!'' ہجوم نے تقاضا کیا۔

(XXII)

ہوش میں آنے کے بعد جمیلہ اُٹھ کر اندر گئی اور پانی کا گلاس پیا۔ اُس نے باہر آ کر اپنے سرپوش کو ڈھونڈنا شروع کر دیا۔ کیچڑ میں لت پت جنابِ عزت کو اُس نے صحن کے دروازے سے آتے ہوئے دیکھا۔

''ماسٹر عزت! آپ کو کیا ہوا؟'' جمیلہ نے اُن کی طرف بھاگتے ہوئے پوچھا۔

ماسٹر عزت نے جواب نہیں دیا، صرف افسردگی سے سر ہلایا۔

''کیا ہوا؟ آپ کہیں گر گئے تھے؟''

''میں گرا نہیں، مجھے دھکیلا گیا تھا۔'' وہ رو دینے کے قریب تھے۔

''اتنے دکھ کی بات ہے۔'' اُنھوں نے مختصراً واقعات بتانے کے بعد کہا، ''اتنے افسوس کی بات ہے۔ وہ اِتنی جلدی اس چال میں پھنس گئے۔''

وہ اپنے کمرے میں چلے گئے۔

جمیلہ اپنا سرپوش ڈھونڈنے لگی۔ وہ ابھی فیصلہ کر رہی تھی کہ فیکٹری کی طرف جا کر اپنے بھائی باپ کی خیریت معلوم کرے کہ اس کی نظر داخلی دروازے میں کھڑی دو عورتوں پر پڑی۔ شہر کے اس علاقے میں اتنی خوش لباس عورتیں دیکھ کر اُسے حیرت ہوئی۔

عورتوں نے اپنے سکرٹ اٹھائے ہوئے تھے اور وہ پنجوں کے بل صحن میں داخل ہوئیں۔ اُن کے اردگرد دیکھتے ہوئے چہروں پر کراہت سی تھی۔ جمیلہ کو سمجھ نہیں آ رہی تھی کہ وہ کیا کرے۔ وہ اُن عورتوں کو دیکھے جا رہی تھی۔ وہ اُسے غور سے دیکھ رہی تھیں۔

''تم نے پہلے کسی مہذب شخص کو نہیں دیکھا؟'' موٹی عورت نے پوچھا، ''تمھیں اِس طرح گھورنا نہیں چاہیے......ایک منٹ اِدھر آ ؤ!''

جمیلہ بھاگ کر اُن کی طرف گئی۔

''میں آپ کی کیا مدد کر سکتی ہوں؟''

''یہاں کیا ہو رہا ہے؟ سب گھر، گلیاں سنسان ہیں۔ اردگرد کوئی بھی نہیں......''

''میڈم! آپ کو کسی سے ملنا ہے؟''

''ہمیں کسی سے ملنا ہے ورنہ اِن گندی گلیوں میں آتیں؟''

''آپ نے کس سے ملنا ہے؟''

''میں نے سنا ہے کہ ایک مزدور لڑکی جمیلہ یہاں کہیں رہتی ہے۔''

جمیلہ کو اچانک جب احساس ہوا کہ یہ عورتیں کون ہیں تو کانوں کی لوؤں تک اُس کے چہرے پر حیا کی سرخی پھیل گئی۔

''وہ میں ہوں، میڈم۔''

اُس نے اپنی نظر جھکا لی۔ پھر اُس نے خوشی کے ساتھ چمکتی ہوئی آنکھوں سے اُنھیں دیکھا۔

''مہربانی کر کے تشریف لائیں، میڈم!''

وہ کمرے کی طرف بھاگی اور پھلانگتے ہوئے سیڑھیاں چڑھی۔ اُس نے نیچے گرے ہوئے لباس کو کیل پر لٹکایا اور پردوں کو سیدھا کیا۔ وہ واپس نیچے اتر کر باہر گئی۔

''مہربانی کر کے تشریف لائیں۔ میرے والد ابھی آ جائیں گے۔''

عورتیں ناپسندیدگی کے ساتھ اردگرد کا جائزہ لے رہی تھیں۔ جمیلہ کو سمجھ نہیں آ رہی تھی کہ وہ کیا کرے۔ وہ بھاگ کر جنابِ عزت کے کمرے میں گئی۔

''جنابِ عزت!''

اُس کا سانس گھبراہٹ کے باعث دھونکنی کی طرح چل رہا تھا۔

''کیا بات ہے؟''

''دیکھیں! کون آیا ہے؟''

''کون؟''

''وہ ہیں......''

''وہ کون ہیں؟''

''اُس کی دادی ہے۔ آئیں...... آئیں نا......''

جنابِ عزت اُسے دیکھتے ہوئے مسکرائے۔

''تو؟ تم اتنی پریشان کیوں ہو؟ اتنی بے چینی کیوں؟ جا کر اُنھیں اندر آنے کی دعوت دو۔''

''آپ ساتھ آئیں گے نا......''

''ہاں، ہاں، کیوں نہیں...... اُنھیں اندر آنے کی دعوت تو دو۔''

جمیلہ کو چکر آ رہے تھے۔ وہ عورتوں کے پاس گئی۔

''اِس طرف تشریف لائیں۔''

عورتیں ابھی تک اردگرد کا جائزہ لے رہی تھیں۔ بھاری عورت نے، جو نجاتی کی دادی تھی، لمبے قد والی دبلی عورت سے سرگوشی کی۔

لمبی قد والی عورت متاثر نہیں ہوئی تھی۔

''اتنی بری بھی نہیں لیکن......''

''بہت غریب لوگ ہیں...... ہیں نا؟''

''بہت غریب......''

''اِس صحن کو دیکھو اور اُن کمروں کو۔ ہر چیز زنگ آلود اور گندی ہے۔ میں نہیں سمجھ سکتی کہ اِس ماحول میں پروان چڑھنے والی لڑکی......''

''بدبو پر تو غور کرو...... میں تو بے ہوش ہونے والی ہوں۔''

''وہ پاگل لڑکا مکمل طور پر جنونی ہے۔''

جنابِ عزت کیچڑ آلود لباس تبدیل کر کے کمرے سے باہر آئے اور عورتوں کی طرف

بڑھے۔

دونوں عورتوں نے پھر سکرٹ اوپر کیے اور پنجوں پر چلتے ہوئے صحن پار کرنے لگیں۔ اُن کے چہروں پر حقارت تھی۔ وہ جمیلہ گھر کے دروازے کے سامنے رک گئیں۔ وہ ناک سڑکتے ہوئے آئی تھیں۔

جمیلہ سیڑھیوں کے سامنے اُن کا انتظار کر رہی تھی۔ اُس کے گال سرخ گلاب ہو رہے تھے۔ اس کی نگاہیں جھکی ہوئی تھیں۔ اچانک اُس کی نظر اپنی ٹیڑھی انگلیوں پر پڑی تو وہ خوف زدہ ہو گئی۔ انھیں چھپانے کے لیے اُس نے اپنے بازو لٹکا لیے اور اوپر دیکھا تو اُس کی نظر بوڑھی عورت کی بادامی رنگت والی آنکھوں سے ملی۔ وہ مزید پریشان ہوگئی۔ اِسی گھبراہٹ میں وہ مسکرائی۔

''اوپر تشریف لائیں میڈم!''

''تمھارے خاندان میں اور لوگ نہیں؟'' بوڑھی عورت نے پوچھا۔

''بالکل ہیں، میڈم!''

''باپ اور بڑا بھائی ہیں۔'' جنابِ عزت نے کہا۔

''اور تم کون ہو؟''

''میں؟ میں پڑوسی ہوں۔''

''پڑوسی؟''

''جی!''

''تم کوئی عزیز یا رشتہ دار نہیں؟''

''نہیں......''

''مہربانی کر کے ہمیں اکیلا چھوڑ دو تا کہ ہم علیحدگی میں بات کر سکیں۔''

جنابِ عزت کے جانے کے بعد جمیلہ بے بس ہوگئی۔

''تمھارے بڑے اتنے ہی بے فکر ہیں؟'' بوڑھی عورت نے پوچھا، ''وہ ایک بچی کو گھر میں اکیلا کیسے چھوڑ سکتے ہیں؟''

جمیلہ نے جواب نہیں دیا۔

''تمھارے بڑے تمھیں ہمیشہ ایسے چھوڑ جاتے ہیں؟''

''نہیں، میڈیم! وہ تو......''

''اگر نہیں تو وہ کہاں ہیں؟''

''میڈم! وہ فیکٹری میں ہیں۔''

''تمھارا باپ بھی کام کرتا ہے؟''

''نہیں میڈم! وہ کام نہیں کرتا۔ وہ بوڑھا آدمی ہے۔''

''وہ کوئی کام نہیں کرتا؟''

''نہیں میڈم!''

''حیرت ہے! تم کام کرتی ہو اور تمھارا باپ تمھاری کمائی کھاتا ہے۔ ایسے ہی ہے نا؟''

''میرا بڑا بھائی بھی کام کرتا ہے میڈم۔''

''اور تمھارا باپ؟''

''میرا باپ ہمارے لیے کھانا تیار کرتا ہے۔''

''تمھاری ماں ہے؟''

''نہیں میڈم!''

''اُسے کیا ہوا؟''

''وہ فوت ہو گئی۔ وہ ہمارے یہاں آنے کے بعد جلد ہی فوت ہو گئی۔ مجھے بتایا گیا کہ تب میری عمر صرف چھے برس کی تھی........''

''تم تو خاصی بڑی لڑکی تھیں۔ تمھیں یاد نہیں کہ وہ کب فوت ہو گئی؟''

''مجھے یاد نہیں میڈم!''

نجاتی کی دادی دوسری عورت کی طرف مڑی۔

''جانتی ہو کہ جب وہ کافر روسی حملہ آور ہوئے تو میری عمر محض پانچ برس تھی۔ مجھے وہ گزرے کل کی طرح یاد ہے۔ وہ میری دادی اور چچاؤں کو لے گئے۔ میں خوف زدہ ہو گئی۔ میری بڑی بہن نے، خدا اُس کی روح کو سکون پہنچائے، مجھے بازو سے پکڑا اور ہم بھاگ نکلیں۔ مجھے

اچھی طرح یاد ہے۔ دراصل مجھے لمبے قد اور بھوری مونچھوں والا آدمی بھی یاد ہے۔ اُس نے ہمیں روک کر رحم کھاتے ہوئے کچھ پیسے دیے تھے۔''

وہ جمیلہ کی طرف مڑی، ''مجھے سب یاد ہے...... تم تو چھے برس کی تھیں۔''

''اُنھوں نے ہم سے چھپائے رکھا۔'' جمیلہ نے بتایا، ''وہ بیمار تھی۔ ہمارے والد نے اسے قرہ گل بھیج دیا تھا۔ ہمارا خیال تھا کہ وہ وہاں رہ رہی ہے۔ وہ وہاں فوت ہوگئی تھی۔ ہمیں کافی عرصے بعد معلوم ہوا۔''

جمیلہ کی آنکھیں آنسوؤں سے بھری ہوئی تھیں۔ اُس نے چہرہ دوسری طرف پھیر کر آستین سے صاف کیا۔

''بیماری کیا تھی؟''

''اُسے پھیپھڑوں کا مسئلہ تھا۔''

''خدا ہم پر رحم کرے۔ وہ تپِ دق سے مری؟''

''......؟''

عورتوں نے نظروں کا تبادلہ کیا۔ پھر اُنھوں نے کمرے کا معائنہ کیا، دیواروں اور سامان کا۔

''میڈم! تشریف لائیں نا؟'' جمیلہ نے دہرایا۔

نہ چاہتے ہوئے بھی عورتیں کمرے میں داخل ہوگئیں۔ انھوں نے سیڑھیاں چڑھنا شروع کر دیا۔ ہر سیڑھی پر پاؤں رکھتے ہوئے اُن کے چہرے پر کراہت اور ناپسندیدگی کے تاثرات عیاں تھے۔ وہ اُس فرنیچر پر بیٹھیں جو دن کو صوفہ اور رات کو ملک اور صدری کی مسہری تھا۔

جمیلہ نے احتراماً اُن کے ہاتھ چومے۔ اُسے اچانک اپنے آداب یاد آ گئے۔ اُس نے اُنہیں کافی کی پیشکش کی اور بنانے کے لیے نیچے بھاگ گئی۔ وہ اتنی گھبرائی ہوئی تھی کہ اُسے یاد ہی نہ رہا کہ وہ نیچے کیوں آئی ہے؟ اُس نے دانتوں سے ہونٹ کاٹے اور یاد کرنے کی کوشش کی۔ وہ یہاں کیوں آئی ہے؟ اُف! اُس کی انگلیاں......! کیا اُنھوں نے دیکھ تو نہیں لیں؟ اگر دیکھ لی ہوں اور اُنھیں پسند نہ آئی ہوں؟

پھر اُسے یاد آیا کہ وہ کافی بنانے آئی تھی۔ تاخیر ہو جانے کے سبب وہ تیزی سے کام میں لگ گئی۔ اُس نے کافی دان کو کیل سے اُتارا۔ کیا اُنھوں نے اُس کی انگلیوں پر غور نہیں کیا؟ شاید نہیں کیا۔ اگر دیکھ لی ہوتیں تو ضرور پوچھتیں کہ وہ ایسے کیوں تھیں؟ بڑی عجیب عورت تھی۔ بے چارے جنابِ عزت! وہ اتنے پرخلوص اور ہمدرد انسان تھے........

اُسے پھر کافی کا خیال آیا۔ وہ کافی بنانا ہی بھول گئی تھی۔ اُس کی توجہ بار بار ہٹ رہی تھی۔ اُس نے کافی دان میں تھوڑا سا پانی ڈالا۔ اُسے ماچس کی ڈبیہ نہیں مل رہی تھی...... اوہ خدایا...... پھر اُسے یاد آیا کہ ڈبیا، چینی اور کافی، الارم والی گھڑی کے پاس اوپر شیلف میں پڑے تھے۔

وہ واپس اوپر بھاگی۔

جمیلہ نے محسوس کیا کہ عورتیں ہر چیز کو غور سے دیکھ رہی تھیں۔ جب اُس نے شیلف کی طرف ہاتھ بڑھایا تو اُس کا سکرٹ تھوڑا اوپر اُٹھ گیا۔ وہ اُس کی ٹانگیں دیکھنے لگیں جو قدرے پتلی تھیں۔ اُنھیں، اُس کی ایڑیاں بھی پسند نہیں آئیں۔ اور پیروں کی انگلیاں؟

پاؤں تھوڑے لمبے اور کھردرے تھے لیکن صاف ضرور تھے۔ جمیلہ کے واپس چلے جانے تک وہ اُس کا جائزہ لیتی رہیں۔

''اُس کا چہرہ کافی خوب صورت ہے......'' افسر کی بیوی نے کہا جو اب بیوہ ہو چکی تھی۔

''کیا یہی کافی ہے؟ کیا خوب صورت چہرہ ہی کافی ہے؟''

''کافی نہیں ہے لیکن جوانی، معصومیت......''

''اوہ......اوہ...... حالات اتنے مایوس کن ہیں۔ سوچو، لڑکے کا باپ ایک بڑا آدمی تھا۔''

''واقعی...... یاد رکھنے والی بات ہے کہ میرا بیٹا بھی بہتر نہیں نکلا۔''

''میں جانتی ہوں لیکن اُسے کم سے کم کسی فیکٹری مزدور کے ساتھ محبت تو نہیں ہوئی۔''

''پھر بھی...... ایسے حالات پیدا ہو جاتے ہیں۔''

جمیلہ نے عورتوں کو کافی پیش ہی کی تھی کہ اُس کا باپ، بھائی، بوڑھا موئی اور نجاتی

احاطے کے داخلی دروازے میں سے داخل ہوئے۔ جب بوڑھا ملک فیکٹری کا پھاٹک کھٹکھٹاتے ہوئے اپنے بیٹے کو بلانے کے لیے پکار رہا تھا تو نجاتی وہاں آ گیا اور موقع ہاتھ سے جانے نہ دینے کے لیے صدری کو بلا لایا۔ بوڑھے ملک کو علم نہیں تھا کہ نجاتی کون ہے؟ اُسے اُس کے متعلق کچھ بھی معلوم نہیں تھا۔ اگرچہ وہ تمام راستہ باتیں کرتے آئے تھے لیکن ملک کو اُس کے اور اپنی بیٹی کے معاملات کا بالکل علم نہیں تھا۔ وہ احاطے کے دروازے سے داخل ہوئے ہی تھے کہ اُسے کچھ عجیب سا لگا۔ وہ وہی رُک گیا۔ اُس نے سب کو شک بھری نظروں سے دیکھا۔ یہ نوجوان کون تھا؟ وہ اُن کے ساتھ کیوں آ رہا تھا؟ وہ ابھی تک اُن کے ساتھ ہے؟

اُس نے اپنے دوست موئی کے ساتھ نظروں کا تبادلہ کیا...... وہ کون تھا؟ اُسے کیا چاہیے تھا؟

اُسی وقت جمیلہ بھاگتے ہوئے آئی۔

''وہ اندر ہیں۔'' اُس نے کہا۔

''کون؟'' اُس کے باپ نے حیرانی سے پوچھا۔

''وہ!''

''میری دادی؟'' نجاتی نے پوچھا۔

''ہاں۔'' جمیلہ نے جواب دیا۔

نجاتی کمرے کی طرف بھاگ گیا۔

''یہ لڑکا کون ہے؟''

جمیلہ نے اپنے باپ کا بالوں بھرا ہاتھ پکڑ کر چوم لیا۔

''وہ تمہارا داماد ہے۔'' صدری نے کہا۔

جمیلہ نے باپ کے قریب آ کر اُس کے بازو کو زور سے تھام لیا۔ لیکن وہ اب وہ شخص نہیں تھا جو پہلے تھا۔ جس آدمی نے ایک جھٹکے کے ساتھ جنابِ عزت کو نیچے گرا دیا تھا، اب اچانک ڈھیلا اور خمیدہ ہو گیا تھا۔ اُس نے اپنے آپ کو اندر سے خالی محسوس کیا۔

''بہت خوب، بہت خوب۔'' بوڑھے موئی نے کہا، ''ہمیں اُمید رکھنی چاہیے کہ وہ خوش

رہیں۔ تمھیں تو مغرور ہونا چاہیے۔''

بوڑھے ملک نے اُس کی بات نہیں سنی۔ وہ بت بنا وہیں کھڑا رہا۔ وہ کچھ سوچنے کے قابل نہیں رہا تھا۔ اُس نے جمیلہ کو اپنا بازو سے تھام لینے دیا۔ وہ خالی نظروں سے دیکھتا رہا، اُس کے ذہن میں کمرے میں بیٹھے ہوئے لوگ تھے۔

''ابو! چلیں!''

اُس نے آواز نہیں سنی، وہ اتنا ہی دل برداشتہ تھا! یہ لوگ...... وہ اُس کی ننھی جمکا کو لینے آئے ہیں؟

اُسے اپنے اندر ایک جھٹکا محسوس ہوا اور پھر اُسے پھیلاؤ کا سا احساس ہونے لگا۔ پھر اُسے لگا کہ اُس پھیلاؤ میں سے ہوا خارج ہو گئی ہے۔ جمیلہ اُس کے بازو کے ساتھ چمٹی ہوئی تھی اور دونوں نے رونا شروع کر دیا۔

''رونا بند کریں۔'' صدری نے کہا، ''دونوں کو شرم آنی چاہیے!''

''چلو چلیں!'' موئی نے بزرگانہ شفقت کے ساتھ صدری کو کھینچتے ہوئے کہا، ''انھیں یہیں رہنے دو۔''

پھر اچانک ہر چیز معمول پر آ گئی۔ بوڑھے ملک نے اپنے کوٹ کی پیوند لگی آستین پر آنکھیں صاف کیں۔ اُس نے صدری کی طرف ہاتھ بڑھایا۔ صدری اپنے باپ کو کمرے کی طرف لے کر چل پڑا۔ اُس نے جیسے ہی اندر اُنھیں بیٹھے دیکھا، ملک لاچار سا رُک گیا۔ اُس کی حالت اُس بچے سی ہو گئی جسے بزرگوں سے ملنے کو بلایا جائے۔ وہ اندر جانا نہیں چاہتا تھا۔

''ابو!'' صدری نے سرگوشی کی، ''اپنے آپ کو سنبھالیں اور اندر چلیں۔''

''......؟''

''اپنے آپ کو سنبھالیں اور اندر چلیں!''

''اندر چلو ملک!'' موئی نے کہا۔

ملک نے اپنے دوست کی طرف دیکھا۔

''تم میرے ساتھ آؤ۔''

وہ اکٹھے اندر داخل ہوئے۔ بوڑھا ملک کانپ رہا تھا۔ وہ پریشانی کے عالم میں سب سے آگے تھا۔

''خوش آمدید۔'' ٹوٹی پھوٹی ترکی میں وہ بڑبڑایا۔

....

موسیٰ کی بیوی اور گولو صحن میں داخل ہوئیں تو جمیلہ وہاں کھڑی باتیں سننے کی کوشش کر رہی تھی۔ اُنھیں آتے دیکھ کر وہ اُن کی طرف بھاگی۔

گولو کے پاس بتانے کے لیے حیران کن باتیں تھیں۔

''اور اُس نے مسٹر قادر کے منہ پر پستول رکھا۔ جب وہ آیا تو مسٹر قادر کے حواس جواب دے گئے۔ مسٹر نعمان نے پستول نکالا اور سیدھے مسٹر قادر کے دفتر کی طرف گئے۔ کئی لوگوں نے دیکھا...... مسٹر قادر کو چھپنے کے لیے جگہ نہیں مل رہی تھی۔ کہا جاتا ہے کہ اُس نے سرخ سیف (Safe) کے پیچھے چھپنے کی کوشش کی۔ پھر مسٹر نعمان نے اُسے کہا۔ ''یہ سب تمھارا کیا دھرا ہے بدمعاش! میں تمھیں جان سے مارنے لگا ہوں۔''

''اور پھر؟''

''پھر لوگوں نے مداخلت کر کے اُسے روک دیا۔ وہ مسٹر قادر کو گولی مارنے لگا تھا لیکن اُس نے زندگی کی بھیک مانگی۔ کہتے ہیں کہ وہ مسٹر نعمان کے سامنے گھٹنوں کے بل جھک گیا تھا۔ فیکٹری کے باہر کے حالات دیکھنے والے ہیں۔ مسٹر نعمان نے ویوری سپروائزر، شیشہ چشم صادق اور ان کے تمام ساتھیوں کو ملازمت سے نکال دیا ہے۔''

''واقعی؟ سب کو؟''

''ہاں! سب کو!''

''کیا اُنھوں نے اطالوی کے ساتھ کچھ کیا؟''

''وہ کچھ نہیں کر سکے۔ پولیس نے فیکٹری کو گھیرے میں لے لیا تھا۔ وہ بھی بے وقوف نہیں ہے۔ سب لوگ اُس کے دفتر کی طرف بڑھے تو تھے مگر کوئی اندر داخل نہ ہو سکا۔ کافر نے دروازہ بہت مضبوط بنوایا ہوگا۔''

کہانی میں وقفے کا اندازہ لگاتے ہوئے جمیلہ نے اُسے خوشخبری سنائی۔

''گولو! شش......وہ آئے ہوئے ہیں!''

گولو ابھی تک فیکٹری کے واقعات میں اتنی گم تھی کہ اُس نے بات نہیں سنی۔ جمیلہ نے اپنا فقرہ دہرایا تو گولو رُک گئی۔

''وہ آئے ہوئے ہیں؟ کون؟''

''اُس کی دادی!''

''سچ؟ وہ لوگ کب آئے؟''

''ابھی ابھی۔''

''وہ ابھی یہیں ہیں؟''

''ہاں!''

سچ! چلو! ایک نظر دیکھیں......''

اُس کی بھاری کھڑاویں اُس کے عموماً ننگے پیروں سے باہر نکل رہی تھیں۔ وہ دروازہ کھول کر اندر داخل ہوئی۔

''خوش آمدید!'' اُس نے دونوں خوش لباس عورتوں کو مخاطب کیا۔

دونوں میں سے بھاری بھرکم عورت سگریٹ پی رہی تھی۔ اُس نے مختصراً گولو کی طرف دیکھا اور پھر اُسے نہ دیکھنے کی اداکاری کی۔ گولو قدرے مایوس ہوئی۔ وہ اپنے آپ کو کیا سمجھتی ہیں؟ اُس نے اخلاق بھرا اسلام کیا تھا۔ انھیں جواب دینے کی تمیز نہیں تھی؟

عورتوں نے گفتگو بند کر کے گولو کی طرف دیکھا۔ وہ کیا دیکھ رہی تھیں؟ کیا کوئی گڑ بڑ تھی؟

''تم لوگوں نے باتیں کیوں بند کر دیں؟''

موٹی عورت کو اپنے غصے پر قابو نہ رہا۔

''ہماری گفتگو پر رائے دینے والی تم کون ہو؟''

''گولو! اب کوئی گستاخی نہ کرنا۔'' بوڑھے ملک نے بوسنیائی زبان میں کہا۔

گولو غصے میں تھی۔ اُس نے موٹی عورت کو مخاطب کیا۔

''میں انسان ہوں!''

''مجھے نظر آ رہا ہے کہ تم انسان ہو۔ تم لڑکی کی رشتے دار ہو؟''

''کہا جا سکتا ہے...'

''اگر تم رشتے دار نہیں ہو تو......''

''تو کیا؟ تم کہنا چاہتی ہو کہ میں چلی جاؤں۔''

''خدا کی پناہ! تم کیسی عورت ہو؟''

گولو واپس جانے کے لیے مڑی۔ سیڑھیوں پر نیچے جانے سے پہلے اُس نے آخری مرتبہ دیکھا۔

''میں ایک عورت ہوں، تمھاری طرح۔ ایک اور انسان، دو بازو اور دو ٹانگوں والی!''

وہ باہر نکلی، کھڑاویں پہنیں اور نیچے چلی گئی۔

اردگرد کے لوگ جمیلہ کو گھیرے ہوئے تھے۔ گولو کو دیکھ کر وہ خاموش ہو گئیں۔

''موٹی عورت تمھاری ساس ہے؟'' گولو نے پوچھا۔

جمیلہ نے پہلے اثبات میں سر ہلایا پھر اُس نے اپنی درستی کی۔

''وہ میری ساس نہیں بلکہ ساس کی ساس ہے۔''

''وہ ایک مشکل عورت ہے۔ وہ تمھارے لیے مصیبت بنی رہے گی۔''

''وہ کیسے؟''

گولو نے اُسے سارا واقعہ سنایا۔

''مجھے پروا نہیں کہ وہ کیسی ہے؟''

''اُسے کیوں پروا ہو؟'' ایک بوڑھی عورت نے کہا، ''وہ لڑکے سے شادی کر رہی ہے، اُس کے ساتھ نہیں۔''

سب عورتیں گفتگو میں شریک ہو گئیں۔

''اِسے صرف لڑکے میں دلچسپی ہے۔''

''جمیلہ! ہمیں شادی پر بلاؤ گی؟''

''کیوں نہیں بلائے گی؟''

''جمیلہ اچھی لڑکی ہے، ضرور بلائے گی۔''

قرہ کز پریشانی سے ایک طرف کھڑی گم چبا رہی تھی۔ اُس نے جمیلہ کی طرف نفرت سے دیکھا۔ وہ اپنے تین نوٹوں کا سوچ رہی تھی۔ اب کیا فائدہ؟ شیشہ چشم صادق اور دوسروں کو نوکری سے نکال دیا گیا ہے۔ جہاں تک اُس کا خیال تھا اب اُسے خلیل کے معاملات سے زیادہ اپنے روزگار کی فکر ہوگی۔

وہ غم زدہ سی جمیلہ کے گھر کی طرف چل پڑی۔ اندر جھانکنے کے لیے وہ دروازے کے باہر بیٹھی ہوئی عورتوں کے ساتھ جا ملی۔

اندر بیٹھی ہوئی عورتوں نے جو باتیں کرنی تھیں کر لی تھیں اور اب وہ اُٹھنے کی تیاری میں لگی تھیں۔ قرہ کز نے اوپر والے طبقے کی عورتوں کو نفرت سے دیکھا۔ دونوں میں سے موٹی عورت جمیلہ کے پاس رُکی۔ جمیلہ نے موٹی عورت کا ہاتھ چوما اور پھر دوسری عورت کا۔

''اب تم میری بہو ہو۔'' موٹی عورت نے کہا، ''اب فیکٹری پر کام بند!''

جمیلہ کے چہرے پر حیا کی سرخی پھیل گئی۔

دونوں عورتوں نے اپنے سکرٹ اُٹھائے اور احتیاط کے ساتھ باہر کے دروازے کی طرف چل پڑیں، اُسی انداز میں جیسے وہ آئی تھیں۔ نجاتی تیزی سے اُن کے پیچھے چل دیا۔ جمیلہ اُنھیں گلی کے کونے تک چھوڑ کر واپس آ گئی۔ وہ اپنے دروازے کے پاس رکی تو دوسروں نے فوری طور پر اُسے گھیر لیا گیا۔

''فیکٹری پر کام بند تو اب کیا کرو گی؟'' گولو نے پوچھا۔

''تمھارے خیال میں کیا کرے گی؟'' ایک اور عورت نے کہا، ''وہ کچھ بھی نہیں کرے گی۔ اگر وہ چاہتے ہیں کہ کام نہ کرے تو اُسے خرچہ تو دیں گے۔ کیوں جمیلہ؟''

جمیلہ کو کوئی جواب نہ سوجھا۔ اُس نے تیزی کے ساتھ ایک نظر اندر ڈالی۔ اُس کا باپ کھڑکی کے سامنے بیٹھ کر باہر دیکھ رہا تھا۔ لگ رہا تھا کہ بوڑھا موئی اُسے تسلی دے رہا ہے۔

پریشان صدری اُس کے پاس آیا۔ وہ دروازے میں کھڑا ہو گیا اور قرہ کز کا وہاں ہونا اُسے ناگوار گزرا۔

"ابو کے پاس جاؤ۔" اُس نے بہن سے کہا۔

جمیلہ بغیر آواز پیدا کیے اندر جا کر باپ کے گھٹنے کے ساتھ لگ کر بیٹھ گئی۔

بوڑھے موئی نے اُسے محبت بھری مسکراہٹ کے ساتھ دیکھا۔

جمیلہ نے پہلے اپنا ہاتھ باپ کے کندھے پر رکھا اور پھر اُس کی چھاتی کے ساتھ سر لگا کر بیٹھ گئی۔ بوڑھا ملک کھڑکی کے باہر دیکھتا رہا۔ لگ رہا تھا کہ اُس نے اُسے دیکھا ہی نہیں ہے۔

باہر اندھیرا پھیلنا شروع ہو گیا تھا۔ کیچڑ والی گلیاں، ٹیڑھے گھر جن کے گرد گرتی دیواریں تھیں اور بڑی جھیل جس کی سطح پر ہوا لکیریں بنا رہی تھی......سب رات میں گم ہو رہے تھے۔

بوڑھا ملک پریشان تھا۔ وہ اچانک بوڑھا لگنے لگا تھا۔ اُس کی ننھی جمیلہ کا ہاتھ کسی کو دینے کا وعدہ کر لیا گیا تھا۔ وہ کسی کی ہو کر یہاں سے چلی جائے گی۔ وہ دیر تک ایسے ہی بیٹھے رہے، جب تک گہرا اندھیرا نہیں ہو گیا۔

وہ نہیں چاہتا تھا کہ بیٹی اُس کی آنکھوں میں آنسو دیکھے۔ اُس نے کھڑے ہونے سے پہلے اُسے آہستہ سے پرے کیا۔

"جاؤ اور جا کر لیمپ جلاؤ!"

جمیلہ ایسا کرنے کے لیے آہستہ سے اُٹھی۔

(XXIII)

قادر نے کھڑکی سے مسٹر نعمان کی سرخ کار کو رُکتے دیکھا تو نیوی کی ٹوپی پہن کر اپنے پارٹنر کو ملنے دروازے تک گیا۔ جس دِن سے اُس کے منہ میں پستول ٹھونسا گیا تھا، وہ بہت تابع دار اور مسکین ہو گیا تھا۔

مسٹر نعمان اپنے پارٹنر کو توجہ دیے بغیر اپنے دفتر میں چلے گئے۔ وہ اپنا فیلٹ ہیٹ (Felt Hat) اور چھڑی ٹانگ کر فیکٹری کا معائنہ کرنے والا سفید کوٹ پہننے لگے۔ قادر اُنھیں کوٹ پہنانے کے لیے آگے بڑھا۔ مسٹر نعمان نے اُسے مدد نہیں کرنے دی۔ اُسے اپنے دورُخے پارٹنر سے نفرت ہو گئی تھی۔

''رہنے دو...... رہنے دو۔''

''نہیں مسٹر نعمان۔'' قادر نے اصرار کیا، ''مجھے مدد کرنے دیں۔ آپ کو میری ایک کوتاہی کے لیے ہمیشہ میرے خلاف نہیں رہنا چاہیے!''

مسٹر نعمان نے کوئی جواب نہ دیا۔ اُنھوں نے اپنا کوٹ خود پہنا۔ پھر وہ اخروٹ کی لکڑی والی اپنی میز کے پیچھے بیٹھ گئے۔ اُنھوں نے پیداواری رپورٹوں کا معائنہ کیا۔ دھاگا اور کپڑے کے پیداواری اعدادوشمار بہت گر گئے تھے۔ اُنھوں نے اپنے پارٹنر کو نفرت بھری نظروں سے دیکھا۔

''ایک ہفتے کے اندر اندر تم نے ہماری پیداوار نچلی ترین سطح تک پہنچا دی ہے۔'' انھوں نے نفرت کے ساتھ کہا۔

قادر تسبیح کے دانوں کے ساتھ کھیلتے ہوئے مجرمانہ انداز میں فرش کو گھور رہا تھا۔ اُس نے اپنے پارٹنر کی طرف دیکھا لیکن اُس کی نظر کی شدت کی تاب نہ لاتے ہوئے نگاہیں جھکا لیں۔

''یہ شاید اور بھی نیچے آئیں۔'' مسٹر نعمان نے فلسفیانہ انداز میں کہا، ''تم خوش قسمت ہو کہ زندہ ہو.....''

قادر نے سر اُٹھا کر اپنے پارٹنر کی آنکھوں میں دیکھا۔

''تم خوش قسمت ہو کہ لوگوں نے مجھے روک دیا۔'' مسٹر نعمان نے سرد مہری کے ساتھ کہا۔ انھوں نے گھنٹی کا بٹن دبایا۔

''جنرل منیجر کو بلاؤ۔'' اُنھوں نے اندر آنے والے ماتحت کو حکم دیا۔

چند منٹ کے بعد دراز قد، چوڑے کندھوں والا جنرل منیجر سلمان اندر داخل ہوا۔ اُس نے مسٹر نعمان کو مبالغانہ احترام کے ساتھ سلام کیا۔

''اخباروں کو نوٹس بھیج دیے ہیں؟'' مسٹر نعمان نے سختی سے پوچھا۔

سلمان نے فوری طور پر جواب نہیں دیا۔ وہ جواب دینے میں جھجک محسوس کر رہا تھا۔

''کیا دیکھ رہے ہو؟''

''کچھ بھی نہیں۔''

''پھر میرے سوال کا جواب کیوں نہیں دیتے؟''

سلمان نے تھوک نگلا۔

''جناب......'' اُس نے قادر کی طرف دیکھا۔ اُس کا خیال تھا کہ وہ اُس کی مدد کو آئے گا۔ قادر نے تسبیح کے دانوں پر توجہ دیتے ہوئے اپنا سر اور بھی جھکاتے ہوئے اُسے نظر انداز کر دیا تھا۔

''جواب دو!''

''جناب! استنبول یا ازمیر سے مزدور لانے میں کوئی مشکل نہیں۔ لیکن آپ سوچیں کہ اگر ہم نے ایسا کیا تو کتنی مشکلات کا سامنا کرنا پڑے گا۔''

''کیا مطلب؟''

''پہلی مشکل تو مزدوری ہوگی۔ جس مزدوری پر مقامی کام کرتے ہیں وہ نہیں کریں گے۔ ان کی مانگ زیادہ ہوگی۔''

''ٹھیک......''

''اور اُن کی ضروریات زیادہ پیچیدہ ہوں گی......''

''قدرتی سی بات ہے۔''

''استنبول یا ازمیر سے آنے والے تقریباً ہمارے یہاں دفتر میں کام کرنے والوں کے معیار کے ہی ہوں گے لیکن وہ اِن سے زیادہ تیز یا با اصول ہوں گے۔ وہ اپنے سے اوپر والوں کی ڈانٹ یا مار کو برداشت نہیں کریں گے۔ اِس کے علاوہ وہاں سے آنے والے لوگ ہر ہفتہ ناچ، موسیقی اور نئے لباس لائیں گے۔ ہمارے لوگ مطمئن ہیں اور زیادہ مانگ بھی نہیں کر رہے۔ نئے آنے والوں کی کی وجہ سے اُن کی بھی آنکھیں کھل جائیں گی، اُن کے سامنے مثالیں ہوں گی۔ ایک وقت آئے گا کہ ہم مزدوروں کی مانگیں پوری نہیں کر سکیں گے۔''

''پھر کیا ہوگا؟''

''آپ اندازہ لگا سکتے ہیں....'

مسٹر نعمان نے سوچا کہ سلمان کی دلیل میں وزن ہے۔ مکار یہودی سچ بول رہا تھا۔ مسٹر نعمان نے دراصل یہ سب کچھ سوچا ہوا تھا لیکن احکام جاری کر کے وہ نظام کو حرکت میں لا چکے تھے۔ اُنھوں نے نہ صرف یہ حکم دیا تھا، وہ کئی کارکنوں کو ملازمت سے نکال بھی چکے تھے۔

''جو بھی حالات ہوئے ہم اُن سے نمٹیں گے۔ تم تعمیل کرو۔ نوٹس تیار کر کے بھجواؤ۔''

سلمان ابھی تک جھجک رہا تھا۔ اُس نے مسٹر قادر کو دیکھا۔ اُسے وہاں سے کوئی مدد نہیں مل رہی تھی۔ اُس کا سر ابھی تک جھکا ہوا تھا اور تسبیح کے دانے انگلیوں میں گھوم رہے تھے۔ اُس نے لحہ بھر کے لیے سر اُٹھایا اور سلمان کو اپنی طرف دیکھتے ہوئے پایا۔ قادر بالکل لاتعلق تھا۔ اُس نے خود سے ''اوخدایا'' کہتے ہوئے سر جھکا لیا۔

''تم ابھی تک گئے کیوں نہیں؟''

''اگر کچھ دن مزید انتظار......'' سلیمان ہکلایا۔

''کیوں؟ کس بات کا انتظار کریں؟''

''جناب! اگر ہم نے جلدی کی تو......''

''تم ابھی اپنے دفتر جاؤ اور میں نے جیسے کہا ہے بالکل ویسے ہی کرو۔''

کہنے کو اور کچھ نہیں تھا اور نہ ہی معاملات کو تعطل میں ڈالنے کا کوئی بہانہ تھا۔ سلمان، شکست خوردہ سا، واپس چلا گیا۔ وہ اپنے دفتر میں گیا۔ اُس نے ایک کونے میں بیٹھے پچکے ہوئے گالوں والے ویوری سپروائزر کو نگاہ بھر کر بھی نہ دیکھا۔ سلمان اپنی میز کے پیچھے بیٹھ گیا۔

سپروائزر جھجکتے ہوئے قریب آیا مگر اُس نے کوئی بات نہ کی۔

''میں کچھ نہیں کر سکا۔'' سلمان نے کہا۔

''کچھ بھی نہیں۔'' سپروائزر نے پریشانی سے پوچھا۔

''وہ ابھی تک غصے میں ہے۔''

''میں اُسے ملنے نہ جاؤں؟''

''نہ۔ نہ۔ بالکل نہیں۔''

''لیکن...... میں نے سوچا...... میں معافی مانگ لوں گا، ہاتھ جوڑ لوں گا......''

''نہیں، قطعاً نہیں۔''

''مسٹر قادر کیا کہتے ہیں؟''

''وہ کیا کہے گا؟ جانتا ہے کہ وہ غلطی پر ہے۔''

''اب کیا ہوگا؟''

''ہم استنبول اور ازمیر سے مزدور لائیں گے۔''

سپروائزر کو محسوس ہوا جیسے اُسے طمانچا مار دیا گیا ہو۔

''استنبول اور ازمیر سے آنے والے ہمارے ریٹ پر کام نہیں کریں گے۔ وہ اچھی رہائش اور اچھی خوراک کا مطالبہ کریں گے۔''

''میں نے یہ تمام تفصیل بتائی تھی۔''

وہ دیر تک ایک دوسرے کو دیکھتے رہے۔ سپروائزر مایوسی کی گرفت میں تھا۔ اُس نے

اپنے آپ سے بڑبڑانا شروع کردیا۔

''مسٹر قادر! اُس نے ہم سے کیا کروایا۔ ایسا کیچڑ جو دھویا نہیں جا سکتا۔ حالات خراب کرنے کے لیے میری یہی سزا ہونی چاہیے تھی۔ معاملات ٹھیک ٹھاک تھے......''

''مسٹر قادر کے ساتھ تمھاری ملاقات نہیں ہوئی؟'' مکار سلمان نے آنکھ مارتے ہوئے پوچھا۔

''یہ صرف ملاقات کا سوال نہیں، مزدوروں کا مسئلہ ہے۔ اُنھوں نے میرے اوپر اعتبار کیا۔ میں جانتا ہوں کہ مکمل طور پر میرا قصور بھی نہیں ہے۔ وہ سارا دن کافی شاپوں میں بیٹھے بھڑاس نکالتے رہتے ہیں۔ میں تو ٹھیک ٹھاک ہوں...... میں تو کسی دوسرے شہر میں بھی جا سکتا ہوں۔''

''کیوں نہیں جاتے؟''

''مزدوروں کا کیا بنے گا؟''

سلیمان نے کندھے اچکائے، ''تمھیں کیا پروا؟ تم پر اُن کی ذمے داری تو نہیں!''

سپروائزر جواب دینے ہی والا تھا کہ اُسے مسٹر نعمان کی کھانسی کی آواز سنائی دی۔ وہ مسٹر سلمان کے دفتر کی طرف آ رہے تھے۔ مسٹر نعمان غصے میں تھے اور اُس وقت وہ اُنھیں یہاں نظر نہیں آنا چاہتا تھا، اِس لیے وہ اکاونٹنٹ کے دفتر میں کھلنے والے دروازے سے باہر نکل گیا۔ پھر وہ فیکٹری سے نکل کر سامنے کافی شاپوں میں بیٹھے مزدوروں کے پاس چلا گیا۔

''کیا فیصلہ ہوا، چچا!'' شیشہ چشم صادق نے پوچھا۔

''کچھ نہیں کہہ سکتا۔''

غصے بھری آوازیں ابھریں۔ سپروائزر نے بڑبڑاتے ہوئے کارکنوں کو دیکھا اور پریشان ہوا۔ یہ نرم مزاج اور اطاعت گزار لوگ نہیں تھے، اُن کی آنکھوں میں نفرت تھی۔

''میرا کیا قصور؟ میں نے وہ سب کچھ کیا جو ہو سکتا تھا۔''

غصیلی بڑبڑاہٹ پھر شروع ہو گئی۔

''میں خوش نہیں ہوں۔'' شیشہ چشم صادق نے کہا۔

''تم بھی، صادق؟''

''میرے بس میں کچھ نہیں...... ہمارے پاس پیسے نہیں، ہماری آمدن نہیں......''

''انتظار کرو۔ کیا پتا آنے والا کل ہمارے لیے کیا لائے!''

''تم کافی کچھ کر چکے ہو۔'' ایک طرف سے آواز آئی۔

''میں نے کیا کیا ہے؟'' سپروائزر نے خوف زدہ ہو کر پوچھا، ''میرا کیا قصور ہے؟''

''تم ٹھیک کہتے ہو۔ تمھارا کیا قصور ہے؟ سب تمھارا قصور ہے۔ ہمارا قصور یہ ہے کہ ہم نے احمقانہ طور پر تمھاری تائید کی۔''

وہاں گہری، خوف زدہ کرنے والی خاموشی تھی۔ اُس نے سوچا کہ انھیں ابھی استنبول اور ازمیر سے لائے جانے والے مزدوروں کے بارے میں علم نہیں۔

اپنی کمر پر ٹھنڈا پسینہ آتے محسوس کرتے ہوئے وہ کافی شاپ سے اُٹھ آیا۔

(XXIV)

جنابِ عزت اور نجاتی بات چیت کرتے ہوئے کافی شاپ میں داخل ہوئے۔ وہ ایک کونے میں جا کر بیٹھ گئے۔

''اگر میں تمھاری جگہ ہوتا تو استنبول سے آنے والے مزدوروں کے بارے میں کسی کو نہ بتاتا۔'' جنابِ عزت نے مشورہ دیا۔

''اِس میں کیا حرج ہے؟''

''تم فیکٹری میں، خصوصاً مزدوروں میں اعتماد کھو بیٹھو گے۔''

کچھ مزدور اُن کی طرف آنا شروع ہو گئے۔ جنابِ عزت نے موضوع تبدیل کر دیا۔

''تمھاری دادی لڑکی کے ساتھ شادی کی اجازت نہیں دے رہی؟''

''نہیں دے رہی، لیکن اُس کی بات کون سنتا ہے؟''

''تمھیں اُس کی بات ماننی پڑے گی!''

''یہ تم کہتے ہو، لیکن......''

''لیکن کیا؟''

''تم جانتے ہو کہ میں کیا سوچ رہا ہوں؟ جو وہ کہہ رہی ہے میں اُس کی پروا ہی نہ کروں۔''

''تو......''

''اپنا سامان اُٹھاؤں اور جا کر شادی کر لوں۔''

''کیا مطلب؟ لڑکی کے گھر میں رہنے لگو؟''

''اِس کے علاوہ کوئی اور طریقہ نہیں۔''

''بوڑھی خاتون کہتی کیا ہے؟''

''وہ کیا نہیں کہہ رہی! اُسے کچھ سمجھ نہیں آ رہی۔ بظاہر ارد گرد تمام لوگوں کو معلوم ہے۔ وہ کہتی ہے کہ میں اپنے باپ کو خط لکھ کر اجازت لوں اور یہ بھی کہتی ہے کہ مجھے فیکٹری مزدور لڑکی کے ساتھ شادی کرنے کا کوئی اخلاقی جواز نہیں۔ جو بات مجھے پریشان کر رہی ہے وہ یہ ہے کہ لڑکی فیکٹری میں کام کرنا بند کر دے۔ اُسے کچھ پتا ہی نہیں! ایسا تو نہیں ہے کہ لڑکی فیکٹری میں اِس لیے کام کر رہی ہے کہ اُسے کام کرنا پسند ہے۔ جب میں نے اُسے کام نہ کرنے کا کہوں تو......''

''میں سمجھتا ہوں...... تمھیں اُسے کم از کم دس لیرا ماہانہ دینے پڑیں گے!''

''بالکل ایسے ہی ہے......! مجھے دینے چاہیں لیکن یہ میرے بس میں نہیں۔ میرے چوبیس پچانوے بمشکل میری ضروریات پوری کرتے ہیں۔ بہر حال......''

''جنابِ عزت۔'' غصے سے بھرے مزدور جو وہاں جمع ہو گئے تھے، اُن میں سے ایک نے پوچھا، ''ہم دخل اندازی کے لیے معافی چاہتے ہیں۔ آپ کے ساتھ بات کرنی ہے۔ ہم کیا کریں گے؟ ہم اپنی آخری پائی تک پہنچ گئے ہیں...... آپ کے خیال میں ہمیں کیا کرنا چاہیے؟''

جنابِ عزت پریشان مزدور کی طرف مڑ گئے۔ اُس کی آنکھیں غصے سے دہک رہی تھیں۔ وہ نفرت سے بھرا ہوا تھا اور اُس کی حالت قابلِ رحم تھی لیکن اُس کے لیے وہ کیا کر سکتا تھا؟ وہ جانتا تھا کہ اب کچھ نہیں کیا جا سکتا اور تسلی کے الفاظ کافی نہیں ہوں گے۔ اُس نے اُنھیں منع کرنے کی کوشش کی تھی اور درخواست بھی کی تھی کہ وہ یہ سب نہ کریں لیکن اب یاد دلانے کا وقت نہیں تھا۔ وہ جانتے تھے کہ اُنھیں ایک عرصے کے لیے بے روزگار رہنا پڑے گا اور یہ اُن کی آنکھوں......اندر دھنسی ہوئی آنکھوں اور چہروں کے تاثر سے نظر آ رہا تھا۔

وہ غصے کی جس حالت میں تھے، اُن سے کچھ بھی کروایا جا سکتا تھا۔ وہ دروازوں کو ٹھڈے ماریں گے، دیواریں گرا دیں گے، لوہے کی سلاخیں اُکھیڑ دیں گے......

''اندر سے میری حالت غیر ہے۔'' ایک اور آدمی نے کہا، ''ایک منٹ میں غصے میں

ہوتا ہوں اور اگلے لمحے میری آنکھوں میں آنسو ہوتے ہیں۔ میں عمر میں خاصا بڑا ہو گیا ہوں لیکن پھر زار و قطار رو پڑتا ہوں۔ میرے ہاتھ دیکھو، خراشوں اور زخموں سے بھرے ہوئے ہیں۔ میں گھر نہیں جانا چاہتا۔ میرے بچوں کی پریشان نظریں...... کل میں مایوسی میں دیوار کے ساتھ سر ٹکرا رہا تھا۔"

اُس کی آنکھوں میں آنسو بھر رہے تھے۔

"تمھیں میرا سب سے چھوٹا بچہ دیکھنا چاہیے۔ وہ اتنا سا ہے اور سوکھ کر کانٹا ہو گیا ہے ..... سارا دن کھانسی، کھانسی اور کھانسی ہے۔ پبلک ہسپتال کے ڈاکٹر نے بتایا کہ یہ کالی کھانسی ہے۔ اُس نے نسخہ لکھ کر دیا لیکن میرے پاس دوا خریدنے کے پیسے نہیں۔ وہ تمام رات مرغ پٹھے کی طرح بانگیں دیتا رہتا ہے!"

جنابِ عزت نے ریل گاڑی کے نیچے آنے والے اپنے بچے کے متعلق سوچا اور اُس کے خاکی بالوں والے سر کے متعلق جو دھڑ سے جدا ہو گیا تھا۔ اُسے بھی کالی کھانسی تھی۔ اُسے وہ تکلیف دہ کھانسی یاد تھی جو ساری رات جاری رہتی۔

"مجھے گھر جانے سے خوف آتا ہے۔" اُس آدمی نے بات جاری رکھی، "جنابِ عزت! میں اپنی بیوی اور بچوں کے ساتھ نگاہیں ملانے سے ڈرتا ہوں۔ اور میں جب سونے کے لیے لیٹتا ہوں تو تمام رات حل سوچتا رہتا ہوں...... اور کوئی چیز ذہن میں آتی ہی نہیں...."

اُس نے نے جنابِ عزت کو غصے سے دیکھا۔

"اپنے آپ کو گولی مار کر مسئلہ ہی ختم کر دوں۔"

"یہ کس قسم کی بات ہے۔" جنابِ عزت نے ناراضگی کے ساتھ کہا، "تمھاری نوکریاں جاتی رہیں اور پہلی بات جو تم کرتے ہو وہ مارنے اور مرنے کی ہے۔ بات مارنے یا مرنے کی نہیں، اِس مشکل سے نکلنے کی ہے۔"

"یہ کیسے ممکن ہے؟"

"کیسے سے تمہارا کیا مطلب ہے؟ سب سے پہلے کسی اور جگہ نوکری ڈھونڈو۔"

"لیکن ہمارے سپروائزر انتظار کرنے کو کہہ رہے ہیں کہ شاید کوئی حل نکل آئے۔ شیشہ

چشم، آپ شیشہ چشم کو جانتے ہیں؟ وہ بھی انتظار کرنے کو کہتا ہے۔ مسٹر قادر نے یقین دہانی کرائی ہے کہ وہ مسٹر نعمان کو قائل کرے گا۔ اُس نے انتظار کرنے کو کہا ہے تاکہ یہ لہر گزر جائے تو وہ ہماری نوکریاں واپس دلوا دے گا۔ کچھ معلوم نہیں......"

نجاتی نے اُس آدمی کی طرف دیکھا۔ اُس کی سیاہ آنکھیں اندر کو دھنسی ہوئی تھیں اور وہ پریشانی سے کانپ رہا تھا۔ وہ اپنے آپ کو یہ بتانے کے لیے تیار نہ کر سکا کہ مسٹر قادر کچھ نہیں کر سکتا۔ اِس بات سے اِن لوگوں کی آخری اُمید بھی چلی جائے گی۔ وہ جانے کے لیے اُٹھ کھڑا ہوا۔

"تم جا رہے ہو؟" جنابِ عزت نے پوچھا۔

"جی ہاں، بعد میں ملوں گا۔"

نجاتی کافی شاپ سے باہر نکل آیا۔ شیشہ چشم صادق فٹ پاتھ پر کرسی رکھ کر پریشانی کے ساتھ معاملات پر غور کر رہا تھا۔ اُس نے نجاتی کو دیکھا تو اُسے جمیلہ کا خیال آیا۔ ہاں...... اُس مسئلے کا کیا بنا؟ اونٹوں والا خلیل کدھر تھا؟ وہ اِن دنوں نظر نہیں آیا۔

وہ کرسی پر سیدھا ہو کر بیٹھ گیا۔

وہ خلیل کا پتا کرے گا اور شاید اُس سے اُدھار بھی مانگ لے۔ یہ اتنا بُرا خیال بھی نہیں تھا۔ اُسے اِس وقت ضرورت بھی تھی۔ جہاں تک ادھار واپس کرنے کی بات تھی......

"ہیلو کزن!" اچانک قرہ کز وہاں آ گئی۔

"آؤ...... کیا خبر ہے؟"

"خلیل ملنا چاہتا ہے۔"

شیشہ چشم صادق کو اچانک اپنے کندھوں پر سے بوجھ ہٹتا ہوا محسوس ہوا۔ پھر بھی اُسے یقین کرنا تھا۔

"وہ مجھ سے کیا چاہتا ہے؟"

"یہ تو معلوم نہیں۔ وہ تمھیں اِسی وقت ملنا چاہتا ہے۔"

"یہ لڑکی سے متعلق ہے؟"

"مجھے نہیں معلوم۔"

''مجھے اپنے مستقبل کی فکر ہے اور وہ......''

''تم آ رہے ہو کہ نہیں؟''

اُس نے سوچا اُسے سخت رویہ اختیار کرنا چاہیے۔

''میں نہیں آ رہا۔''

خلیل مزدوروں کے علاقے کو جانے والی گلی کے موڑ والی کبابوں کی دکان میں شیشہ چشم صادق کا بے چینی کے ساتھ انتظار کر رہا تھا۔ قرہ کز نے واپس جا کر اُسے اطلاع دی۔

''وہ نہیں آ رہا؟ کیوں؟''

''پتا نہیں۔''

''اس کے پاس کوئی وجہ تو ہو گی؟''

''میرے خیال میں اِس کی وجہ نوکری چلے جانا ہے۔ وہ کافی پریشان ہے۔ اُسے اپنے مستقبل کی فکر ہے۔''

خلیل پیغام کو سمجھ گیا۔ اُس کے پاس پیسے نہیں ہوں گے۔ اُس نے بھی سنا تھا اور اِس لیے وہ یہاں چلا آیا۔

''تم یہاں انتظار کرو۔ میں اُسے لے کر آتا ہوں۔'' وہ جلدی سے اُس طرف چلا گیا۔

قرہ کز نے کندھوں سے بھاری سکارف اُتار کر ساتھ والی کرسی پر پھینک دیا۔ خلیل نے اُسے کام پر جانے سے روک دیا تھا تو کیا وہ اُسے مزدوری دے گا؟ اگر اُسے کچھ ملنا ہی نہیں تو وہ یہ سب کیوں کرے؟ حالات کا رخ کس طرف ہے؟ لڑکی کو خلیل کی ضرورت نہیں تھی لیکن خلیل کو تھی۔ اب لڑکی کا کسی اور کے لیے وعدہ کر لیا گیا تھا۔ خلیل کو ابھی تک کس بات کی امید تھی۔

خلیل اور شیشہ چشم صادق آئے تو وہ سیدھی ہو کر بیٹھ گئی۔

''تم اُسے نہیں لا سکیں، دیکھو میں کیسے لے آیا؟'' خلیل نے پوچھا۔

قرہ کز نے ناراضگی کے ساتھ شیشہ چشم صادق کی طرف دیکھا۔

''میں پریشان ہوں کہ تم میرے کہنے پر کیوں نہیں آئے!''

''میں تمھیں پریشان کرنا نہیں چاہتا تھا۔'' شیشہ چشم صادق نے معذرت کے ساتھ

کہا۔

''مجھے لگتا ہے کہ میرے لیے ہر چیز اُلٹی ہوگئی ہے۔ اپنے چچا نے میرے ساتھ دھوکہ کیا۔ اُس نے مجھے ذمہ دار ٹھہرایا جب کہ خود مزدوروں کو شہ دی...... اور اب...... میں بغیر آمدنی کے کیا کرسکتا ہوں؟ میں کوئی لکھ پتی ہوں؟''

''اگر وہ تمھارا لیڈر تھا۔'' خلیل نے دلچسپی لیتے ہوئے پوچھا، ''کیا اُسے تمھارا خیال نہیں رکھنا چاہیے تھا؟ کیا وہ تمھیں پیسے نہیں دے رہا؟''

اُس نے سب کے لیے وائن اور کباب لانے کو کہا۔

''وہ نہیں دے رہا۔'' شیشہ چشم صادق نے کہا، ''ہمیں صبر کرنے کو کہہ رہا ہے۔ وہ کہہ رہا ہے کہ سب ٹھیک ہو جائے گا۔ لیکن کچھ بھی ٹھیک نہیں ہو رہا اور نہ ہی ہونا ہے۔ وہ کہتا رہا تھا کہ اطالوی کیسے خوف زدہ ہو جائے گا، جب ہم نے اُسے مارا تو وہ کیسے بھاگ جائے گا اور ہم سب کچھ اپنے قابو میں کرلیں گے، جیسے کہ پہلے ہوا کرتا تھا۔ مسٹر قادر نے کہا تھا کہ جب حالات درست کرلیے جائیں گے تو ہم جو مانگیں گے، مل جائے گا۔ جب حالات خراب ہو گئے تو اُس نے ہمیں چھوڑ دیا۔ اب کیا ہو سکتا ہے، میں جانتا ہوں کہ ہمیں استعمال کیا گیا ہے۔''

ویٹر گرم گرم کباب اور وائن کی بڑی بوتل لے آیا۔ شیشہ چشم صادق نے وائن کو دیکھا بھی نہیں، اُس نے کئی دنوں سے ٹھیک طرح سے کھایا بھی نہیں تھا۔

''یہ بھی لو...... چیرز!''

انھوں نے گھونٹ بھرے۔ شیشہ چشم صادق نے بات جاری رکھی۔

''تم جانتے ہو، وہ لوگ کیسے رو رہے ہیں۔ سب آدمی، بڑی عمروں والے بھی، رو رہے ہیں۔''

''مردانگی کے لیے، بہادر ہونے کے لیے پیسے کی ضرورت ہوتی ہے۔'' شیشہ چشم صادق نے جوش میں کہا، ''اور پیسہ ہے ہی نہیں۔ مجھے دیکھو۔ یہ کباب والا بھی میرے ساتھ پہلے کی طرح پیش نہیں آتا۔ یاد ہے اس کا برتاؤ کیسے ہوا کرتا تھا؟ اگر مجھے سڑک پر آتے یا جاتے ہوئے دیکھ لیتا تو ہمیشہ پیار سے بات کیا کرتا تھا۔ اور اب؟''

خلیل، جمیلہ کے مسئلے کو بیچ میں لانا چاہتا تھا اور اُسے مناسب وقت کا انتظار تھا۔ لیکن شیشہ چشم صادق کی دکھ بھری باتیں ختم ہی نہیں ہو رہی تھیں۔

''بہت ہو گیا!'' اُس نے تھوڑی دیر بعد کہا، ''شیشہ چشم بہت ہو گیا۔ ہم گپ لگانے اور ہنسنے ہنسانے کے لیے اکٹھے ہوئے تھے......''

''میرا ہنسنے کو جی نہیں چاہ رہا۔ دِل ہی نہیں کر رہا۔''

''تم بھی ٹھیک کہتے ہو۔ بے روزگاری ایک خوفناک چیز ہے، ظاہر ہے۔ لیکن......''

''لیکن کیا؟''

''ہم جانتے ہیں کہ فیکٹری میں تمھارے معاملات کس سطح پر ہیں۔ ہمیں کچھ اور سوچنا پڑے گا۔''

''مثال کے طور پر؟''

''تم اس کی فکر نہ کرو۔''

شیشہ چشم صادق کو اچانک اُمید کی کرن نظر آئی۔

''میں فیکٹری میں اپنے لیے کوئی اُمید نہیں دیکھ سکتا۔ وہ دروازے ہم پر ہمیشہ کے لیے بند کر دیے گئے ہیں۔''

''اگر یہ بات ہے تو جو کچھ ہو سکا، میں کروں گا۔''

''مثلاً؟''

''مثال کے طور پر یہ کہ ایک دکان کرائے پر لی جا سکتی ہے۔ سرمایہ میرا ہو گا اور محنت تمھاری۔''

''کیا ہم کافی شاپ کھول سکیں گے؟'' شیشہ چشم صادق نے بے چینی کے ساتھ پوچھا۔

''کیوں نہیں؟''

''میں......''

''تمھارے ذہن میں کوئی خالی کافی شاپ ہے؟''

"اب تم نے ذکر کیا ہے تو......"

"واقعی؟"

"ہمارے سیلو کی ایک کافی شاپ ہے جو خالی ہے اور وہ اُسے ہمیں کرائے پر دے دے گا۔"

"کہیں آس پاس ہی ہے؟"

شیشہ چشم صادق نے آگے جھک کر نیلے رنگ والی دکان کی طرف اشارہ کیا جو مزدوروں کے علاقے کو جانے والی سڑک پر تھوڑے ہی فاصلے پر تھی۔

"خاصی بڑی دکان لگتی ہے۔"

"روز چند سینکڑے پینے والے آسکیں گے۔"

"ٹھیک ہے۔ تھوڑی دیر بعد ہی ہم جا کر دیکھ لیں گے۔"

"ابھی؟ واقعی؟ کیا ہم ابھی کرائے پر لے لیں گے؟"

"اگر وہ ہمارے لیے مناسب ہوئی تو لے لیں گے۔"

شیشہ چشم صادق کو اچانک نشے میں ہونے کا احساس ہوا۔ اُسے اب اپنے چچا کی پروا تھی اور نہ ہی آنکھوں میں آنسو بھرے بے روزگار مزدوروں کی۔ اُس نے اپنا گلاس وائن سے بھرا اور پورے کا پورا حلق میں انڈیل دیا۔

"میں تمھارے لیے کچھ بھی کر سکتا ہوں۔ بخوشی جان بھی دے دوں گا۔"

خلیل بہت خوش تھا۔

"ایسی بھی کوئی بات نہیں۔ ایسے نہ سوچو۔"

"کیا مطلب؟ میں نے جو کہا وہی میرا مطلب ہے۔"

"ٹھیک ہے۔ جان دینے کی ضرورت نہیں۔ میرا وہ مسئلہ حل ہو جائے۔ بس یہی بہت ہے۔"

اس نے قرہ کز کی طرف دیکھتے ہوئے آنکھ ماری۔ قرہ کز غصے میں تھی۔ اُسے اُس کے مسئلے کی کیا پروا تھی؟ شیشہ چشم صادق کافی شاپ کا مالک بننے والا تھا۔ اُس کا کیا ہوگا؟

شیشہ چشم صادق کا نشہ بڑھتا جا رہا تھا۔

''پچھلی مرتبہ اِس کی وجہ سے سب کچھ خراب ہو گیا۔ ہم لڑکی پر ہاتھ نہیں ڈال سکے۔ لیکن اس مرتبہ...... تم فکر مت کرو۔ میں اُسے اُس کے باپ کی ناک کے نیچے سے اُٹھا لاؤں گا۔ لے آؤں گا کہ نہیں لڑکی؟''

قرہ کز نے جواب نہ دیا۔ شیشہ چشم صادق اپنے آپ میں اتنا مگن تھا کہ اُس نے قرہ کز کی غصے بھری خاموشی کو محسوس نہ کیا۔

''یہ ہوئی نا بات۔ ہماری اپنی کافی شاپ ہوگی تو ہم ٹھیک ہو جائیں گے۔ ہم تقریباً تین سو پیالے روز بیچیں گے، تین کروس فی پیالہ جو نو لیرا بنتے ہیں۔ آدھا اخراجات کے لیے اور ساڑھے چار...... ساڑھے چار، اُس میں آدھا تمھارا اور آدھا میرا۔ کیوں؟''

''مجھے حصہ نہیں چاہیے۔'' خلیل نے کہا، ''تم اُس بچت سے میرا حصہ خرید لینا۔ اور ایک دفعہ جب تم نے میرا حصہ خرید لیا......''

''ایک دفعہ میں نے تمھارا حصہ خرید لیا......'' شیشہ چشم صادق نے جوش کے ساتھ کہا۔ ''دکان تمھاری ہوگی۔''

شیشہ چشم صادق نے چھلانگ لگا دی۔ اُس نے سیخوں کے پاس کھڑے دکان کے مالک کو آواز دی، ''شریف آدمی!''

مالک نے کسی تجسس کے بغیر اُس طرف دیکھا۔

''جناب؟''

''گراموفون پر رقص کی موسیقی لگاؤ۔''

زندگی سے بھرپور عوامی موسیقی سے دکان بھر گئی۔ شیشہ چشم صادق نے انگلیاں بجاتے ہوئے بیلے ڈانسر کی طرح کمر گھمانا شروع کر دی۔ وہ اپنی ہی کسی دنیا میں تھا۔ ادب آداب کھڑکی سے باہر نکل گئے اور وہ چکر کاٹنے اور ناچنے لگا۔ یہ حیران کن تھا، اُس کی اپنی کافی شاپ ہونی تھی۔ چچا کے ساتھ کام کرتے ہوئے اس نے جتنا بھی کمایا تھا، اب وہ اُس سے کہیں زیادہ کمائے گا۔ وہ دنیا کو آگ لگا سکتا تھا!

تھوڑے تھوڑے وقفے کے بعد وہ آ کر میز پر سے گلاس اُٹھاتا جسے خلیل نے بھر دیا ہوتا، وہ تمام

موجود لوگوں کی صحت کا جام پی کر گلاس خالی کر کے ناچنا شروع کر دیتا، پہلے سے بھی زیادہ جوش کے ساتھ۔

قرہ کز کا غصہ بڑھتا جا رہا تھا۔ اُس کا یہاں کوئی کام نہیں تھا۔ اُس کا اس تمام معاملے سے کیا واسطہ تھا؟ اُسے کیا پروا تھی؟ وہ لڑکی کو اغوا کرنے کی دوسری سازش میں کیوں شریک ہو؟ وہ جانتی تھی کہ اگر لڑکی کو اغوا کرتے ہوئے پکڑے گئے تو کیا ہوگا؟ وہ جیل پہنچ جائیں گے۔ شیشہ چشم صادق کو تو شاید کوئی مسئلہ نہ ہو۔ وہ کافی شاپ کو اپنے بھائی اور اگر ضرورت پڑی تو بیوی کے حوالے کر کے تین یا چار مہینے جیل میں گزار آئے گا لیکن اُس کا کیا بنے گا؟ اُس کا اپنا کیا ہوگا؟ اُس کا جھریوں والی بوڑھی ماں کے علاوہ کوئی نہیں تھا۔ وہ اگر قید ہوگئی تو اُس کی ماں کا کون خیال رکھے گا؟ خلیل؟ شیشہ چشم صادق؟ اُن میں سے کوئی بھی خیال نہیں رکھے گا۔ اُس کی ماں غربت میں ہی مر جائے گی اور وہ خود بھی......!

اِسی اثنا میں مختلف قسم کے لوگ، بوڑھے اور جوان، روزگار والے اور بے کار، دکان میں اکٹھے ہو کر تال کے ساتھ تالی بجاتے ہوئے شیشہ چشم صادق کو دیکھ رہے تھے۔

قرہ کز خاموشی سے اُٹھ کر دکان سے باہر نکل گئی۔ یہ روشن دن تھا۔ وہ قدرے گھبرائی ہوئی تھی۔ اُسے لگ رہا تھا کہ آدمی اُس کے پیچھے بھاگ کر گھسیٹتے ہوئے واپس دکان میں لے جائیں گے۔ وہ یہ نہیں چاہتی تھی۔ اُسے شیشہ چشم صادق، خلیل، اُن کی وائن اور کبابوں کی ضرورت نہیں تھی۔ وہ نہ صرف اُنھیں انکار کرے گی بلکہ اُس نے معصوم لڑکی کو بھی بتا دینا ہے۔ لوگوں کی شادیوں کو اِس طرح برباد نہیں کیا جا سکتا۔ کسی کو لڑکی کا ہاتھ دینے کا وعدہ کیا گیا ہے اور اُسے اپنا گھر بسانے کا حق ہے۔ اگر وہ لڑکی یہی چاہتی ہے تو وہ اُس کی خواہش کو برباد نہیں کرے گی۔

''کدھر؟'' جنابِ عزت اچانک اُس کے برابر آ گئے۔

''جمیلہ کے گھر جا رہی ہوں۔''

''کس لیے؟'' جنابِ عزت نے مشکوک سا ہو کر پوچھا۔

''ویسے ہی۔''

جنابِ عزت کو خیال آیا کہ وہ پھر کوئی تماشا کرنے والی ہے یا شاید کوئی اور جال بچھانے جا رہی ہے۔ اُنھوں نے سوچا کہ اُس سے ایک سوال کرنا چاہیے۔

”جانتی ہو نا کہ جمیلہ کی جلد منگنی ہونے والی ہے!“

یہ درست نہیں تھا، کم از کم ابھی نہیں ہو رہی تھی۔ وہ جانتے تھے کہ نجاتی کی دادی اِس معاملے میں اپنا فیصلہ بدلتی رہتی ہے۔ ابھی کل ہی اُس نے بتایا تھا کہ دادی کے ساتھ پھر بحث ہوئی تھی اور اگر ضرورت پڑی تو وہ سامان اُٹھا کر لڑکی کے گھر آ جائے گا۔

”کب؟“

”بہت جلدی۔“

”ایسا ہی ہو...... جنابِ عزت ایسے ہی ہو، لیکن......“

جنابِ عزت کو معاملے میں گڑبڑ محسوس ہوئی۔

”لیکن......؟

”اُنھیں جلدی کرنی چاہیے......“

”ورنہ......“

اُس نے سب کچھ بتانا شروع کر دیا۔ جنابِ عزت کو شدید صدمہ پہنچا۔ اونٹوں کا مالک یہ چال چل رہا تھا؟ وہ دکان کرائے پر لے کر شیشہ چشمِ صادق کو استعمال کرنے کے لیے تیار تھا۔

”جمیلہ کو اس لیے ملنا چاہتی تھیں؟“

”میں لڑکی کی زندگی تباہ نہیں کر سکتی۔ یہ ایک گناہ ہو گا۔“

جنابِ عزت سوچ میں پڑ گئے۔ اِس معاملے میں جمیلہ کچھ بھی نہیں کر سکتی تھی۔ اِس کا حل صرف نجاتی کے پاس تھا۔ اُس سے بات کر کے لڑکی کو اس خطرے سے نکالنا ہو گا۔

”بہتر یہی ہو گا کہ جمیلہ سے بات نہ کی جائے۔“ اُنھوں نے کہا۔

”کیوں؟“

اُنھوں نے تفصیلاً وجہ بتائی۔ قرہ کز کو اُن کی دلیل سمجھ میں آ گئی۔

”میں پھر اُس کے گھر نہ جاؤں؟“

”ضرور جاؤ لیکن یہ معاملہ زیرِ بحث نہ لانا۔“

”ٹھیک ہے۔“

وہ جدا ہو گئے۔ قرہ کز مزدوروں کے علاقے کو جانے والے ٹوٹے ہوئے کچے راستے پر تیز تیز چلنے لگی۔ وہ تنگ گلیوں اور راستوں پر سے ہوتی ہوئی جمیلہ کے گھر کے بڑے صحن میں پہنچ گئی۔ وہ صحن میں داخل ہوئی تو جمیلہ، موسیٰ کے گھر کے سامنے کھڑی تھی۔ اُس کے ہاتھ خون سے بھرے ہوئے تھے اور وہ اپنے پڑوسیوں سے مخاطب تھی۔

''اچھی خبر!''

''لڑکا یا لڑکی؟'' پڑوسیوں نے یک زبان ہو کر پوچھا۔

''لڑکا......لڑکا......''

وہ سیڑھیوں سے اُتر کو صحن میں لگے زنگ آلود نل کی طرف گئی تو اُسے قرہ کز نظر آئی۔ اُس کے ماتھے پر فوراً تیوریاں پڑ گئیں۔

''تمھارے ہاتھوں کو خون کیوں لگا ہوا ہے؟''

جمیلہ نے جواب نہیں دیا۔

''جمیلہ ابھی ابھی ایک بچے کو دنیا میں لائی ہے۔'' گولو نے کہا، ''یہ ابھی ایک دائی ہے!''

''سچ۔''

''ہم میں سے کسی میں بھی اتنی جرأت نہیں تھی۔''

''آس پاس کوئی دائی نہیں ہے؟''

''ہے تو سہی لیکن وہ کوئی دوسری پیدائش کرانے گئی ہوئی ہے۔''

''بہت خوب، لڑکی، بہت خوب!'' قرہ کز نے جوش کے ساتھ کہا۔

جمیلہ نے ہاتھوں سے خون دھویا۔ وہ بالوں کی ایک لٹ کو سر کے جھٹکے کے ساتھ پیچھے کر رہی تھی لیکن بال ضد پر اڑے ہوئے تھے۔

پھر وہ موسیٰ کی بیوی کے پاس چلی گئی۔

(XXV)

یہ خبر کہ فیکٹری استنبول اور ازمیر سے مزدور لا رہی ہے، کسی دھماکے سے کم نہیں تھی۔ یہ کیسے ہو سکتا تھا؟ یہ کیسے ہو سکتا تھا؟! اگر یہ ممکن بھی ہوا تو بڑے شہروں کے "نازک مزاج مزدور" اتنی کم مزدوری پر کیسے کام کر سکیں گے؟

جن مزدوروں کی ملازمتیں جاتی رہی تھیں وہ صدمہ زدہ خاموشی کے ساتھ ادھر اُدھر چکر کاٹ رہے تھے، اُن کی حالت غیر تھی۔ بعض کو، جن میں شیشہ چشم صادق کے چچا، متعدد سپروائزروں اور اُن کے نائبین اور بعض ہنر مند مزدوروں کو اُمید تھی کہ اُن کی پرانی ملازمتیں واپس مل جائیں گی۔ اب اُن تمام لوگوں کی، جنھوں نے اطالوی انجینئر کو نیچا دکھانے کی کوشش کی تھی، آخری اُمید بھی جاتی رہی۔

قادر نے سپروائزروں اور اُن کی نائبین کو تھوڑے پیسے دے کر، اُن کی مدد کرنے کی کوشش کی تھی لیکن یہ کافی نہیں تھا۔ وہ سب شادی شدہ لوگ تھے جو اپنے بچوں کی پرورش کر رہے تھے۔ چند سکوں میں اُن کا گزارا مشکل تھا۔ اب اُن کو یہ سکے بھی نہیں ملیں گے اور انہیں منہ کھولے کھڑی غربت کا سامنا تھا۔

ایک دن جلد ہی یہ خبر پھیل گئی کہ ویوری سپروائزر کو کسی دوسرے شہر میں ملازمت مل گئی ہے اور وہ وہاں نقل مکانی کر گیا ہے۔ کمزور، دھنسی ہوئی آنکھوں والے بھوکے لوگوں نے اِس ضرب کی شدت کو محسوس کیا۔

"واقعی؟" اُنھوں نے کہا، "کیا یہ سچ ہے؟"

بد قسمتی سے ایسے ہی ہوا تھا۔

"ہمیں گلنے اور سڑنے کے لیے چھوڑ دیا گیا ہے؟"

"کیسے؟"

اُن کے کمزور، جھریوں والے چہروں پر زندگی لوٹ آئی اور ان کی آنکھوں میں شعلے تھے۔

ایک دراز قد، بھاری مزدور آتش فشاں کی طرح پھٹ پڑا۔

"اُنھوں نے ہمارے ساتھ دھوکہ کیا ہے!"

اس فوری احساس کے باعث وہ شور کرنے لگے۔ اُن کے ساتھ دھوکہ ہوا تھا۔

"کیا ہم اُنھیں معاف کر دیں گے؟"

"اُنھیں؟"

جن لوگوں نے ہمیں دھوکہ دیا ہے۔"

اُن کی آوازوں میں شامل غصہ زور پکڑتا گیا اور جواب بھی آنے لگے۔

"ہم معاف نہیں کریں گے۔"

"نہیں کریں گے۔"

"نہیں کریں گے!"

"ہم کچھ بھی نہیں کر سکتے۔ ہم برباد ہو گئے۔"

"مکمل طور پر برباد ہو گئے۔"

اِس شور میں سے دانائی کی ایک آواز گونجی۔

"تم کیا کرنا چاہتے تھے؟"

یہ جنابِ عزت تھے۔ سب لوگ ان کی طرف دیکھنے لگے۔ اُن کا چہرہ زرد تھا لیکن وہ اکڑ کر کھڑے تھے۔ اُنھیں جواب نہیں ملا تو اُنھوں نے اپنا سوال دہرایا۔

ایک بھاری بھرکم مزدور نے جواب دیا۔

"جنھوں نے ہماری روزی روٹی چھینی۔ ہم ان کے گھر تباہ کر دیں گے۔"

''اور وہ کون لوگ ہیں؟''

''ویوری سپروائزر، اُس کا نائب، دھاگے کا سپروائزر اور باقی......''

''اور شیشہ چشم۔'' ایک خشک آواز آئی، ''شیشہ چشم کو نہیں بھولنا چاہیے۔''

شیشہ چشم کے ذکر نے توازن بگاڑ دیا۔ اُس کا چچا بچ کر نکل گیا ہوگا لیکن وہ تو ابھی ادھر ہی تھا۔ صرف یہی نہیں، اُس نے اپنی کافی شاپ بھی کھول لی تھی، جیسے اُن کی غربت کا مذاق اُڑایا گیا ہو۔

''وہ ہمیں اپنی کافی شاپ میں داخل نہیں ہونے دیتا۔'' اُس آواز نے بولنا جاری رکھا۔ ''اگر ہم چائے نہ خریدیں تو وہ ہمیں دکان سے نکال دیتا ہے۔ اس تمام معاملے میں ہمارا کوئی قصور نہیں تھا۔ ہم اپنے کام سے کام رکھا کرتے تھے اور ہمیں مشکل نہیں تھی۔ اُس نے ہمیں اِس لڑائی میں دھکیلا اور اب اُسے دیکھو......''

''اُس نے کافی شاپ کھولی کیسے؟'' کسی نے پوچھا، ''اُس کے پاس پیسہ کہاں سے آیا، یہ جاننا چاہتا ہوں۔''

''یقیناً اس نے اپنے چچا سے لیا ہوگا۔''

بھاری بھرکم مزدور اپنی لکڑی کی کرسی سے چھلانگ لگا کر کھڑا ہو گیا۔

''بہت باتیں ہو گئیں۔ ہم اُس کی کافی شاپ کو تباہ کر دیں گے۔ میرے ساتھ ہو تم لوگ؟''

لوگوں کے گرجتے برستے ہوئے شور میں جنابِ عزت کی آواز ڈوب گئی۔ یہ لوگ بھوکے تھے، کئی دنوں سے بے روزگار تھے اور اپنا غصہ نکالنے کا بہانہ ڈھونڈ رہے تھے۔ عُجلت کے بگولے میں لپٹے ہوئے وہ بھاری بھرکم آدمی کے پیچھے پیچھے کافی شاپ سے نکل پڑے۔

وہ جلد ہی سڑک کے آخری کونے تک پہنچ گئے۔ سابقہ مزدوروں کی لہر پھر تنگ گلیوں سے گزری اور اس نے لکڑی کے ٹیڑھے گھروں کے قریب سے اپنا راستہ بنایا۔ آگے بڑھتے ہوئے وہ لہر زور پکڑتی جا رہی تھی۔ غصیلی بڑبڑاہٹ ماحول پر چھا گئی تھی۔ باہر کے شہروں سے آنے والے مزدور ایک ہفتے کے اندر اندر پہنچ جائیں گے اور تمام آسامیاں بھر جائیں گی۔ اُن کا کیا بنے گا؟

جناب عزت اُن کے پیچھے پیچھے چل رہے تھے۔

"لیکن شیشہ چشم کی دکان تباہ کر کے تمھیں کیا ملے گا؟" اُنھوں نے دلیل دی، "کیا یہی واحد حل ہے؟ کیا اِس سے حالات بہتر ہو جائیں گے؟"

"تم ٹھیک کہتے ہو۔" ایک عمر رسیدہ مگر عقل مند مزدور نے کہا، "یہ کوئی حل نہیں ہے اور اِس سے کوئی بحال نہیں ہوگا، لیکن......"

مجمع بڑے سلنڈر کی طرح آگے کو سرکے چلا جا رہا تھا اور اس کی گونج دُور تک محسوس ہو رہی تھی۔ وقتی طور پر متذبذب وہ شیشہ چشم صادق کی دکان کے سامنے رک گئے۔ سب کو معلوم تھا کہ کیا کرنا ہے لیکن کوئی بھی پہل نہیں کرنا چاہتا تھا۔

شیشہ چشم صادق، جس کی بٹنوں جیسے ہلکے سبز رنگ کی آنکھیں باہر کو نکلی ہوئی تھیں، دروازے کی طرف بھاگا۔ اُسے احساس ہو گیا کہ کچھ ہونے والا ہے۔ اُسے سمجھ نہیں آ رہی تھی کہ کیا کرے؟ وہ خود کو مجمع کے دباؤ تلے دبتے ہوئے محسوس کر رہا تھا۔

"حضرات!" اُس نے پوچھا، "معاملہ کیا ہے؟ میں آپ کی کیا خدمت کر سکتا ہوں۔"

اُس سے بات نہیں ہو پا رہی تھی۔

بھاری بھرکم مزدور مجمع میں سے نکل کر اُس کے سامنے آن کھڑا ہوا۔

"میں نے سنا ہے کہ فیکٹری باہر سے مزدور لا رہی ہے، کیا یہ درست ہے؟"

شیشہ چشم صادق خوف زدہ لگ رہا تھا۔ اُس سے کوئی جواب نہیں بن پا رہا تھا۔

"میں تم سے بات کر رہا ہوں...... کیا یہ درست ہے؟"

"مجھے معلوم نہیں......"

"تمھیں کیسے معلوم نہیں ہوگا؟"

"مجھے......"

"تمھارا چچا کہاں ہے؟"

"مجھے نہیں معلوم۔" اُس نے جواب دیا، گو کہ اُس کے علم میں تھا۔

"سو تم نہیں جانتے؟ ہماری قیادت کی اور ہمیں ملازمتوں سے نکلوا دیا۔ یہ درست ہے

کہ نہیں؟"

شیشہ چشم صادق بے بس تھا۔ اُس نے دائیں دیکھا، پھر بائیں اور کافی شاپ کے اندر گھس گیا۔ اُس نے پچھلی کھڑکی میں سے چھلانگ لگائی اور چھوٹے چھپڑوں میں سے پانی اچھالتے ہوئے بھاگ گیا۔ اُس کا بھاگ جانا مجمع کے لیے حملہ کردینے کا اشارہ تھا۔ بھاری مجمع اپنا راستہ بناتے ہوئے اندر داخل ہو گیا۔ کھڑکیاں، فریم، میز، کرسیاں، پیالے، پرچیں، کیتلیاں، جو بھی اُن کے سامنے آیا، کچل دیا گیا۔

چند منٹوں میں ہی کام ختم ہو گیا۔ مقامی سٹیشن سے پولیس کے پہنچنے تک مجمع پیچھے ہٹ کر اب پرسکون ہو گیا تھا۔ ننگے پیروں والے بچے، حاملہ عورتیں اور جھریوں والے بوڑھوں کو پتا ہی نہ چلا کہ وہاں کیا ہو گیا ہے، وہ حیرت زدہ دیکھتے رہ گئے۔

اُس وقت موڑ کے قریب ایک چھوٹی بگھی نمودار ہوئی۔ یہ آہستہ آہستہ بڑھتے ہوئے مجمع کے پاس آ کر رکی۔ پہلے نجاتی اُترا اور پھر جمیلہ، اُنھیں معلوم نہیں تھا کہ وہاں کیا ہوا ہے۔ جنابِ عزت اُن کے پاس پہنچے۔ نجاتی اور جمیلہ کے پوچھنے پر اُنھوں نے بتایا کہ وہاں کیا ہوا ہے۔

جمیلہ کافی پریشان ہوئی۔

"بہت افسوس کی بات ہے۔" اُس نے کہا، "اتنا نقصان ہوا!"

پھر تینوں بگھی میں بیٹھ گئے۔ وہ مزدوروں کے علاقے کی کیچڑ زدہ سنسان گلیوں سے گزرتے ہوئے بڑی سڑک پر آ گئے۔

"تمھاری دادی مان گئی؟" جنابِ عزت نے پوچھا۔

"مان گئی...." نجاتی نے جواب دیا۔

جنابِ عزت، جمیلہ کی طرف مڑے۔

"اور تمھارے ابو؟ وہ کیا محسوس کر رہے ہیں؟"

جمیلہ کی آنکھیں آنسوؤں سے بھری ہوئی تھی۔

"ہاں؟"

"کچھ کہہ نہیں سکتی۔"

بوڑھا ملک اپنے کمرے میں تھا۔ اُس نے دروازے کو کنڈی لگائی تھی اور کھڑکی کے پاس بیٹھا خاموشی سے رو رہا تھا جب کہ بڑی جھیل جسے ارد گرد کے رہائشیوں نے نظر انداز کر رکھا تھا، سہ پہر کی سنہری دھوپ میں چمک رہی تھی، یوں لگ رہا تھا کہ جیسے وہ کھلا سمندر تھی۔